雪好大，太危险了，你还是不要回来了，
我不会生气。而且我也有答应你但没
做到的事情。说好一天只看一页《小王子》
的，我好像一周就看完了……
所以我不怪你……
我可以等到我生日，如果我生日还在下
雪的话，我不生气，我会一直等你到春天
结束的那一天的。你可以等天气好了，
慢慢地回来。
哥哥，你还好吗？我很想你。
Good night.

洁拉栗

在春天

In the spring

大鱼

有爱的青春陪伴者

选择继续吗？

YES　NO

周砚池……

此电脑 > 非请勿动 > 珍藏2007

等明年这里下第一场雪的时候，我就会回来看你。

比电脑 > 非请勿动 > 珍藏2004

确　定

YES　NO

至少，在这个世界上，有一个人是完全偏爱她的。

在春天

法拉栗——著

江苏凤凰文艺出版社

图书在版编目（CIP）数据

在春天 / 法拉栗著. -- 南京：江苏凤凰文艺出版社, 2025. 7. -- ISBN 978-7-5594-9711-6
Ⅰ. I247.5
中国国家版本馆CIP数据核字第2025JJ5197号

在春天

法拉栗 著

责任编辑	王昕宁
特约编辑	雪　人
责任校对	言　一
责任印制	杨　丹
出版发行	江苏凤凰文艺出版社
	南京市中央路165号，邮编：210009
网　　址	http://www.jswenyi.com
印　　刷	天津睿和印艺科技有限公司
开　　本	880mm×1230mm　1/32
印　　张	9.25
字　　数	303千字
版　　次	2025年7月第1版
印　　次	2025年7月第1次印刷
书　　号	ISBN 978-7-5594-9711-6
定　　价	42.80元

江苏凤凰文艺版图书凡印刷、装订错误，可向出版社调换，联系电话025-83280257

001	第一章　1997年
030	第二章　正在长大
056	第三章　2006年夏天
085	第四章　弟弟
119	第五章　祝，佳夕
144	第六章　2008年的第一场雪
173	第七章　北城
196	第八章　新篇章
232	第九章　2012年
258	第十章　重逢
279	番　外　圣诞礼物
285	彩　蛋　兄妹性向二十问

目录

在春天

电脑 > 非请勿动 > 珍藏2004

她又不是他的风筝、他的小狗狗,怎么会乖乖被他牵住不乱跑。

确 定

YES　NO

周砚池……

第一章 1997年

001.春天里的佳夕

香港回归的那一年春天,祝佳夕出生了。

那一天,她的家乡南县下了1997年的第一场雪。

不过,那个时候,祝佳夕还不叫祝佳夕,而是王佳夕。

1997年3月初的一个夜晚,江淮省的南县中学教师宿舍大院内,雪花被早春的夜风裹挟着散落,坑坑洼洼的水泥地在路灯的照映下,白茫茫的一片。

这是南方立春以来的第一场雪。

大院的一个双间平房里,怀孕37周的祝玲正躺在邻居许宜的躺椅上看着租来的《新白娘子传奇》。

此时,29寸的创维电视机里正播放到白素贞面容痛苦地诞下许仕林,祝玲不知道是不是心理作用,肚子也在这时感到一阵不适。

"叶童演男人可真像啊!我早上看到她报纸上穿的女装,都开始觉得别扭了。"祝玲看剧的间隙不忘和许宜说话。

"你别说还真是,她和赵雅芝看起来真像一对夫妻。"许宜搭腔道。

等到一集结束,屏幕里又开始唱起《千年等一回》的时候,祝玲侧头望了一眼窗外。

"你说这年都过完大半个月了,怎么又下起雪了?"

祝玲一开始还以为屋外飘着的是玉兰花的花瓣。

窗户的玻璃上已经起了一层薄薄的雾,边上被许宜的丈夫周远贴上了报纸,尽管"呼呼"的风声就在耳边,但一点冷风也没有灌进来。

卧室中央置放着一个烧着木炭的火盆,火盆里的红薯已经被烤出了甜味,室内温暖,和一窗之隔的室外仿若两个世界。

"瑞雪兆丰年,兴许是个好兆头。"许宜拿铲子将红薯翻了个边,摸了摸乖乖坐在自己腿边的儿子,"一会儿就能吃了。"

"好。"

许宜继续织手上的毛衣。这是给祝玲未出世的孩子准备的,她第一次做这个,手还有些生疏。

未满两周岁的周砚池安安静静地看着火盆里燃起来的炭火星子,脚边突然滚过来一个白色毛球,周砚池从凳子上蹦下去,将妈妈织毛衣的毛线球捡起来,抱在了自己的怀里。

线是白色的羊毛线,纯洁得就像屋外的雪。

许宜问她:"预产期到了,你肚子就一点感觉也没有?"

"今早有点,王平说要带我去南城的医院待产,"南县就在南城边上,来去都方便,"但我一想到这白娘子还没看完,心里总是记挂着,难受。"

说着话的工夫,她的眼神又飘到许宜的儿子身上,就见小砚池安静地坐在大人身边,不吵也不闹,小大人一样。

她摸了摸自己的肚子:"要是我们家这个出来,也能像你家的一样安静稳重我就开心了。"

许宜笑了:"才两岁,你就能看出稳重啦?"

"三岁看八十这个道理,你不知道啊?"

许宜低头看着儿子,回忆道:"你还记不记得,砚池刚出生的时候,整天不哭不闹的,你还说他会不会是个哑巴。"

"我那时候说话那么没头脑?"祝玲失笑,笑完又指着自己的肚子问,"你看这肚子,会是女孩还是男孩?"

"你希望呢?"许宜停下了手上织毛衣的动作。

"女儿吧,长得像我最好了。"祝玲说,虽然大家都说女儿像爸爸,但她家的几姐妹都好运地像妈妈。

"如果是男孩像王平?"

"别了吧,"祝玲苦恼地望向许宜,"我想来想去还是希望像黎明。"

"哈哈,你这话可别让王平听见。"

两人又说笑了一阵,祝玲目光再度投向电视屏幕:"眼看着妇女节也快到了,要是女孩的话,干脆再等五天再——"

不过,佳夕到底还是没能等到妇女节那天,也没能等她妈妈将这套电视剧看完,就这样匆匆地来到这世上。

祝玲从疼痛中睁开眼的时候就听到接生的医生对她说,你的女儿在笑呢,一出生就带着福气。

她终于松了一口气,疲惫地笑了。

等看到王平的时候,祝玲虚弱地问:"妈呢?看到我们的女儿了吗?"她问的是王平的妈妈。

"太晚了,路上还都是雪,我就没让她过来。"

祝玲也不介意:"好。我刚刚在想啊,女儿出生在一个很好的夜晚,就叫佳夕好了,怎么样?"

王平对此自然没什么意见。

佳夕的降生除了给自家带来了或多或少的变化外,隔壁周砚池的生活也开始发生翻天覆地的变化。

1997年秋天,周砚池在饭桌上喝粥,听到爸爸和妈妈有一搭没一搭地闲聊。

"隔壁那丫头叫佳夕?谁给取的?"周远给许宜夹了个脆萝卜干放进粥里。

许宜咽了嘴里的东西才说:"祝玲起的。说宝宝出生在晚上,佳夕,良夜的意思。"

周远给儿子擦了擦嘴巴,笑容温和:"这名字起得好听有水平,不愧是语文老师。"

佳夕,良夜?

这时的周砚池还并不能理解"佳夕"的含义，但是他已经确信自己并不喜欢佳夕这个宝宝。

因为，自打她出生以后，一墙之隔的他再也没有一个早上能睡到自然醒。

每一个清晨，他都在鸡还没睡醒的时刻被佳夕中气十足的啼哭声吵醒……

在又一个被佳夕暴力唤醒的早晨，周砚池学着给自己穿衣服，几次以失败告终之后，他蔫蔫地坐到妈妈身边，贴着妈妈的胳膊打盹。

周砚池揉了揉眼睛，在看到妈妈又在给隔壁的炸弹型闹钟织帽子以后，他第一次感觉到委屈。

许宜很快注意到儿子的小脑袋耷拉着，嘴巴也撇着，情绪不高，只以为是因为他马上就要上幼儿园了，在闹脾气呢。

儿子自打出生以来就从来没有让她操过心，安安静静。他不喜欢人多的地方，许宜也很少见他去和院子里同龄的小朋友玩。

许宜帮儿子把衬衫上扭错的几个纽扣重新扭好，将手上快完成的白帽子拿给儿子看。

"妹妹戴这个一定很可爱。等再过两年，我们砚池就可以带妹妹一起上幼儿园了，高不高兴？"

周砚池闻言，感觉到天塌了，毁灭性地塌了个彻底。

许宜见儿子的脸上第一次露出了不符合年纪的苦大仇深，只觉得可爱异常，倏地笑了。

"你不喜欢妹妹？"

周砚池想说，她才不是自己妹妹呢。只是他虽然年纪小，已经开始能辨别出大人的一些情绪，难得见到妈妈笑得这样轻松开心，一张充满童稚的脸因为纠结而皱成了一团。

最后，周砚池只是低下头，小声说："她，好吵。"

好在，吵吵的佳夕在一岁半的时候渐渐地不再号哭，周砚池发现自己重获了美好的睡眠。

好多次，他坐在床上醒神的时候，犹疑着将耳朵贴在墙上，还有些不习惯。

她怎么不哭了？

快两岁了，果然懂事一点了吗？

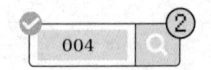

然而很快，周砚池就发现佳夕又发展出一个新的爱好……

002.她来了，她又来了

1999年的春天伊始，佳夕已经可以不用人牵从自己家走到隔壁周家不带喘的了。

但是幼儿佳夕走路的风格和别人不同，她除了一蹦一蹦像个不倒翁往前踏，嘴里也不知疲倦地随着步伐发出一声又一声极具穿透力的尖叫声。

"我们佳夕真有节奏感，声音跟百灵鸟似的，以后去学音乐好不好？"

周砚池在房间里听到妈妈颠倒是非黑白的话，耳边不时传来几声振聋发聩的"嗷嗷呀呀"声。

百灵鸟？明明是只会打鸣的小鸡……

祝玲刚把女儿喝完的奶瓶刷干净，转过身，女儿已经不在客厅了。

虽然住在教师宿舍，大院里的所有人都是知根知底的，她倒不是很担心孩子的安全问题，但想起从前看到的小孩失踪被拐卖的新闻，脑海里已经浮现出那么点大的佳夕被人拐骗走，哭着叫妈妈救她的画面，祝玲吊着一颗心胡乱地擦了擦手上的水就跑出来找女儿。

"许宜，见着宝宝了吗？"她刚走出平房，就看到许宜兴致盎然地看着不远处，见她出来，在嘴上竖了根食指，示意她小点声。

祝玲见到许宜在外面，松了一口气，侧头一看，就看到佳夕正站在许宜家的窗台外，手脚并用地爬窗外的那个小凳子。

周砚池本来在爸爸给他整理出来的小书桌上用蜡笔画画，书桌前有一扇窗户，正对着大院内的几棵树。春天一到，坐在这里就能感受到柔和的阳光和盎然的绿色，即使在盛夏，周砚池也不会感觉到炎热。

意识到某种动静越来越迫近之前，他惬意地在纸上画第二棵小树。

突然，眼前的阳光伴随着各种噪声的到来被掩去了大半。

周砚池眼睛都不用抬，就知道：她来了，她又来了。

夏日来临之际，佳夕爬上这个凳子来和他"打招呼"的频率简直比树上的鸟叫得还勤快。

周砚池懊恼地看着纸上越来越圆的阴影，实在想不明白妈妈为什么非要在他的窗户外放凳子，他每一次晚上将它拿走，第二天早上它又出现在那里。

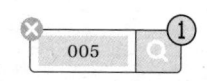

"葛格,你,干吗呀?"佳夕小手热情地拍着玻璃窗,一边殷切地开口。

周砚池原本不想回答,但是他知道,如果他不给出一个答案,佳夕就会把她为数不多会说的字眼颠来倒去地隔着窗户说个没完没了。

"画画。"周砚池头也不抬地回答。

"什么?花花,香吗?"佳夕努力嗅了嗅,意识到闻不到味道后,她两只手的掌心贴在窗户的玻璃上,像是为了听清周砚池的声音,她把耳朵也贴了上来。

周砚池用余光就看到她脸颊的肉都被玻璃挤成一团。她在窗外,而他在房间里,周砚池不知怎么想到前阵子妈妈在看的好像叫《刑事侦缉档案》的电视剧。

再看眼前这个眼睛睁得像铜铃、恨不能扒开玻璃钻进来的人,越发觉得这画面蹊跷得像是他在里面坐牢,而她在探他的监⋯⋯

"你⋯⋯挡住我的光了。"

祝玲走到许宜身边,瞧着两岁的女儿不知疲倦地要和四岁的哥哥"交流"。

"你说,她一天到晚怎么精神那么足?我记得砚池刚出生那会儿,每天都在睡觉,没见像她这么能说能闹啊。"祝玲说。

许宜说:"闹一点好,有生气,我们家的太静了。"

祝玲刚想开玩笑"那我们两家换换",不过她的玩笑话还没能开口,她人生第一次听到许宜儿子骤然提高的嗓门。

"妈妈,她口吐白沫了!"

祝玲闻言失笑着几步跑过去,将女儿的脸扭过来一看,随后用佳夕脖子下的小布擦了擦她的嘴。

"妹妹这是漾奶呢,哥哥以前也有过的。"

"我没有⋯⋯"

许宜也走近,见儿子对自己也曾漾过奶这一事实不愿相信的样子,也没有说什么,只是将他的窗户推开了一点。

来自夏天的气息是在这一瞬间传进周砚池的屋子里,他闻到了阳光中栀子花的香气还有淡淡的类似旺仔牛奶的味道。

"不要大惊小怪,"许宜摸了摸儿子的头,"下次看到要直接帮妹妹把嘴

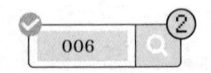

巴擦干净,知道吗?"

周砚池看着眼前这个扎着两个朝天鬏、嘴角沾着口水、一边啃手一边冲他咯咯傻笑的佳夕,收回了目光,没有说什么。

他心里暗暗地想:不。

他绝不会给她擦口水。

晚上,两个又大又深的搪瓷盆被放置在大院的一棵桂树下。

两个盆内上方氤氲着淡淡的水汽,不过一个盆内只有热水,水中还能倒映出盆底的图案和天上的月亮,另一个盆里则像是一个小型的池塘,上面游满了各种只会移动的塑料小鸭子。

祝玲和许宜各自将两个小孩抱过来准备给他们洗澡。

教师大院的每家每户并没有独立的卫浴,容易出汗的夏季,大家除了去浴室,也只能在家里用盆给自己擦擦。

今年春天的时候,周远自己动手在这棵桂树周围做了木质的围栏,给这里圈出一个小天地留给两个孩子洗澡。

周砚池自己脱完衣服的时候,看到佳夕在一旁双手举得高高的,乖乖地让祝妈妈脱衣服。

衣物摩擦过头顶,她的头发像是春日里的蒲公英似的突然炸开了。

"哈哈哈哈,妈妈,看,哥哥,看。"佳夕捂着嘴,指着自己水中的影子咯咯笑个不停。

周砚池本来是在盯着她的头发,一听到她叫自己看,就又高傲地收回了目光,自己进了盆里。

他安安静静地擦洗着身体,想要快点逃离身下这盆热水。在夏天洗热水澡实在不是一件幸福的事,特别是耳边除了有蝉鸣还有不间断的、环绕式的人声噪声陪伴着他。

"嘿嘿,妈妈痒。"

"妈妈,水进眼睛了……"

"哈哈,小鸭鸭游水。"

…………

佳夕显然和周砚池不同,她快乐地捧起水里的小鸭子,轻轻抚摸着它们的

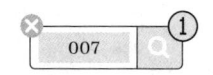

头,和它们打招呼,不厌其烦地关心着它们在水里的心情,每一只都不放过。

周砚池听到她捏那些一捏就会叽叽叫的鸭子,只感觉耳朵疼。

"砚池,把耳朵捂好,妈妈给你洗头,别进水了。"

太好了,终于可以把耳朵堵住了。

他刚一低下头,看到盆里突然荡起浅浅的水花,一只鹅黄色的小鸭子出现在自己的盆里,慢慢地游近他。

"哥哥,小鸭鸭,陪你。"

周砚池抬起头,看到月光下,她眼里的纯真和热情不加掩饰。

他又低下头看向水里那只靠在自己腿边的塑料鸭子。他将它推开,但是它很快又再次靠过来。几次过后,他率先累了,那句"我才不要"就这样溢在嘴边,却没有说出口。

很快,周砚池裹好浴巾出来,不忘把小鸭子捧在手里带出来,只是佳夕不知道因为什么变得兴奋,开始在水里扑腾起来,几秒钟的工夫就溅得周砚池一身。

周砚池摸了一下脸上的水,没好气地把她刚刚过继给他的那只鸭子又丢回了她的澡盆。

周砚池是花了相当长的一段时间才意识到一件事——在把佳夕当成亲妹妹照顾这件事上,他的妈妈好像并不是很关注他的意愿如何。

"砚池,扶妹妹一下。"

——我上一秒刚把她扶起来,她就是爱躺在地上怎么办?

"砚池,陪妹妹一起玩会儿羽毛球,你多动动多好呀。"

——可是她根本不会打球,她只会把球拍像棍子一样舞出去,然后砸到我的脚。

"砚池,别让妹妹啃手,要好好跟她讲。"

——她就是喜欢啃手,不给她啃她的手,难道换我的给她啃吗?

"砚池,牵住妹妹的手,别让她乱跑。"

…………

周砚池真的很想说,她又不是他的风筝、他的小狗狗,怎么会乖乖被他牵住不乱跑。

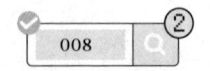

只是渐渐地，就像习惯每个清晨都会迎来的"铁窗探监"、每个夜晚水盆里的月亮和小鸭子，周砚池已经习惯周围所有人理所当然地把佳夕划分在他必须看管好的人群里，虽然，这个群体中，目前只有佳夕一个人。

以及还有一个问题，大人们都忽视了，久而久之，就连周砚池自己都快忘记了，那就是他只比佳夕大不到两岁。

003.我不嫌弃哥哥

2001年7月13日的傍晚，祝玲放暑假难得轻松，躺在床上看《情深深雨濛濛》，女儿躺在她身边睡觉，担心把女儿吵醒，祝玲将音量调得很低。

醒着的佳夕太能缠人，祝玲两天才看到何书桓发现依萍写的日记这里。明天就得把这个碟片还回去，尽管祝玲觉得这剧情叽叽歪歪，但还是打算今晚熬个夜把它看完。

王平在大院的杜老师家打麻将，祝玲在他吃完晚饭出门前瞪了他一眼，让他输超过十块钱就找个借口回来。祝玲看了一眼床边的闹钟，也不知道这个不自觉的东西什么时候能回来。

房间里只开了一盏床头灯，放片尾曲《好想好想》的时候，祝玲又忍不住低头望了一眼女儿，露出了笑容。睡着的佳夕实在可爱，小手还捂在嘴巴上。

今天白天，祝玲已经听她念了一天。祝玲早上带她去社区医院吃糖丸的时候就一直听她说："下面有颗牙牙在晃晃。"

祝玲总觉得四岁多就开始掉乳牙有些早，但一看，女儿下面的一颗门牙松动得厉害，确实离落地不远了，只是她说什么也不敢手动将那颗牙拔掉。

于是，佳夕小心翼翼地晃着那颗牙晃了半天，就这样睡着了。

祝玲一边看着电视，一边将女儿的手握在自己掌心里，有一搭没一搭地揉捏着，软绵绵的，好像棉花。

大约十点钟的时候，宿舍大院内突然爆发出欢呼声。佳夕本来还在睡梦中，梦见自己在和牙形状的怪兽做交易。梦里的交易还没达成，佳夕就被外面的叫声吓得手一抖，硬是把那颗摇摇欲坠的乳牙给放生了。

睁开眼的时候，没有预计中的疼痛，佳夕嘴巴咧着，本来已经做好哭的准备，见妈妈不在，眼睛眨巴了几下，又把嘴巴闭上了。

佳夕听到屋外的声音越来越大,她在床上等了半天也没有等到妈妈回来,于是捧着那颗小小的乳牙,凉鞋都没穿好就往屋外找人。

人刚踏出家门,她就看到妈妈正站在周家正对面的桂树下和许妈妈聊天,砚池哥哥也站在外面。

佳夕见妈妈神情兴奋,手上还不断比画着动作,她不想打扰妈妈聊天,于是想也没想地走到哥哥身后,将乳牙塞进口袋以后,就去牵他的手。

"哥哥,晚上好呀。"

周砚池也是半睡半醒中被外面的动静闹醒的,头发还是乱蓬蓬的,还有些迟钝。被佳夕牵了好一会儿,他才反应过来,又把手抽了回去。

佳夕盯着他的头发。她还是第一次见到他这样,她很想笑,但是哥哥一定会觉得丢脸,于是她用手捂住脸,嘴巴鼓成一团憋着笑,笑得活像一只花栗鼠。

周砚池还没注意到佳夕的怪模怪样,他低着头,借着月光一眼就看到佳夕的凉鞋没有穿好,左脚有三根趾头都露在外面。

周砚池紧紧盯着那里,到底是怎么做到把鞋穿成这样的?他初具雏形的强迫症已经开始发作。

"你鞋子为什么这样穿?"

"天黑黑的,看不见,妈妈不在,我怕怕。"

周砚池觉得糟心地揉了揉本就凌乱的头发,他盯着她看了几秒钟后,最后还是弯下了腰。

"脚往这边一点。"周砚池没好气地说。

佳夕乖乖地把脚往周砚池那里伸了一下。刚刚她就听到妈妈在说什么申奥成功,这时候她忍不住对周砚池分享她得来的情报。

"哥哥,她们在讲北城,你听到了吗?"

周砚池在她说话的工夫终于把她可怜的三根脚趾给解救了出来。

"我没聋。"他握着她的脚踝正正好好地塞进鞋子里,"好了。"

周砚池起身后,佳夕非常捧场地在原地蹦了两下,两只手一起牵住他的左手晃了晃。

"哥哥,你穿得真棒。"

周砚池嘴上说了一句"少来",但也没有再把手抽回,由着她牵了。

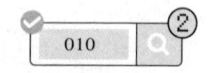

周砚池还没发现佳夕掉了一颗牙的事，只是有些奇怪她今晚说话怎么有点漏风。

"哥哥，你知道什么是申奥吗？"佳夕问。

周砚池对奥运会也是一知半解，他想了想后把从妈妈那里听来的东西转述给她："就是四年一次的国际运动比赛，会在北城办。"

"真厉害呀。"佳夕回应着，也不知道在夸什么厉害，攥着周砚池的手又用力了些。

"不过北城？"佳夕只知道南城，"北城离我们近吗？"

"很远很远。"

"好吧。"

盛夏的夜晚，尽管阵阵晚风拂来，但温度依然有些高，不知道过了多久，他的手都被她攥出汗来了。

"都是汗。"他说道。

黏黏腻腻的感觉，真讨厌。周砚池说完话就打算收回自己的手，只不过佳夕抽手的动作可比他还要快。

周砚池眼见着佳夕将手在她的睡裙上来回蹭了蹭。

"没汗了！"她仰着头对他说，然后又喜滋滋地去握回周砚池的手。

"我的手上有汗。"

"没关系，我不嫌哥哥。"佳夕一脸真诚。

…………

"对了，哥哥，妈妈今天带我去吃药了，好甜好甜哦，我都想给你带一颗了！"

"什么？药？"周砚池总是跟不上她的脑回路。

"对呀，说是吃了就不会……嗯，腿坏掉麻掉的药，好好吃哦。"

周砚池看着她陶醉的表情，这下听明白了，垂眼看她："预防小儿麻痹症的糖丸，我早就吃过了。"

"很好吃的，对吧？"佳夕晃着他的手，想要得到哥哥的肯定。

"药有什么好吃的，一般。"

佳夕仰头看他：这个世界上，好像就没有可以让哥哥满意喜欢的东西呢。

又过了一刻钟，久到周砚池的腿被叮了三个包，他才迎来了解脱：祝玲终于来接佳夕回去睡觉。

这一年的佳夕虽然不知道申奥成功是什么意思,但她凭着妈妈还有大院许多大人的脸色分辨出这一定是比她终于掉了人生第一颗牙还了不起得多的大事。

只不过在很久很久以后,佳夕这颗乳牙究竟是被丢上了屋顶还是树下,她早已记不清,但是2001年7月13日这个夜晚连同发生在佳夕身上的许多事一起时常被妈妈提起,妈妈说佳夕从出生就带着福气,出生那年香港回归,掉第一颗牙的时候北城申奥成功,她一定会是最幸运的孩子。

因为论据似乎十分充分,对此,佳夕深信不疑。

004.他的小喇叭

2001年8月的一个早上,和往常假期的任何一个早上比没有什么特别。

周砚池握着毛笔在宣纸上练习写"一"这个字,再过一阵子他就要上小学了,爸爸说字迹非常重要,于是给他报了一个书法班。

周砚池正在练习书法老师布置的任务,只不过还没能练上多久就听到隔壁祝妈妈在像抓猫猫一样抓佳夕来涂宝宝霜。周砚池听着她忽远忽近的咯咯笑声,知道她大约五分钟后就会再次来到他的窗前"探监"。

因为拒绝也是没有用的,他已经习以为常。

只不过这一天,倒是有些出乎周砚池的意料,他能听到佳夕叽叽喳喳的声音不远也不近,不知道在那里说什么,中间还穿插着隔壁张小敦和陈雷吵嚷的动静。

周砚池听着外面闹腾得好像猪圈里的小猪们在开茶话会,虽然他没见过猪圈,但想象中应该是这样没错了。

见他们一点停下来的意思都没有,周砚池实在静不下心来练字,忍不住站起身把窗户推开了一点。

夏日的暑气一窝蜂地涌了进来,热得周砚池有些烦躁,而他对于窗外不远处的这幅景象也是毫无准备……

对面的桂花树下,和他同龄的张小敦被陈雷按在地上,两人互揪着对方的衣角,一个酸奶玻璃瓶子碎在了地上,而那个酸奶的主人——佳夕此时正站在两人的身侧,迈着小步子左右走动。

"你们不要再打啦！不要再打啦！"

见到被打的是别人，周砚池放下了点心。不过他见佳夕在那儿沉浸式地看热闹，蹲在地上"劝架"，几乎就要加入战局了，他真是……

无话可说。

大人也不知道哪里去了。周砚池想，在那两个蛮瓜的拳头不小心挥到她的脸上前，他还是及时制止吧。

"你们再打，我就叫人了。"他将窗户大敞，冷着一张脸扬声道。

佳夕是第一时间就捕捉到周砚池的声音，几乎条件反射地就往边上退了一步。

张小敦趁陈雷走神的工夫狠狠推开他，从地上爬了起来，弹开老远还不忘打嘴仗。

"嘿嘿，你打我一点也不疼，我好男不跟狗斗！"

"你骂谁是狗？你才是死猪八戒！大肥猪！"陈雷作势还要追过去踢他，张小敦掸掸身上的土，嬉皮笑脸地一溜烟跑远了。

很快，树下只剩下佳夕和陈雷两个人。佳夕一眼就看到陈雷手上破了一个不小的口子，好吓人啊，她刚想出声，就听到周砚池的声音比刚刚还严肃。

"王佳夕，你给我过来。"

佳夕听到他叫自己的全名，下意识地站直了身体，不知怎么想起惹妈妈生气时，妈妈也是这样叫她，一时竟然有些心虚。

可打架的也不是她啊，哥哥干吗凶她？

她看着地上的碎玻璃以及她一口也没喝到的酸奶，心不甘情不愿地往周砚池的窗口走。

不知道是不是小时候的习惯养成得太过深入，佳夕来找周砚池从来都是通过他房间外的这扇窗。

原先放在窗外的大长椅早在今年梅雨季来的时候被泡霉泡软，周砚池以为佳夕不会再执着于这扇窗口了，谁知道，她开始自带一个小板凳。

佳夕个子蹿得不算慢，四岁多已经有一米出头，现在只踩一个小板凳就可以轻松地将两条胳膊枕在红砖窗台边。

佳夕磨磨蹭蹭地把家门口的小板凳搬来放在窗下，站上去后，双臂撑在红砖的窗边。

不过这一次,她没有像以往那样积极地说话。

周砚池和她大眼瞪小眼了一会儿,终于开口:"吃早饭了吗?"

佳夕纠结了一会儿,忍不住问出声:"是他们打架的,你怎么凶我呢?"

周砚池见她嘴巴扁得像只小鸭子,好像受了天大的委屈。

周砚池怀疑,刚刚佳夕要是不小心被打,如果被大人们看见,第一个被怪罪的一定是他,说他没有照顾好妹妹。他知道这是自己多管这件闲事的唯一理由。

不过,周砚池一开口,说出的却是:"我跟他们不熟,不关心他们。"

这一句话刚说出口,周砚池直觉哪里不对,垂着眼睛飞快地补了一句:"我跟你也不是很熟。"

其实佳夕这个年纪对于熟不熟这个概念也只是一知半解,但她还是通过周砚池的神情差不多理解了他的意思,参开的毛瞬间就被顺好,已经恢复了笑容。

"我知道了,哥哥你关心我哦!"

她说完也不管周砚池的反应,把头往窗户里探了探,墨水的味道瞬间传进鼻息,原来哥哥在写字啊。

佳夕闻到了难闻但熟悉的味道后,神情变得松弛,靠在窗口跟哥哥"告状"。

周砚池还是从她乱七八糟的话里理解了刚刚的那出闹剧。

起因是张小敦想要骗佳夕的酸奶喝,跟她说只要经过他的施法,将酸奶瓶对着天空,就可以在瓶子上看到星星。

"你就相信了?"周砚池无语。

"当然不信!我又不是傻瓜,哥哥,星星只会出现在晚上的。"

"你觉得我会不知道?"

佳夕为自己辩解,因为张小敦说,他的星星比较厉害,和凡人的不一样。

最后,佳夕半信半疑,酸奶瓶就这样落到了张小敦的手里,陈雷扬言他骗人,说要夺回佳夕的酸奶,到时她分他一半就行。就这样,两人争着争着就打了起来,最后酸奶瓶就在这场极度无聊的打斗中摔碎了……

佳夕说着说着又开始气鼓鼓了,她对着周砚池说:"我一口没有喝到,瓶子坏掉了,妈妈会生气……"

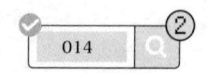

周砚池望着不远处酸奶的残骸，这是教师宿舍大院里每个有孩子的家庭都有订的，周砚池也有。

他前两天听妈妈说，祝妈妈哄骗佳夕，让她每天要做三件好人好事才给她订，佳夕欣然答应。

周砚池见她眼眶里已经泛起了水意，手上的动作比心快，想也没想地将桌边自己的酸奶插上管子，送到佳夕嘴边。

"哭什么东西，我的给你。"他说，"张嘴。"

佳夕眨巴着眼睛，"啊"地张嘴，小小地吸了一口。夏日的炎热被口中沁凉可口的酸奶驱散开，她幸福得眼睛都眯了起来。

"我过去一下，你就待在这里别动，知道吗？"

得到佳夕肯定的答复后，周砚池去门口找来扫帚去清理玻璃碴。

佳夕回头看着周砚池的背影，有点不明白哥哥为什么说她哭，她刚刚明明只是打了个哈欠呀。

"哥哥，要我帮你吗？"

"不要，你就在原地待着。"

"那，好吧。"

不过，佳夕只喝了一小半，就停下了嘴巴，把酸奶瓶搁到一边，倚在窗台边上等他。

等周砚池拖完地回到自己的位置，见到剩下的大半瓶酸奶后，有些讶异地问她："不好喝？"

佳夕把瓶子往他的方向推了推，想了想说："留给你。我喝小半，哥哥喝大半。"

周砚池正想说点什么的时候，就听到她稚嫩的声音还在窗边继续着："因为我小，妈妈讲，要敬老爱幼，这也是做好事。"

…………

"我只是问你好不好喝。"周砚池瞥了她一眼，讲这么多有的没的。

佳夕点点头："超级超级好喝的。"

周砚池闻言，将酸奶瓶推过去："我觉得难喝，你全喝掉。"

佳夕喝完酸奶后，在凳子上伸了个懒腰，周砚池还在练字。

毛笔上的墨汁不够了,于是他拿起砚台里的墨块左右滑动着,佳夕注视着这一切,觉得好神奇。

　　她想起妈妈给自己规定的每天都要做好事,今天还只做了一件呢。

　　妈妈说要从身边做起,佳夕动了动自己的脑瓜,身边?那她好事的承受对象自然就是哥哥了。

　　"我来帮你,哥哥!"佳夕自告奋勇。

　　周砚池还没来得及出声阻止,手里的墨块已经被佳夕拿去。她学着周砚池刚刚的动作有模有样地研磨,嘴巴也没闲着,和他没头没尾地分享起早上在桂花树下看到的很多颜色的小花。

　　周砚池偶尔应一声。有时候他会觉得佳夕就像爸爸平时做家务时会放的广播一样,只不过爸爸的收音机不需要回应,而他那喋喋不休的小喇叭呢,很需要……

　　"嗯。"

　　"是吗?"

　　"哦。"

　　就在周砚池准备蘸点墨水的时候,他一眼就盯住了佳夕拿着墨块的手心,已经黑了一大圈。

　　佳夕随着他的目光也低下头,看到自己的手心,她瞬间闭上了嘴巴。

　　这手黑不溜秋的,不能要了。佳夕嘴巴从上扬渐渐变成了一条横线,再度扁了起来。

　　"完蛋了,黑掉了。"

005.不穿衣服的两个小孩

　　"别动。"周砚池没工夫去问她的"完蛋"又是和谁学的,起身去找来自己的洗脸毛巾,要是被他妈看到她的手黑成这样指不定会指责他动用童工……

　　周砚池回到房间的时候,佳夕果然手还竖在半空中,一动不动地站在那里。

　　"手给我。"

　　佳夕把手递过去,周砚池擦上去的时候就知道自己的洗脸毛巾是再也不能用了。

"你要是非想玩这个,只能拿这头,知道吗?"周砚池将她的袖子往上卷,看了一眼垃圾桶里的毛巾,其实没太想明白,祝妈妈提议的让佳夕做好事,造福的是谁,而折磨的又是谁?

"好,我保证!"

许宜进来的时候,看到的就是这么一幅兄慈妹孝的画面。

"我们小夕真可以啊,已经会帮哥哥研墨了。"

佳夕闻言,对许宜露出一个乖巧的笑。

"许妈妈,一天没见,我好想你哦。"

许宜凑过来捏捏她的脸颊,儿子是绝对不会给她这样捏的。

"我也想宝贝了,站这里不累吗?"

"一点也不累。"

"好,许妈妈在外面备课,有事叫我好不好?"

"好哦。"

周砚池听着这两人情真意切的对话,倒觉得她们更像是亲母女。

过了一会儿,他听到爸爸在外面和妈妈开玩笑:"从小儿子就照顾妹妹,这才几年,妹妹已经能反过来照顾他了。老一辈说的养儿防老也不是没有道理的对吧,哈哈!"

许宜轻笑了一声。

佳夕也不知道听没听懂,只是头枕在窗台的框上跟着一起傻笑:"嘿嘿。"

周砚池深深地呼出一口气,对爸妈天真且不切实际的臆想不准备发表任何意见……

2002年的夏天,南县中学教师宿舍大院发生了一件大事。

周砚池家装上了大院有史以来的第一台空调。

工人上门安装的时候,周砚池家的门口围满了大院的老师。

不知道是谁问:"是春兰空调吗?我老丈人家里今年过年也装了,冬天一开暖和得不行。"

"不是,是海尔的。"周远说道。

佳夕依旧踩着自己的小凳子趴在窗户上看,她隐隐约约看到空调上好像贴着一张贴纸，只是，这个贴纸上的小人怎么这样？

"妈妈，你快看，那两个小孩不穿衣服，羞羞。"佳夕没看过《海尔兄弟》的动画片，扯了扯祝玲的衣角，小声说。

不过她并不算大的声音并没有被祝玲注意，祝玲还在看着那个空调："海尔？这空调好贵的吧，我看报纸上说，起码三千块。"

只有周砚池听到了佳夕的声音，他在房间里望了一眼佳夕，又抬头看向那台空调。

周远摇了摇头："没有那么贵，样品机，托熟人买的，两千出头。"

屋外传来张老师艳羡自嘲的声音："两千！我两个月的工资加起来还没有那么多，这也太贵了，吃不消啊。"

"不过也不可能一辈子住这里，到时候搬家也不方便带走，装了不划算，我们就吹吹电风扇好了。"

周远笑了笑，没说什么。

周远不是老师，初中毕业就开始在南城摸爬滚打做生意，这两年做白酒包装的投资，赚了不少钱，就算在县城中心买套大房子完全不是问题，但考虑到老婆孩子上班上学方便的事，也就没想着搬家。

不过家不搬，生活质量还是可以提高一下。

空调本来是要装在周远和许宜的卧室，但是打孔不方便，最后装在了周砚池的卧室里。不过平房空间本来就不算大，空调一打开，只要门不关，几个房间都能接收到凉气。

一开始，周家开了空调以后还要许宜去叫佳夕，佳夕才知道过去。后来只要窗台外的那个室外机发出呼呼的热风，佳夕就知道，哥哥家又开放冷气欢迎她啦。

有一天，佳夕黏在周砚池旁边看《青少年科学读物》，看困了就自己爬去他的床上睡觉，醒来以后，懵懵愣愣地发现头顶的空调上，那两个没穿衣服的小人的身体已经被用黑色胶布贴了起来。

"咦？"佳夕揉了揉眼睛，趿拉着拖鞋坐到周砚池身边，拉着他的手指了指那里。

"有什么好'咦'的。"

周砚池又回过头看了一眼被他贴起来的没穿衣服的海尔兄弟俩。黑色胶布贴得好像不太对称,每看一眼都会让他难受几分钟,今晚一定要撕下来再重贴一下。

八月初,南县持续高温,当地的晚报都在报道各个工地有工人因为中暑受伤。许宜见天热得人发燥,就叫祝玲一家三口没事的话中午到她家里吃饭。

虽然两家关系好,祝玲多多少少还是会有些不好意思,但是佳夕年纪小,完全不知道难为情是什么意思,每次都硬拖着她往周家走,自在得就像回自己家……

渐渐地,这个夏天,两家中午和晚上就自然而然地合到一起吃饭了。

周家出了电费,买菜做菜自然看王平了。

"看男人做事怎么就那么开心呢?王平在家,让他做顿像样的饭像是要他的老命。"

许宜说:"你不做,他就做了。"

"哎,反正没有你家周远勤快。"

料酒去腥的鸡翅刚下锅,被炸得金黄,王平放生姜、葱、八角的工夫忍不住为自己打抱不平:"我人还在呢,听得见啊,这就说我坏话了啊?"

"干吗,我们说坏话从来不在人背后说。"

"行,不过许老师,你家这蚝油在哪儿啊?"

许宜起身,往厨房走过去。一看炒三素和素什锦都做好了,她说:"应该在上面的柜子里,我们家都不怎么用。"

王平把地上的可乐打开,倒了不少进锅里。

"收个汁就好了。"可乐鸡翅是王平的拿手好菜。

快到饭点的时候,周远也忙完回到家。

"外面热得我心口有点闷,就早点回来了。"周远把从巷口老字号买来的盐水鸭装盘,又把买来的半个西瓜放到饭桌上,就接过许宜手上的毛巾擦了把脸。

饭做好的时候都不用人叫,佳夕闻着香味就把还在练字的周砚池拽出来了。

佳夕和周砚池坐在一条长条板凳上,离她最近的是爸爸做的红烧鱼。

周砚池见她扒拉着米饭,和盘子里的那条鱼大眼瞪小眼,顿时就知道她又在想什么东西了。

到底为什么他要懂她?周砚池握着筷子有些烦恼。半分钟后,他没什么表情地从香菜下面挑了一个大片生姜,盖住了鱼头上那颗又白又小的眼睛。

佳夕开心地用脑袋蹭了蹭他的肩膀,开始夹菜。

"别把筷子上的油蹭我身上。"周砚池嫌弃地往另一边挪了挪。

晚上在周家看了两集《大汉天子》后,祝玲牵着佳夕的手往家走。

门口的桂花传来阵阵清新的香味,月光下,女儿一蹦一跳的,祝玲被女儿的快乐感染,忍不住琢磨,要不要也狠狠心,买上一台空调。

佳夕牵着妈妈的手,看到地上白色的花瓣,蹲下身想捡一瓣。

"地上的别捡了,不干净。"祝玲制止道,又把她从地上拉了起来。

佳夕踮起脚,将手心放在妈妈的鼻子下方:"可是,是花呀。"

祝玲被舒心的香气包围,又望向女儿手心里沾着土的小小花瓣,也笑了。

"嗯,很香。"

佳夕好心情地收回手:"我就说嘛。"

祝玲问:"吹空调那么开心啊?"

佳夕不加思索地回道:"开心呀。"

还没等祝玲出声,她继续说道:"吹冷气很好,还有,我们这样,好像和哥哥还有许妈妈变成了一家人,好好哦。"

"这就一家人啦?你知道怎么才能成为一家人吗?"

佳夕绞尽脑汁地想了想:"嗯,一家人就是吃睡都在一起,你看,我们每天一起吃,而且睡得也很近呢。"

祝玲被女儿童真的话语逗笑,忍不住揉了揉她的小脑袋,还是小傻瓜呢。

006.不能牵手的小学生

空调房间里,一大一小两个孩子坐在书桌前。周砚池正在看爸爸六一儿童节给他买的《趣味物理学》,而佳夕在一旁捧着拼音标注版的《西游记》在看。

"哥哥,你说花果山那么多猴子是从哪里来的呢?和大圣一样都是从石头里蹦出来的吗?"

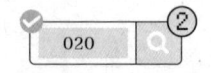

周砚池听她叫孙悟空像叫自己的朋友一样,愣了几秒钟,《西游记》的动画片和电视剧他都看过,但这个问题他从没想过。

"可能是孙悟空拔了毛变出来的?"其实他也不确定,这种不确定答案的感觉有点让人讨厌。

过了一会儿,佳夕把头勾过去,总感觉哥哥的书要好看一点。

"但是……哥哥,你在看什么啊?"

周砚池见她凑过来目不转睛地盯着他手里的书,问道:"你看得明白?"

"不明白,不过,"佳夕摇了摇头,"也认识几个字的。"

祝玲在外面听着:"她整天关注的点怎么和别人不一样。"

许宜:"小孩子嘛。"

祝玲说:"我最近看这两个孩子坐在一起学习的样子就老在想,你说佳夕现在也快六岁了,这大班上不会怎么样?我总觉得她在这幼儿园没学到什么,直接让她念小学行不行?也不是拔苗助长,就是你看她也只比砚池小不到两岁,砚池都快二年级了……"

许宜思索了几秒:"我觉得可以,到时候他们上下学还可以一起。万一后面佳夕上得吃力的话,小学留一级也不是不行,虽然我觉得不会跟不上,只是……佳夕年纪还没达到一年级的标准吧。"

祝玲有时候就是需要有个人支持她的想法,王平说行还不算,一听到许宜说可以,她才放了心:"你也觉得可以是吧?那年龄不是问题,改大一岁就好了。"

不过这毕竟事关女儿,即使她还小,祝玲也想征求佳夕的想法。

晚上九点的时候,祝玲见佳夕坐在周砚池旁边还没有要起来回家的意思,就过去叫她。

这一过去,祝玲才发现佳夕早就枕着周砚池的胳膊睡着了……

祝玲摇了摇头,无奈地说:"我怎么就以为你一下转性了呢,是你妈还不够了解你啊。快起来,你别把你哥的胳膊枕脱臼了。"

周砚池听到动静,用胳膊捣了捣还在睡梦中的佳夕:"回去睡。"

佳夕终于揉了揉惺忪的眼睛:"嗯……好,明天见哦,哥哥。"

入睡前,祝玲躺在佳夕身侧问道:"你想不想和哥哥一起上小学?"

本来还在眨巴着眼睛困得不行的佳夕瞬间来了精神,立刻靠近妈妈怀里:

"真的吗？妈妈我想我想我想！"

在这个年纪里，没有一个幼儿园的孩子不渴望进入小学生的队伍里，佳夕也不能免俗，因为那意味着，她离长大又近了一步。

特别是，还是和哥哥一起，真是想想就开心。

"那你要好好表现知道吗？"

"好！"

祝玲一贯是个追求效率的急性子，第二天就托关系把佳夕的年龄改大了一岁，又找到熟人把佳夕安排进了和周砚池一样的南县附属小学。

开学前的日子里，佳夕一直沉浸在马上就要和她崇拜的哥哥一起上小学的愉快心情里。

"哥哥，我们就要一起上学啦！"

周砚池实在不理解她的喜悦究竟出自哪里，又不是一个年级一个班。

"不看书就一边睡觉去。"他说。

"可是我开心得睡不着。"不过她话是这样说，但毕竟还是趴哪儿都能睡着的年纪，倚在周砚池的床边，没到两分钟就睡着了。

周砚池看了一会儿书后回头望了她一眼，他已经开始怀疑，佳夕会不会因为上课睡着被老师打手心。

应该不会吧？她一定会在老师拿起戒尺的时候就狗腿地夸老师拿戒尺的样子很威严，看起来很厉害，又或者立刻流出眼泪。这样的话，老师应该不至于还下得去手。

周砚池回过头，努力从这漫无边际的思绪中回到课本上。

2002年9月1日，是一个大晴天，这是佳夕步入小学生涯的第一天。

也是从这一天起，跟佳夕一起步行上下学成了周砚池生活的一部分。

他们的小学离大院步行只需十分钟，走出教师大院，过完马路后，经过一条人工湖上的石桥，再走一会儿就到了。

本来祝玲有早辅导，是没办法送佳夕的，但王平这个学期不知道倒了什么霉，被调到了偏得不行的乡镇学校双林初中教物理。天还没亮透，他把早饭做好，就骑上他的脚踏车上班去了。

祝玲只好提前跟其他老师调了早辅的时间，开学第一天怎么也要送女儿上学。

上学的路上，佳夕左手牵着妈妈，右手牵着周砚池往前走。

只是没过几分钟，周砚池就把手抽回来擦掉手心里的汗，虽然几秒钟后，他的手又被佳夕牵住了。

祝玲早就注意到女儿的这些小动作，而再度被牵住的周砚池看起来有些麻木，不知道是不是已经习以为常。

祝玲笑了笑，真不知道女儿这个强大的心理素质到底是遗传谁——不管许宜的儿子对她什么脸色，她下一秒还是笑嘻嘻地凑过去。不过祝玲很快就想通了，她小时候也总是喜欢和比自己大的小孩玩，看不懂眼色，但是大一点的孩子最讨厌带小的了。

"哥哥，我们真的要一起上学啦，就像做梦一样，我真高兴呀。"佳夕一边说着话，一边晃悠着两边人的手。

"高兴了一个月，你不累吗？"周砚池的手稍微用了一点力，不至于被她晃荡得太高。

他一眼就看到路边拿着竹篮要去菜市场买菜的老奶奶在看他们，到底为什么走路就不能好好走，用脚可以解决的事为什么非要用上手？

"完全不累哎，哥哥你呢？开心吧！"

关于这个问题，在这个月里，周砚池的耳朵已经快听出老茧了，他终于决定妥协，不再作无谓的挣扎。

"开。"他敷衍地说。

"耶！"

祝玲在一旁听着女儿在旁边叽叽喳喳的，像只快乐的小鸟，她自己思绪倒是有些飘远了。佳夕又长大了一点，一晃都要上小学了，她慢慢会有自己的小伙伴，也不可能再像之前那会儿时时刻刻黏着她，走哪儿都叫妈妈了。

想到这里，祝玲竟然有些舍不得，这多愁善感也来得早了些，明明是她自己选的。

到了附小的校门口，保安让祝玲在纸上登记一下。

从进校园开始，周砚池就不肯再让佳夕牵着手了。

"你现在是小学生了,知道吗?"

趁祝妈妈在保安室登记的时候,周砚池把手插在裤子口袋里,一脸严厉地对佳夕说。

"可是,为什么小学生就不可以手牵手了呢?"佳夕无法理解,盯着他的手看。

周砚池余光望着人来人往的学生,不知道有没有自己班的同学,又低头看了一眼身边的佳夕。

这个暑假,每天除了晚上睡觉的时间,她几乎都是和他在一起的,连体婴似的,走哪儿都要黏着他已经成了佳夕的习惯。

他只好说:"……放学再牵。"

登记完以后,祝玲带着两个孩子往教学楼走,佳夕东张西望,对这个比幼儿园大很多的世界充满了好奇。

佳夕是一(10)班,祝玲记得周砚池去年是一(1)班。

"砚池,你们班级是二(1)班对吧,在几楼知道吗?"

"对,在二楼。"

周砚池本来想说,他自己去就可以,就听到祝妈妈说顺路。

其实并不顺路,二(1)班在二楼的最东边,佳夕的一(10)班在一楼楼梯西边的第一个教室。

祝玲牵着佳夕的手停在二(1)班门口,周砚池的班级里已经到了不少人了。祝玲往里面望了一眼,都还是半大的小孩呢,不过看起来确实都比佳夕成熟不少。

她笑着对周砚池说:"进去吧,上课要好好听。"

"好。"

周砚池摸了一下佳夕的头:"走了。"

佳夕见周砚池进了教室,一脸期冀地向祝妈妈伸手。

"妈妈,包包。"

"马上给你。"祝玲心想这还没到她班级呢,怎么已经积极起来了。

"可是,哥哥已经进班级了呀。"她指着已经在最后一排坐下的哥哥,不明白妈妈为什么不把包给她。

祝玲一头雾水:"但你的班级还没到呢。走,我们送完你哥现在下楼吧。"

"什么？"

佳夕睁大了眼睛："可是，不是说我和哥哥一起的吗？为什么还要下楼呢？"

007.我不要和他分开

周砚池把书包放进抽屉，他的座位就在最后一排靠墙，两步就走到了。

他刚坐下，就有人来找他收作业，只是他听到身后的动静，直觉哪里好像有些不对劲。

回过头，他看到佳夕的一只手抓住他的座椅椅背，望向他的眼神流露出惶惑和担忧。

"哥哥，我们不是早就说好要一起的吗？"

周砚池看着她，还没来得及开口说话，祝玲已经将佳夕的手从他的椅子上掰开，把她拉出了教室。

"宝贝，出来，你告诉妈妈，你不是认真的吧？"祝玲问的时候真有点想笑，如果她的女儿不是一副马上就要哭出来的模样……

"你想什么呢？你哥上的是二年级，你是一年级啊，你要是因为这个哭就让哥哥姐姐们看笑话了啊。"见佳夕的眼泪已经在眼眶里打转，祝玲连忙哄道。

脚被迫离开哥哥班级的瞬间，佳夕眼里的泪水扑簌簌地落下。

"妈妈，我不要，你答应我的，我要和哥哥一起呜呜呜，我不走。"

明明说好要一起上学的，而且这个暑假他们一直都在一起，她不要和他分开……

祝玲真是不知道说什么是好，两年前送她上幼儿园的时候，没出一点问题，怎么现在大了反而开始闹了？

看着她搞不清状况的样子，祝玲已经开始怀疑让她跳级上一年级的决定到底是对还是错了。

祝玲见好声好气地哄已经没用，只好压低声音说："王佳夕，这里都是人，别让妈妈骂你啊。"

佳夕大串大串的泪珠顺着脸颊流下来，手还往周砚池的方向伸："呜呜，

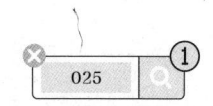

可是我和哥哥说好了,我不想跟他分开……"

坐在座位上的周砚池始终没有说话。

这是他完全没预料到的事,原来整个暑假佳夕都误会了和他一起上小学的意思,怪不得她这一个月里是那样的反应。

而这个时候,他班级里的同学因为门外的这场小闹剧早已笑成一团……

"班长,这是你亲妹妹吗?是不是还没断奶啊?怎么搞得生离死别一样啊哈哈!"

"班长竟然还带着妹妹一起上学,也太感人了吧,哈哈哈哈哈哈!"

"呜呜呜呜,我也要和班长一起,我也不要和班长分开,不然就抄不到班长的作业了!"

…………

这一刻,去年一整年从不会来和他开玩笑的人,现在全都在用周砚池最讨厌的调笑语气对他说话,不管是跟他讲过话的还是完全不熟悉的,总之班级里的每张脸都在对着他……

这一切的一切本应该让周砚池很想原地消失。

可是,除了因为成为笑料的主角感到一丝难堪和丢脸以外,在目光对上佳夕脆弱的泪眼后,周砚池的内心竟然逐渐升腾起一种难以描述的心情。

原来,在这个世界上,有人这样在意他、依赖他,就好像离开他就不行。

他的爸爸妈妈都不曾给他这样的感觉。

但是,佳夕会。

就好像他书桌上盆栽里的小花,离开了他的照料就会干涸枯萎。

祝玲把佳夕拽到了走道边,周砚池的视线里已经看不到她们,他只能听到窗外,祝妈妈哄她的声音还在继续:"好了好了,别嘤嘤哭了,哥哥晚上就和你一起回家了。"

"可是呜呜……晚上……好晚啊。"

"呸,妈妈说错了,是中午,中午他就来接你回家一起吃午饭了。我们中午做红烧排骨怎么样?"

"呜呜,可是——"

"别得寸进尺啊,你看你哭成这样子,我一会儿也要走了,你怎么没舍不得?再磨蹭妈妈就要迟到了,迟到扣钱的话,我连你喜欢的糖都买不起了啊。"

佳夕没说话,只是伤心地流着眼泪。

周砚池懒得再搭理身边起哄的声音,拉开身边的窗户,他看到佳夕因为开窗的动静也望了过来。

他向她招了招手,她立刻小跑过来,踮着脚,把手搭在窗台上。

"哥哥……"

周砚池抬手擦掉她的眼泪,望了一眼左手上的手表,又注视着她的眼睛,难得耐心。

"现在是七点四十分,再过四个小时,我就会接你一起回家。"他说。

佳夕知道和哥哥一个班的梦想已经彻底破灭,不得不接受现实,她低下头,委屈地吸了吸鼻子。

"那,说好了,你要来接我回家的。"

他揉了揉她低下的脑袋:"我什么时候骗过你。"

不知道是不是因为刚开学,周砚池整个上午不是很在状态,明明下课铃没有响,他总是忍不住低头去看手表。

中午放学的铃声一响,他书包都没背,一个闪身就从后门出去了。

离开教室的时候,还听到有人说:"班长好快啊!"

"带孩子去了,养小孩不容易啊。"

周砚池不明白老师上课叫人起来回答问题的时候,他们为什么不那么多话。

走到一楼的时候,周砚池刻意放慢了脚步。

不知道是不是他的错觉,他在一年级学生嘈杂的叫唤声中,似乎捕捉到女孩子的哭声。

不会是她吧?

周砚池皱眉。今天早上几节课间休息的时间,他被各科老师找,也没能到一楼看一眼,但是她也太不独立了,这才几个小时?

不能这样一直惯着她,周砚池这样想着,脚下的步伐却加快了。

下楼的一分钟里,周砚池已经做好迎接佳夕新一轮的眼泪以及众人异样目光的心理建设,不过脚步定在一(10)班门口后,想象中的哭泣并没有到来。

周砚池一眼就看到坐在第一排的佳夕,正背对着他吃着后座那个小男孩递过来的旺旺仙贝。即使只能看到她的侧脸,周砚池也看得出她此时的笑容很灿烂。

"下午,我也给你带吃的哦。"
"不用不用,我们是朋友嘛。"
…………

周砚池站在门外,再一次想起今早佳夕在他教室门口流着泪舍不得离开的画面。

——"我不要走,我要和哥哥一起……"
——"我不要和哥哥分开……"

原来已经交上朋友了。

他该感到如释重负的,因为终于有人可以分担佳夕对他的依赖了。

花本来就是开在哪个盆栽里都会生存得很好,他有点多虑了,还是现在这样比较好。

周砚池神情正常地叩了两下教室的门:"喂,走了。"

佳夕听到他的声音后,飞快地转身。她把嘴上的仙贝粉擦了擦,不忘和小伙伴们打招呼,就从座位上站了起来:"我哥哥来接我回家啦!"

走在校园里的时候,佳夕一直老老实实地待在周砚池身边,等到出了校门,她便低下头去找哥哥袖子里的手。

"做什么?"周砚池干脆把手插入口袋里。
"不是说,放学就可以牵手了吗?"
"不要,天很热。"周砚池让她走在靠墙的一边。

他不懂她对牵手为什么这么执着。

听到他的话后,佳夕果然抿上嘴巴不出声了。

走在校园外的林荫道上,周砚池听着脚下树叶发出的清脆声响,不知道自己在想什么。

大约过了五分钟那么久,他还是忍不住用余光去看身旁那颗失落的脑袋。

真是烦人啊。听到她的声音会烦,听不到也很烦。到底为什么呢?

最后,他沉着一张脸将自己的右手递过去。

"非要牵的话,牵这个。"算了,他只是信守承诺。

佳夕闻言瞬间露出了笑容,低下头用掌心整个握住了周砚池右手的小拇指。

第二章 正在长大

001.他又不是她爸爸

9月2日开始,就是佳夕和周砚池两个人一起相伴着上学了。

周砚池发现,身边只是多了一个人,而原本只需要十分钟的路程被硬生生走了二十分钟……

"哥哥,你快看啊!"

周砚池听她那个语气,惊讶得像是发现王羲之、颜真卿的真迹,没忍住真的回过头,就听到她的声音继续说:"这里有黄色的花!"

…………

眼看着她就要蹲下来好好认识那朵花,周砚池立刻拉住她的手腕,将她往前拉。

佳夕被他拉着往前走,看到树下有只正在睡觉的小狗似乎被他们的动静吵醒,起身抖掉了身上的叶子和花瓣,又趴下了。佳夕也跟着它抖了抖身体,大大的书包在背后发出晃荡的声音。

路过一个巷子,周砚池见佳夕脚步又停住了,他顺着她的目光看过去,原来是一家元宵铺子。

这条路他都走了一年了,还是第一次注意到这家店。

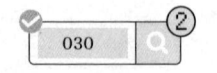

"啊，元宵，我有点饿。"佳夕两只手揪住周砚池校服的袖角，来回晃荡着，仰起头眼巴巴地看着他。

"撒娇没用。"周砚池显然不为所动，见她把嘴巴扁了起来，他又说，"假哭也没用。"

佳夕泄气了。

"你十分钟前刚吃过炒饭。"

周砚池洗漱的时候清清楚楚地听到隔壁王叔叔上班之前说给佳夕做了蛋炒饭。

"难道你背着他们把炒饭给倒掉了？"周砚池问。

"我才没有！我只是……爸爸放很多油，难吃，我偷偷倒回锅里了……浪费粮食不好。"佳夕有些心虚地为自己辩护。

事实确实如此，佳夕只需要把碗稍微倾斜一点点，炒饭里的油就能溢出来。

"饿饿，我好想吃小元宵啊。"

周砚池盯着她那张就快比元宵还要圆的脸，很想说不，只是被她可怜巴巴地看着，他下意识地摸了摸口袋，好像没有带钱包。不过，他记得昨天有借给同桌吴林两块钱，到学校后可以找吴林要回来去小卖部给她买个带火腿的面包。

他盯着小麻烦精的脸说："明早给你买，现在先老实跟我去学校。"

虽然现在吃不到，但得到周砚池承诺的佳夕还是立刻喜笑颜开，搂住他的胳膊，像朵春日里的向日葵似的将脸贴在他的胳膊上："耶，哥哥你真好，我最爱你了。"

周砚池内心毫无波动地听着她的话。

这早就不是他第一次听到佳夕对他说爱他了，不过这次好像上升了一点，变成"最爱"了？第一次是因为什么？好像是他帮忙把祝妈妈给她洗干净晒在外面的玩偶鸭子拿给她，她抱着鸭子心满意足地说："太好了，它可以跟我回家觉觉咯！哥哥，我爱你！"

这样的一句话，周砚池猜她是跟着电视剧里学的。

他长到今天连和爸爸妈妈都没有说过，但很快他就发现整个教师宿舍大院还有佳夕没说过爱的对象吗？

她知道爱是什么意思吗？

一碗元宵就最爱了。

真简单。

下午五点钟，放学铃一打，周砚池班级里没几个人把椅子架到桌子上，早已作鸟兽散，拎着书包冲出座位往外跑，此时此刻，广播室传来的《回家》的音乐伴着楼道里的脚步声清晰极了。

周砚池习惯在学校把作业做完，今晚还剩下一点英语老师布置的单词抄写，英语是今年才加的课程。

不知过了多久，周砚池在众多噪声当中倏地听到了一个熟悉到不能再熟悉的声音。

"哥哥……"

周砚池条件反射地从座椅上回过头，就看到佳夕半个身体倚在他教室门口的瓷砖上，双手放在嘴边像个喇叭一样向他小声传音。

每天都有新花样啊……

周砚池差点忘了，他是要护送她回家的。

"墙脏不脏？"周砚池皱着眉问道。

佳夕冲他笑了笑："不脏。"

"周砚池，说好要和你一起绝对不要和你分开的你妹妹，站这儿等你半天了。"班里的语文课代表徐明一边在黑板上画着板报，一边嬉皮笑脸地说。

…………

班级里留下来的几个值日生也在笑。

罢了，两天过去，周砚池已经可以做到对这起事故所给人带来的谈资心平气和了。收拾书包的间隙，他垂眼望向佳夕。

"怎么到了不叫我？"

"我又不急呀，等哥哥也没关系的。"佳夕对他微笑。

九月伊始，温度依然不算低，周砚池看着她已经被汗浸湿的刘海，很难解释心头这一瞬间涌上来的自责，虽然只有一点。

见周砚池把椅子架好后走到自己身边，佳夕连忙将手心的汗蹭掉，随后自然而然地拉住他的书包带子。

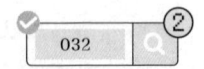

"回家咯。"

周砚池由她拉着他的包,意识到佳夕对回家的渴望,他深知祝妈妈对佳夕热爱学习的期待落了空。

"哥哥,你为什么要把椅子放到桌子上?"

周砚池:"方便值日生拖地。"

"好,那我明天也这样!"

周砚池想了想还是说:"别搬个椅子把自己的脚砸了。"

"不会的吧?那我就要去医院了!"

下楼前,周砚池把她背上那个看起来庞大到就要把她压弯腰的书包接了过来。

书包上印着和她幼稚得不分上下的米妮图案,周砚池把包提在手里,也没觉得很重。

这个动作他在昨天见祝妈妈做过一次,没想到自己做起来竟然也很顺手。

周砚池对自己讲,今天会帮她拿包只是为了弥补放学忘记接她这件事。

仅此一次,毕竟他又不是她的爸爸。

傍晚,佳夕坐在周砚池身边做完了老师布置的作业。毕竟只是一年级开学第二天,其实并没有什么实质上的作业,跟佳夕上幼儿园中班的时候差不多,甚至花样还少了些。

佳夕完成自己的任务以后,支着胳膊,安安静静地趴在桌子上看周砚池做作业,看着看着,头就倒到了他的胳膊上。

周砚池连叫都懒得叫她,只等着祝妈妈把她抱回家。

不过今晚,祝玲来得有些早,佳夕还在打盹的时候,祝玲就脚步匆匆地过来了。

祝玲来的时候,许宜还在出下周要考的英语周练试卷。

"今天怎么来这么早?"许宜摘下眼镜。

祝玲怕打扰周砚池做作业,声音压得很低:"王平他老家的二老爹刚刚没了,我们现在还得回去,指不定什么时候能回来,得把佳夕一块带走。"

"你们骑摩托回去?大晚上能看见吗?"

"没事,他老家那条路上根本没人,路破得鬼都不会去的。"祝玲开了个玩笑。

许宜站起身，活动了一下肩膀："但这么晚，佳夕跟着一起去，睡觉也不方便吧，大人还好凑合凑合，小孩子怎么将就呢，明天不是还要上学？"

…………

周砚池在祝妈妈刚到他家的时候，就听到声音了。不过佳夕的耳朵比他还尖，已经睁开了眼睛，迷迷糊糊地开始收拾书包了。

见她醒来，他把正在听的英语磁带又调了调。

佳夕把书包收拾好，就对周砚池挥手："哥哥，拜拜；冷气，拜拜。"

只是她还没来得及对海尔兄弟俩挥手，祝玲已经神色匆匆地走进来了。

"宝贝，爸爸妈妈回老家忙点事情，你今晚就住在许妈妈家。一定要听许妈妈和哥哥的话，乖一点，别闹啊，知不知道？"祝玲亲了亲佳夕的额头。

"啊？可是，你什么时候回来？"佳夕一听到妈妈晚上要离开，屋外好像传来爸爸发动摩托车的声响，她的声音也变得急切起来，"不带我一起去吗？"

"外面又黑又热，路上说不定还有很多虫子，你不是最害怕了？而且妈妈明天早上就回来，可能夜里就回来了，你要早点睡，不管怎么样都不准闹哥哥啊。"

佳夕完全不知道发生了什么，就这样稀里糊涂地被安排住在许妈妈家。

知道妈妈只是短暂地离开以后，佳夕只舍不得了一小会儿，很快，第一次在哥哥家过夜的新奇感替代了一切。

一直坐在书桌上听英语磁带的周砚池本来还以为佳夕会因为祝妈妈走了而哭，结果她笑眯眯地就被他妈妈拉着往外走。

等等，周砚池突然想到了一件事，在她们身后问道：

"妈，她住我们家，睡哪儿？"

002.满天都是小星星

等到许宜带着佳夕简单洗漱完，又回到周砚池的房间时，他才发现自己才是那个没搞清状况的人。

"妹妹今晚借你一小半的床睡一下，好吗？"许宜从他的衣柜里找出一套新的薄被，直接放到了周砚池的床上。

平常，佳夕在他家吃饭或者做作业都没关系，午觉霸占他的床也行，但过夜是从来没有的事。

"不行，我不要跟她睡一张床。"周砚池不留情面地拒绝。

许宜见儿子如临大敌的模样，安抚地道："你们很小的时候也经常一起午休啊，小夕只是借住一个晚上，她那么小一点，不会占你很大地方的。"

"不行，万一，"周砚池皱着眉头，"她睡觉尿床怎么办？"

佳夕本来一直靠着许宜没有说话，这时也忍不住开口了："我才不会！我三岁就已经不尿床了！"

许宜找来一个长长的枕头，横着摆在了床中间。

"这样好了，哥哥睡在左边，佳夕睡在右边。晚上要是有事情，记得叫我，两个人不可以吵架，知不知道？"

许宜将空调温度调高了一点，才离开房间。

等到周砚池也洗漱完，两人各自盘踞在床的两边，佳夕还在摸中间的枕头。

"哥哥，这是做什么的？"

周砚池没有回答，他只能选择接受这个现实。

只不过在这张床上睡了那么久，周砚池还是第一次横着睡，脚好像都有一点腾空，只能把腿微微蜷着。

他想到这儿又侧头看了一眼佳夕，她整个人早已缩成了个虾球。

周砚池闭上眼睛，但是身旁这个生物却不配合他，这简直是在他的意料之中，所以他才不想她住在这里啊……

"哥哥，你睡着了吗？"

"干吗？"周砚池下午被张小敦他们拉去打篮球，说是打篮球，更像是抢皮球来拍，不过这还是他为数不多愿意参与的集体活动了。不过不知道是不是跑得有点久，现在有点累。

"你刚刚怎么能说我尿床呢？我没有。"她小声抱怨。

"我收回。"

"嘻嘻，那我原谅你。"佳夕笑着说，不过她很快又烦恼地翻了个身。

"哥哥，这个枕头硬硬的，我不习惯，我想要我……"

周砚池深吸一口气。过了五秒钟,他睁开眼睛,掀开被子,一句话也没说地起了床。

没过一会儿,门又被推开,佳夕借着外面微弱的光线看到周砚池带回了她的枕头。

哥哥是怎么进去她家的呢?

"睡觉。"周砚池将枕头丢给她。

"哥哥,你对我好好哦。"佳夕接过枕头,不忘狗腿。

只是,周砚池依然没能睡着,因为佳夕隔那么一会儿就要翻个身,尽管她动作已经很轻,但是床就这么点大。

"王佳夕,你又在干吗?"

被连名带姓这样叫,再加上又是那么不满的语气,佳夕身体顿住了。

她想了想后才试探着说:"我每晚睡觉,都会抱着花栗鼠睡,突然没有了,我睡不着……"

"谁?"周砚池没听说她什么时候养了只鼠啊。

"花栗鼠呀。就是我床上的小鸭子,我给它起的名字,哥哥你还抱过它呢。"

……给鸭子起叫花栗鼠真是她能干出来的事情。周砚池想起刚刚去佳夕床上找枕头,确实看到枕头旁放着一个黄不拉几、穿着紫色裙子的鸭子玩偶,不过他一开始以为那是一只鸡。

他有些不耐烦地问:"我刚刚去拿枕头的时候你怎么不说?"

"因为,你走得太快了。"她说完又补了一句,"哥哥,我不是批评你,是夸你个子很高哦。"

周砚池听着她的话,想到刚刚出门拿个枕头的工夫,被几只蚊子叮,要是再出去一趟……

他想也没想地把两人之间的"三八线"推到她怀里。

"抱这个睡,这个也软。"

佳夕有点犹豫:"可是,我和花栗鼠有感情,和它没有……"

周砚池说:"没有感情,可以现在培养。"

佳夕在黑暗里眨巴着眼睛,知道周砚池不可能再去帮她把花栗鼠抱过来,只好试着接纳这个没有很好看的枕头。

等到佳夕彻底安生下来，周砚池倒是有些睡不着了。他听着空调的风透过百叶传来的声音，还有屋外的蝉鸣声，原来已经九月了。

周砚池睁开眼睛，这才发现，他忘记把窗帘拉起来了。

他正想起身，就听到佳夕很轻很轻的声音。

"哥哥，你睡不着吗？"

她是用气音在说话，周砚池觉得这声音好像鬼发出来的。

"正常点说话。"

不知道是不是小孩子的天性，身边有人的时候，佳夕总是很想和对方说话。

以前在幼儿园午休的时候也是这样，如果没有老师管，小朋友们都是小声说话一直说到困了为止，但是她现在还没有睡意。

"哥哥，万一妈妈明早还没回来，你能帮我扎小鬏鬏吗？"

"让我妈给你扎。"

"可是你昨天中午替我弄得很好，圆圆有夸哦。"佳夕真心实意地夸奖，"圆圆是我的同桌。"

"明早再说。"周砚池回道，"你怎么到现在还不会自己扎头发？"

"可能因为我的头发多吧，你们男孩子不懂。"

············

"哥哥，你要是睡不着的话，可不可以给我唱首摇篮曲？"

平常她睡不着，妈妈就是这样做的。

"你今年不是三岁，而且，"周砚池打了个哈欠，"我睡不着，怎么不是你给我唱？"

佳夕来了精神，往他这边靠了靠："你要听我唱吗？"

周砚池往另一边挪了挪，他真是怕了她了，要是她一唱歌唱精神了，那他今晚还要不要睡觉了。

"你要听什么？"周砚池决定快速把她哄睡着。

佳夕也望向窗外，眨了眨眼睛。

"《麦兜与鸡》你会吗？"佳夕本来想说《数鸭歌》的，但她有点听腻了，这一首好像很有难度，但哥哥那么聪明，说不定会唱呢。

周砚池问："什么东西？"

他听说过麦兜,也听说过鸡,就是没有听说过麦兜与鸡。

"噫!"

周砚池听到佳夕口中发出了很短促的一声,像是在嘲笑他连这个都不知道。

"'我们是春天的花!'这是《麦兜故事》的歌,哥哥,你竟然不知道……"

周砚池说:"我二年级了,要学习的,整天和你一样?"

佳夕有点不服气:"哼,那《小星星》,你总会吧。"

"会。"

佳夕想说,这首歌在她上小班的时候就已经不流行了,没有小朋友唱了,但是怕打击到哥哥的面子,她忍住没有说。

我真是一个善良的好孩子呀。佳夕这样想着,然后听到了哥哥的声音。

"一闪一闪亮晶晶,满天都是小星星……"

佳夕本来已经闭上眼睛,结果被哥哥这一顿操作后,又睁开了眼睛。

"你都没有唱,你只是在读!"她小声指责道。

"你要求太高了。好了,唱完了,睡觉。"周砚池看了她一眼,发现佳夕的被子已经被她推到肚子那里了,他又把她的被子往上扯了扯,一直盖到了她的脖子下。

"手也放到里面。"

"我这样,就不能动了。"

"正常人睡觉就不会动,你老实一点。"

把佳夕的被子理好后,周砚池也盖好自己的。

"哥哥,我还想再说最后一句话。"

周砚池最后看了一眼窗外,叹了口气:"说。"

他听到耳边传来佳夕满是疑惑的声音——

"你说,为什么'满天都是小星星',那小星星长大了呢?"

其实佳夕第一次听到这首歌就很想问这个问题了。她记得她问过妈妈,妈妈当时好像在忙什么,只是对她说别添乱;她也问过老师,老师笑着说,这是什么傻问题,于是她也笑。

她已经有段时间没想起这个问题了,她还在这里努力透过窗户去看屋外的星星，就听到周砚池带着睡意的声音。

"长大了，就变成大星星了，就会去到另一片天空。"

她怎么还不睡？周砚池眼睛已经睁不开了。

"可是大星星长大了呢？"

"那，就变成老星星了吧。"

"是这样吗？"

尽管佳夕不是很确定答案的真伪，但是，有答案就是很好的事情。

佳夕看了一眼哥哥，又望着窗外的漫天星河，她想，是不是等到她和哥哥陪着头顶的小星星们一起长大变老，她就会找到答案了呢？

003.我不会让你一个人

2003年上学期开始，佳夕和周砚池每天中午不再回家，而是留在学校食堂吃饭。也是从这一年开始，佳夕每周有三天在放学之后要去县城的少年宫学古筝。

本来祝玲想送她去学舞蹈，练一练气质，结果舞蹈老师让佳夕试着做个前翻，她一直抱着把杆说害怕摔倒，说什么也不肯翻。祝玲拿她那没出息的样子没辙，最后换到了古筝班。

佳夕手小，古筝刘老师一开始都不建议她学，但祝玲说就是学着玩，多样才艺罢了。

一天清晨，祝玲费劲地叫完女儿起床，一出来看到周砚池在家门口的桂花树下端着水杯刷牙，她笑着问："现在放学的路上少了那只叽叽喳喳的鸟，是不是耳根清净多了？"

自佳夕学古筝开始，她和周砚池放学后很少一起回家了。

祝玲前阵子还和许宜开玩笑："不知道是不是从小就老让砚池带着我们家佳夕，照顾她，他一个小男孩好像早早被迫长大了哈哈哈，还是多留点时间给他和其他男孩子打打篮球、玩玩游戏吧。"

周砚池迟疑了几秒后，点了点头，开始想，他的世界确实清净了，而且回家都要比往常早十分钟。

确实都是好处。

周末佳夕再也不能像以前一样游手好闲,除了要做学校的作业,还得练很久的琴。

最初佳夕还会耍赖说不想练,妈妈从前总是会很快顺着她的心意,但是,最近事情似乎发生了一些变化。

妈妈开始苦口婆心地对她说:"小时候妈妈多想学唱歌,但是家里穷又有很多小孩,没有那样的条件,现在给你创造条件,你怎么能不知道珍惜呢?你知不知道少年宫坐你旁边的张雪每晚都练到十点,人家每次弹得多熟练,刘老师都夸,你现在二年级了,不是小孩子了,是不是该自觉一点?"

诸如此类的话。

佳夕坐在古筝前叹了一口气。

张雪为什么要这么努力,又为什么和她在一个班呢?佳夕承认自己有点苦恼。

自从她上了小学,妈妈比以前容易发火了一点,虽然只是很偶尔。佳夕其实不懂妈妈有时候为什么不开心,她一直以为长大是一件好事呢。

为了让妈妈能像从前一样,佳夕只好努力地和二十一根细细的琴弦培养感情。

十月里一个极其寻常的周末,桂花开满了枝头,佳夕练古筝练累了,就去屋外呼吸新鲜空气。

她本来是很想看会儿电视的,但惨遭祝玲拒绝。

"别看,对眼睛不好。你累的话,看会儿书。"

佳夕嘴巴扁了起来,看书只会让她更累呢。她决定到隔壁串门,好像好几天没打扰哥哥了。

现在再站在周砚池屋外的窗口,佳夕已经不需要踮脚,就可以看到屋内的一切了,不过房间里好像没有人。

"许妈妈,你在干吗?"佳夕绕到正门,见地面湿湿的,猜叔叔刚刚才拖了地,她害怕踩脏,于是靠在门口说话。

许宜坐在客厅的椅子上看从学校图书馆借来的书,见佳夕来了,神情变得温柔:"在看书。是不是来找哥哥玩?他去打篮球了。"

佳夕觉得奇怪,她现在还能听到大院门口的动静,张小敦他们都在院子外

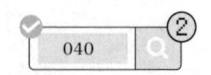

面玩弹弓，哥哥和谁打篮球呢？

许宜像是想起了什么，起身从身后的包里掏出一张纸币，连同几颗金丝猴奶糖递给佳夕手里。

"糖一天只能吃一颗。你要去找他吗？好像也是时候把他叫回来了。你叫哥哥回来的时候，在路口的粮油店带一瓶醋回来，晚上叔叔说给你们包饺子吃。"

佳夕喜欢吃饺子，也喜欢吃糖。

"好哦！我很快就跟哥哥回来！"

"小心点看路啊。"

走出大院门口的时候，佳夕看到一群大院里的男孩子吵吵嚷嚷着在玩，人群里果然没有周砚池。

她问："你们看到我哥哥了吗？"

"我们又不跟他玩，才不知道他在哪里。"

"就是，不跟他玩！"

张小敦最近因为周砚池被他妈骂了不知道多少次，现在听到这个名字就烦。但他又爱逗着佳夕，毕竟大院里也没别的比他小的女孩了，有的也是比他大上好几岁，个头比他高，一巴掌就能把他头拍扁的几个姐姐。

"你别整天跟着他屁股后面了，要不要跟我们玩弹弓？"

佳夕看了眼他手里的东西，其实有一点点想玩，但她还是摇了摇头，把钱塞进口袋里，往大院后面的篮球场的方向跑去，不知道哥哥又怎么得罪他们了。

篮球场在一片绿荫的水泥地上。说是篮球场，其实简陋得很。场地并不大，两个篮球架锈迹斑斑，篮筐的高度对成年人来说矮了些，这里只有大院的小孩闲暇的时候才会来玩，哥哥他们从去年开始偶尔会来这里打球。

傍晚的阳光透过树叶的缝隙照在佳夕身上，照得她全身暖洋洋的，脚踩在金黄色的树叶上，她老远就看到了周砚池。

空旷的场地上，只有他一个人。他背对着她站在离球架几米远的地方，轻轻一跳，将手中的篮球投出。

佳夕看到球在半空中划出一道漂亮的曲线后进了篮筐，真厉害啊。

佳夕想出声叫他,就看到他往球的方向走去,转身面朝她的时候,她看到他脸上没有丝毫球进球后的愉悦。

"怎么投进球都不开心呢?"

其实周砚池的神情和往常没什么差别,因为他总是没有什么表情,但佳夕还是瞬间就察觉到他此时此刻的低落。

就好像有很多情绪想要发泄,但是他抱着球,垂着头,没有再把球投出去。

这还是佳夕第一次看到哥哥这样,他怎么了?

她又想起刚刚张小敦说的话,是因为他们都不和他玩吗?因为他总是很像个大人,佳夕一直以为哥哥是不会因为任何事难受,也从来不需要朋友,不会觉得孤单的。

她站在原地想了半分钟后,也没想明白,很快摆出一张笑脸跑过去。

"哥哥!"

周砚池听到她的声音,也并没有什么反应,一言不发地在篮球架旁边坐下。

他听到佳夕的脚步声越来越近,很快,她在他身边站定。

他问:"你来干什么?"

佳夕将口袋里的奶糖拿出来递到他眼前,眼睛晶亮地看着他:"要吃糖吗?"

周砚池摇头:"你自己吃吧。"

佳夕撕开糖纸,将奶糖上面透明的糯米纸放进口中:"投篮是不是很难哦?我到现在还从来没有把球投进过篮筐呢。"

周砚池伸手将地上的球往边上推了推,示意她自己玩。

佳夕跃跃欲试地将球抱入怀里:"那我要试一下。"

"嗯。"

周砚池没有看她,就这样漫无目的地往远处望。

离大院几里路远的地方有个化工厂,他还能看到高高的凉水塔顶端在冒着朦胧的像是白烟的雾。

他能听到背后篮球击打地面的声音,以及球偶尔撞到篮板的声响。

过了不知道多久,佳夕抱着篮球再次站到他面前。

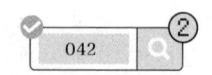

"哥哥，你怎么不玩了？"

周砚池先是没有说话，再开口声音有些闷闷的。

"因为只有我一个人。"

眼前的光线彻底被阴影笼罩，佳夕在周砚池面前蹲下来，歪着头说道："嗯，这个不难哎，哥哥我陪你吧，我学东西很快的！你知不知道，我语文上一次只考了四十多分，然后我认真地学了一个月，好吧，也没有很认真，我这次就考了五十多了！你刚刚看没看到，我已经可以把篮球砸到那个板子上了，你教教我，说不定我很有运动天赋呢。"

周砚池看向她因为运动而泛红的脸。

"人不够。"他说。

"那，还缺什么人呢？"佳夕问。

"大前锋。"

"我给你当大前锋。"

"还有后卫。"

"那我也给你当后卫。"

终于，周砚池因为她不着边际的话唇角露出了一点笑意。

"这两个位置不同，你怎么同时给我当？"

佳夕见他露出了一点笑容，也开心地笑了。

她又往前凑近了一点，认真地说："哥哥，我可以跑得快一点，你需要什么我就咻一下跑过去，好不好？"

她的目光和话语真挚到几乎天真的程度，周砚池应该对她说"别说傻话了"，但是，他只是很安静地听着她笨拙地安慰他。

"哥哥，你不要伤心，他们不跟你玩，你还有我，我不会让你一个人的。"

004.全世界最可爱

周砚池感受到余晖落在他身上的温度，半晌才开口："你哪只眼睛看到我伤心了？想象力丰富。"

佳夕见他又回到了从前酷酷的模样，故意凑近他的脸，用两根手指撑大自己的眼皮。

"我两只眼睛都看到了哦。"

周砚池侧过头,手掌盖在她巴掌大的脸上,把她往后推。

"想太多,我又不在意他们。"

佳夕抓住他的手,怀里的球就这样掉到了地上。

"那很好,哥哥你只在意我就够了。"

周砚池本来还想说点什么,但看到佳夕的小腿已经被叮了几个红点,他骤然起身。

"走吧。"

"我们这就走了吗?"

周砚池几步走到篮板下停下,向她招手。

佳夕抱着球几步走到他身边。等到她站定,他上半身微弯,双手环住她的膝盖,慢慢地站直。

佳夕发现自己脚已经离开地面,被举得高高的,吓了一跳。

"哥哥,你是要教我投篮吗?"

"教是没时间了,先这样吧。"

他抬起头,看了一眼篮筐的距离,吃力地又把她举高了一点。

"你把手抬一下看看。"

佳夕兴奋地比对了一下位置,又低头问:"哥哥,能再高一点吗?"

"不能,你动作快点。"

佳夕"哦"了一声,努力将手抬到最高,屏息将球往篮筐的方向扔……

"耶,真没有想到,我有一天也可以通过自己的双手将篮球投进篮筐里。这个伟大的日子我一定要记下来。"被周砚池放下来后,佳夕还沉浸在投完球的好心情中。

周砚池走在她前面,听着她叽叽喳喳的话,活动了一下自己的胳膊。

佳夕注意到他的动作:"我有很重吗?"

"你说呢?"周砚池看了她一眼,"我的手要断了。"

"那我来给你捶一捶!"

周砚池握住她伸过来的手,想到祝妈妈经常会哄着她,用五角钱换她捶背十分钟,但是他好像没带钱。

"去把球捡起来，回家了。"

"好！"

佳夕抱着篮球一边走，一边以周砚池为圆心转圈圈。

她故意弓着腰，怀抱着篮球问周砚池："哥哥，你看这样像不像猪八戒抱西瓜？"

周砚池余光看过去，想也没想地说："像。"

佳夕闻言脸皱了起来："啊？你当然应该说，天底下哪里有这么可爱的猪八戒。"

晚霞覆盖在天边，头顶的天线上不时有几只鸟儿飞过，两个人的影子被拉得很长。

一直到快要走到家门口，周砚池才听到佳夕"啊"地惊呼一声。

她将口袋里的纸币递到周砚池手里："差点忘记了，许妈妈让我们买醋。"

……他就知道。

2004年的春天，杨絮飘满街道的时候，南县附属小学的校门对面出现了不少生面孔，一排中年男人坐在矮矮的木凳子上，面前放着装各种小商品的篮子。

周砚池只在他们第一天出现的时候看了一眼，但并没有过分关心。虽然每次放学后都有一堆小学生蹲在那篮子前面看，人围得越来越多，几次佳夕也想凑上去看两眼，硬是被周砚池扯着拽回家了。

一个月前开始，佳夕的古筝课调整到了周末，两人又经常一起上下学了。

有一天上学，佳夕说放学后在校门口的梧桐树下等周砚池。

周砚池没作他想，等他出校门的时候，就看到佳夕双手插在上衣兜里，难得乖巧地站在树下，没像块糯米糕似的立刻黏过来。

回家的路上，没走几步，周砚池突然停住了。

"怎么了？"佳夕问。

周砚池没注意到她一副惊弓之鸟的模样，只是烦躁地看着她运动鞋上松散的鞋带。

"你能不能有一天可以把你的鞋带系好？"今天早上做操前整队的时候，

他老远就注意到她没头没脑地往前跑，差点被鞋带绊倒，结果下一秒，他就看到她大刺刺地把鞋带往鞋里一塞，就完事了……

怎么没懒死她啊？

佳夕目光有些局促："到处都在飘杨絮，我的手一碰到就会痒，已经过敏了，我回家一定系！"

周砚池是知道一到春天她就会过敏，他那双稚气未脱已经稍显锐利的眼睛就这样盯着她看了一会儿，终于皱着眉头蹲下来。

"脚伸过来一点。"他语气严厉。

真是一秒也忍不了她这乱七八糟的鞋带。

"我想要你上次给我系的蝴蝶结，结要大一点的。"

周砚池真是要被她气笑了："让我看到你因为鞋带没系好绊倒，我不可能再给你买吃的。"

佳夕早已习惯他的"恶语相对"，低下头看到两根带子在哥哥的手里这样一绕就系成一个漂亮的结。

不过，回家的路上周砚池总是能听到很小的声音，像是乌鸦的叫声，又像是……

周砚池倏地转身望向她，视线再一次落在她别别扭扭揣在口袋里的手上。

"你口袋里是什么？"

佳夕连忙摇头，眼神躲闪，口袋里又适时地冒出来一连串古怪的声响。

"你别告诉我你买了鸡……"周砚池质问道。

佳夕目光闪烁着反驳："是小鸭子，很小很可爱的。"

她越说声音越小，脚步也变得轻快。

周砚池在她身后，简直不知道说什么好。

她的零花钱永远葬送在吃和这种地方……

"你没听大人说吗？这些根本养不活。"他在她身后板着脸说道。

佳夕头也不回："那我很爱它的话，肯定可以把它养得很好，我随便养养也已经快八岁了。"

"乱讲。"周砚池被她毫无逻辑的话噎到说不出话来，平常几十个字的古诗都背不顺，现在真是口若悬河。

"到时候被叔叔阿姨发现,别想着让我替你养。"

"我才不会!"

当然,这句话落下后还不到两个小时,天色还没有黑透,佳夕就带着她的小鸭子出现在周砚池的窗台前……

周砚池吃完晚饭,在书桌上听着磁带跟读明天要学的英语课文,窗户突然被从外面拉开。春天到了,院子里总是散发着各种不知名的香味,周砚池没有心情去品味,他抬眼就对上了佳夕有些慌乱但又带着讨好的神情。

"哥哥。"佳夕将小时候过家家用来装公主玩偶的小篮子从窗口递进来。

"哥哥,你就先帮我养一晚上,我妈妈说如果我带什么长毛的回去,她就立刻煮了炖汤……"

周砚池盯着篮子里只有一个头冒在外面的黄毛鸭子,两双眼睛就这样对视着。

"我是不是和你说过——"

"太好了,哥哥我最爱你了。我们说好,我明早来接它,你一定要照顾好它哦。"

周砚池一脸嫌恶地看着篮子里的鸭子,只觉得头疼。

"给我找麻烦是你的爱好是不是?"

"我以为你很喜欢给我解决麻烦呢。"佳夕满眼祈求。

周砚池沉默了。

005. 我很宠她吗

许宜敲门进入周砚池卧室的时候,看到的就是儿子和一只巴掌大的小鸭子大眼瞪小眼的画面。

"你怎么会买鸭子?"这实在是出乎许宜的意料。

"不是我的。"周砚池闷声说道。

他剩下的半截话都不用讲,许宜已经明白过来。

她笑容温和:"我猜也是。"

平房隔音一般,周砚池的房间和佳夕的卧室又只隔着一道墙,隔壁这时传来佳夕委屈的声音。

"所以，如果我长毛了，你就不要我了吗？"

"怎么，我是生了个毛桃还是你发霉了啊？你跟我说说你长什么毛？你要是语文能及格一次看我管不管你……"

许宜因为这对母女俩的话又笑了，笑完轻拍了拍周砚池的肩。

"这种都是打了激素的，很难养活。你跟小夕说说，以后不要再买街边的小鸡小鸭了。"

周砚池心想，妈妈真的一点也不了解佳夕，她是会听他的话的人？

许宜走之前又往篮子里的小鸭子看了一眼："能不能撑到明天都难讲。"

周砚池没有说话，拿着笔一副事不关己的样子开始默写英语课文，只是他隔十分钟就忍不住要去看一眼篮子里的鸭子，就像上了发条一样。

有时候，篮子里会出现轻微的晃动，过了一会儿，那种持续不断的微弱的嘎嘎声传出来。

周砚池突然想起佳夕很小的时候，饿了就嘤嘤哭到处找奶喝的样子。

他只好找来装醋的小碟子，倒了一点温水在里头，把那只鸭子捧在手心里喂着。

周砚池感受着毛茸茸的触感，丝毫不觉得享受，只觉得心里一阵发毛。

"你要是敢拉在我手上，我不管她会不会伤心，也会把你丢了。"

他不知道自己的恐吓有无效果，好在鸭子确实老老实实的。

那一晚，周砚池醒了很多次。又一次醒来时，他还是自暴自弃地将桌上的篮子放到自己的床头。

梦里，他似乎看到佳夕因为鸭子死掉而流下了眼泪，泪水多得就快要把他淹死。

客厅的挂钟时针指向三点时，周砚池再一次毫无征兆地睁开了眼睛，直到身边的篮子里又传来恼人的嘎嘎声，他才松了一口气，闭上了眼睛。

幸好，他不至于被泪水淹死了。

介于祝玲一直不能接受佳夕把带毛的活物放在家里养，周砚池一直被迫收留这只鸭子，而她也是找到机会就要来喂食、撸鸭。

"到底是你养，还是我养？"好几次周砚池忍不住问道。

佳夕用那种无辜的眼神看着他："你跟我一起养花栗鸭，等它长大了，你不会很有成就感吗？"

佳夕将小鸭子从商贩那里接来的时候，就给它想好了名字。

周砚池对着那根浮在他水杯里的犯罪嫌疑毛——鹅黄色的鸭毛，只想说一句：并不会。

佳夕还在他耳边念叨着："不然，我们可以叫它'王周鸭'，怎么样？好听吗？"

"好听个鬼。"

不过周砚池倒是没想到这小鸭子在他们的照顾下竟然存活了下来，只是好几次，它被他抓住在他的数学习题册上排泄……这就是它活着而他所必须要付出的代价吗？

2004年这一年，佳夕度过了一个相当愉快的暑假。

她在下学期的期末考试中数学拿了满分，语文虽然一如既往的差，但至少没有在倒数十名行列，祝玲奖励她回了一趟老家。

等她回来的时候，已经是七月中旬了。

周砚池正在家门口扫地，老远就听到她的脚步声，回头一看，佳夕穿着绿色碎花裙艰难地走进大院，两只手起码提了四个袋子。

"哥哥，你快来帮我提一下，我要不行了。"她求救道。

周砚池把扫帚靠在树干上，走过去。

"这都是什么？"

"我奶奶让我带回来的猪肉，还有羊肉。这是给你们家的。"她递过去两个袋子以后，瞬间呼了一口气，擦掉脑门上的汗。

"啊……哥哥，你不知道，我老家刚刚下了十几只小猪，粉粉嫩嫩的，好可爱好可爱，我本来想带一只回来和你一起养的，可是我奶奶说它们很快就会长大，这里它们住不下。"

周砚池听到这里，终于松了一口气："谢谢你，别折磨我了。"

走到她家门口，周砚池才发现她还背着一个书包。

他帮她拿下来，没想到很沉。

"你这包里装的什么？"总不可能是书吧？

"语数外的书还有暑假作业。"

周砚池是真没想到她放假回老家还这么积极，随口问道："暑假作业做到哪儿了？"

佳夕开门的动作顿了顿："还没写……"

周砚池用脚趾猜都能猜到她是根本不可能去学习的。

"不明白你带这么多书回去的意义。"

佳夕没说，她带回去的时候真的以为自己会看会做的。

她想了想说："不过把书带回去还是有好处的，我心里好踏实，晚上睡得也很好。"

周砚池：……行。

在做完本就不算多的暑假作业后，佳夕除了准备不久之后的古筝考级，剩下的时间几乎都是吃着冰棍赖在周砚池的房间看电视。

"哥哥，快快快，《非常周末》已经开始了。"

"你要看回自己家看去，我要看篮球赛。"周砚池一如既往的不近人情。

"但是，上午我已经——"

"没有但是。"

好在，雅典奥运会的到来解决了他们之间的争执。

祝玲睡一觉醒来，四处找不到人，王平不用问肯定是去打麻将去了，佳夕更是待在许宜家，根本不知道回家。

她站在周砚池房间门口，就看到女儿抱着一只黄毛鸭子坐在周砚池的床上，而那张床本来的主人正坐在书桌后的凳子上，两个人目不转睛地盯着面前的电视看。

"哥哥，苹果。"佳夕手往边上伸了伸，视线都没转一下。祝玲就看见周砚池冷着脸说"自己没手"，结果没过几秒就把已经切好的苹果用牙签叉好递到她嘴边。

她到底养了个什么饭来张口的闺女？

"你是手断了吗？整天指使你哥做事，你怎么好意思的？"

周砚池见祝玲来了，立刻起身，准备给祝玲倒杯水。

"你看你的，不用忙活。"祝玲冲他摆摆手。

佳夕看电视看得投入，这时候才注意到妈妈来了。

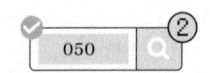

她怀抱着花栗鸭又往床里坐了坐，拍了拍床单："妈妈，快来跟我们一起看奥运会。"

"我看你个头，把那长毛的拿离我远一点，一股鸭臭味。"

佳夕低下头闻了闻花栗鸭："才不臭，香喷喷的。"

祝玲一脸嫌弃："你看完赶紧给我回家练琴啊。"

走之前，祝玲望向坐在一边的周砚池："你别太宠太惯着她了，她越大越会得寸进尺。"

周砚池因为祝妈妈的这句话有些愣神，不知道在想什么，过了好一会儿才又被电视里的比赛吸引住。

"我很宠她吗？"他余光望向正专注看比赛的佳夕，心里思索着，很快又望向她怀里的那只鸭子。

"没有吧。"周砚池心想，至少他几次罔顾佳夕的意愿，打算把那只走到哪儿毛掉到哪儿的花栗鸭给丢掉，虽然最后总是因为种种原因没成行。

006.正在长大的我们

"胡萝卜很有营养，我让给你，哥哥。"佳夕把鱼香肉丝里的胡萝卜夹出来，想送进周砚池碗里。

"我可以叫祝妈妈来帮你吃。"周砚池咽掉嘴里的菜，看都没看她，只是冷不丁说了那么一句。

"噫……"佳夕忍不住撇过头用口型跟许宜告状，"他好坏啊。"

"哥哥是为你好啊。要多吃胡萝卜，对眼睛好。"许宜拿过佳夕手中的筷子夹了一块卤牛肉放进她碗里，"牛肉也要多吃。"

"我眼睛很好的。"佳夕将眼睛瞪得大大圆圆的，瞪到发酸快要流眼泪才眨了眨眼睛。

"小佳夕，要不要再盛一碗饭给你？"周远起身盛饭的时候，问了一句。

没等佳夕回答，周砚池已经出声："她晚上吃得够多了。"

爸爸这是在喂猪？每次她一来，他就拼命让她吃，到时候吃多了又不消化。

"她还在长身体呢，能吃怎么不让她多吃啊？"周远最喜欢看到小孩子能吃。

"对呀，对呀。"佳夕也跟着搭腔。其实她已经饱了，但如果叔叔让她继续吃的话，她也是可以吃的。

"对个鬼。"

周砚池瞥了她一眼，都吃两碗了还不知道停嘴。

"砚池，不准对妹妹说粗话啊。"周远低声斥责道，虽然语气并不怎么严厉。

佳夕在一旁拉着周砚池的衣角催促道："哥哥，快点吃，我们快去看奥运会啊，今晚很重要的。"

佳夕怕祝玲责怪，周砚池不看电视，她是不敢一个人坐在电视前的。

"快不起来。"周砚池故意细嚼慢咽，等到佳夕急得不行才放下筷子。

祝玲见佳夕在许宜家里吃了晚饭还没有回来，出来寻人就看到许宜躺在树下的藤椅上。

"平常跑两步就喊累，现在对体育倒积极了，我怀疑你家那电视，现在烫得能热菜。"

许宜将脚边的凳子往祝玲跟前踢了踢。

"坐。看看奥运会也挺好的，以后考试可能会考到，说不定是写作素材。"

"哈哈哈，说到作文，满分三十她能得一半就不错了，真是稀奇了，哪个认识她的人不说一句，这丫头怎么看语文都不应该差啊，你知道她回什么？"

"什么？"不过许宜似乎猜得到。

"她说：'咦，为什么呢？我难道长着一张语文应该很好的脸吗？'"

"不过她数学很好，我就没看她数学扣过什么分，除了偶尔粗心。"

"但是哪有女孩子语文学不好的？说出去真的是……算了不管她了，现在还能让她撒欢玩玩，等上五六年级也不可能这样了。"

"是啊。"许宜躺久了，起身活动活动，"你怎么不看奥运会？"

"我今早看个比赛手心出汗，心脏病都要发了，还是看重播吧。"

两个人就这样在院子的树下乘凉。

祝玲说："说起来，下一届就要在北城办了，看两个小孩那么喜欢，整天就要贴电视上去了，也不知道到时候门票贵不贵，要是能带他们去现场看就好

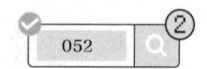

了，还能顺道去看看我二妹。"

许宜目光飘远："我听你说过，她在北城读的大学，后来留在那儿工作了，是吧？北城……还早呢，看有没有机会。"

祝玲瞧见许宜的神色，适时地打住了话头。她在还没和许宜成为无话不谈的朋友之前就听说她当年是个高才生，高考成绩完全够报北城很好的大学，不过不知道是不是因为家里还有个弟弟，再加上支付不起开销，最后只上了这里免学费的师范，毕业就早早结婚了。

住在大院的这几年，祝玲几乎没见过许宜和娘家人走动，只是她没开这个口，祝玲也就没有问过。

祝玲转移了话题："再让她看一会儿，十点肯定就知道困了。"

结果到了晚上十点，佳夕还是待在周砚池的房间。

祝玲又来叫，看到两人还像白天一样，连位置都没什么变化。

佳夕余光扫到妈妈，讨好地说："妈妈，我想给刘翔加油，你先睡，我看完立刻就回去。"

祝玲打了个哈欠，她连冲佳夕发火的力气都没有了。

"人家刘翔缺你给他加油？早点给我回来睡觉。"

"比完我就回！"

祝玲不懂，明天看重播不是一样？也没听中国人在这项运动上拿过奖啊。

和许多人一样，祝玲没想到的是，这一天，这个黄皮肤的少年会在一群黑皮肤的人的手中拿下110米跨栏的冠军。

决赛开始前，佳夕紧张得不得了，牙齿打战的声音让周砚池鸡皮疙瘩都起来了。

"不紧张，为什么我那么紧张……"

周砚池本来只是随意地看一看110米跨栏，现在整个人都被赛事和佳夕搞得紧绷起来。他双手握成拳头，身子前倾，第一次忘记眼睛要和电视机保持一定的距离。

随着一声枪响，八个选手瞬间跨出，当解说员几乎用声嘶力竭的声音吼出："刘翔赢了！刘翔赢啦！刘翔创造了历史！一个黑头发黄皮肤的世界飞人！"佳夕几乎是从床板上跳了起来，周砚池立刻起身捂住她的嘴，虽然他也能感觉到自己的血液在沸腾，但当下最重要的事还是得保持安静，别把周围的人吵醒……

不过,为什么外面的动静好像更夸张?

佳夕激动地抱住周砚池,视线里是刘翔意气风发地将国旗披在身上的画面,他用"12秒91"的成绩创造了他的历史。

尽管只有八岁,尽管困得快睁不开眼睛,但佳夕打心里感受到一股油然而生的幸福感,原来一个人的胜利所能带来的快乐可以隔着屏幕传递给这么多人吗?

"小声点,别把你妈妈吵醒。"周砚池拍了拍她的背。

"他好厉害,对吧?"佳夕挣开周砚池的怀抱,晃了晃他的胳膊。

小学没有历史课,佳夕对历史的认识是依靠大人们的对话、看的书和电视剧得来的。她一直以为,历史是过去发生的已经无法改变的事,原来不是这样吗?

佳夕依然难掩兴奋:"哥哥,你运动不是也很好吗?你也可以参加这些比赛吗?"

周砚池对她的异想天开无话可说,让她坐回床上。

"你怎么不想着自己来?"

"我?"佳夕因为他的话掰着手指很认真地去思考自己的强项,有点难为情地说,"可是我跑步很慢,妈妈说乌龟都比我快啊。"

周砚池把牙刷和牙缸拿给她刷牙,敷衍道:"谁说非要运动的?你好好学习,也可以参加比赛。"

"这样吗?"

等到周砚池自己洗漱完进房间的时候,看到的就是佳夕斜靠在床上闭上眼睛的样子。

他走近她,轻轻碰了一下她的胳膊。

佳夕的眼睛仍然闭着,只是口中嘟囔道:"我要好好弹琴,还要学习……"

周砚池因为她突如其来的远大抱负扯了扯嘴角,真该用录音机录下来给祝妈妈听一听的。

他看了一眼挂钟,已经凌晨三点了。

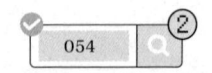

从来没有睡得这么晚过。

周砚池见她没醒过来的意思,将床上的薄被子盖在佳夕身上,瘫在她怀里的那只鸭子因为落下来的被子吓得抖了抖鸭毛。

佳夕睡得很靠里,周砚池正准备往床上躺下,就像小时候她在这里留宿时那样,但是他的动作变得迟疑。

他皱着眉站在床边思索了一会儿,最后,还是从柜子里找到凉席,铺在床边的地上。

枕头在爸妈房间的柜子里,他不想把他们吵醒,于是把《牛津大词典》枕在头下。

周砚池从来没有这么晚睡觉,有一种困过劲的清醒。

佳夕上一次在他家留宿,好像已是两年前的事了,时间过得有点快。

不知不觉,她都已经会因为别人比赛的胜利而流泪,而不是问,哥哥,这是什么比赛,赢了大家为什么会哭呢?

他侧过头借着月光看着床上的身影。

她好像在慢慢长大了,他也是。

周砚池回过头,闭上眼睛,听着空调风声响中佳夕很浅的呼吸声,也进入了梦乡。

第三章 2006年夏天

001.一起来这里许愿的人,最后会分开

当蝉鸣声逐渐被秋风吹散的时候,教师宿舍大院的人们惊奇地发现佳夕真的开始学习了。

以往周砚池不陪她玩的闲暇时光里,她不是糊弄似的弹弹古筝,就是被张小敦、赵雷他们逗得追着他们满院子打闹。

现在,佳夕不能说有多刻苦,但是她可以坐在周砚池身边半个小时不说话,头也不抬地学习了。

祝玲晚上九点来接佳夕回去睡觉,见到她还低着头在那里看语文书,生怕自己又是自作多情,于是弯下腰,想看看佳夕是不是只是坐着睡着了。

随后,她对上了女儿那双睁着的大眼睛,祝玲讪讪地笑了笑。

"妈妈,你为什么这样?"佳夕开始收拾占了周砚池大半个桌面的书,好奇地问。

放在以往,祝玲一定会说她学习没多认真,阵仗倒是搞得大得不得了,人家周砚池桌上只留下一本书一支笔,她呢,桌面上堆得乱七八糟的全是她的书,也不知道她是真的看了哪一本。

但今天祝玲难掩喜悦地帮着她一起收拾。

"哈哈哈,你妈没做梦吧,这是上了三年级,终于知道好坏了?"

她又看了一眼和自己打完招呼就继续低头学习的周砚池,更加认定了女儿还是要多和许宜的儿子待在一起。

"就是要多跟你哥哥在一起学习,近朱者赤,让你哥哥多多熏陶你。"

不知道是不是功夫不负有心人,国庆前的一次语文随堂练,佳夕考出了自出生以来,语文的最高分,88分!

祝玲拿到佳夕的语文考卷的时候,比往常王平打麻将赢了钱还要开心。她看看试卷,再看看站在眼前的女儿,只觉得这张脸在这分数的加持下,真是越看越可爱。

"我就说啊,我一个教语文的怎么可能生出来一个学不好语文的小傻子呢?妈妈再也不怀疑自己当时抱错小孩了啊。"

说完话,祝玲又格外谨慎地把各项的分数加起来算了一遍,嗯,满分确实是一百分没错。

佳夕不是很明白,看妈妈在那里费力地口算,还让她不要出声打断,最后还是忍不住地开口:"妈妈,你算一下我扣的分数,再加上88,不就好了吗?"

祝玲顿住:"也对啊,你妈好像高兴傻了。"

总之,那段时间,祝玲周身笼罩着一种比"88"这个数字还要祥和的气质。

这个分数让祝玲拨开云雾看到了希望,其实她本来已经不对佳夕的语文抱任何希望了。在办公室其他语文老师谈起自家小孩又参加了什么语文竞赛、演讲比赛,又写了什么感人的作文的时候,她通常会选择识相地闭嘴,她还没有心大到会把佳夕驴头不对马嘴的作文拿出来献丑的程度。

但是这一次的考试不知道是不是老天在告诉她,她还不能就这样放弃佳夕,女儿好好培养还是可以成为文理兼修的好苗子。

国庆的时候,周远找朋友借了辆三排七座的商务车载着两家人一起去了南城。

祝玲和两个小孩坐在后座,王平坐在副驾驶。

许宜担心佳夕会晕车,给祝玲递过来两个橙子。

"把橙皮给她放在鼻子下闻,还好车程就半小时,一会儿就到了。"

祝玲接过橙子,又给周砚池递了一个。

"今早张老师还说,我们两家跟缎面鸳鸯被一样,成天凑一起,连放假还一起玩,这整天见面怎么就不烦呢?"

许宜轻笑,看到佳夕装作要吐的样子凑到儿子面前吓他,被他瞪了一眼后,又老实地靠回椅背了。

一个上午走走逛逛,他们把鸡汁汤包、乌饭凉粉、鸭血粉丝吃到快走不动路,才赶在中午十二点前到了鸡鸣寺……

走在寺庙里,一路上祝玲都在小声嘱咐佳夕不要踩踏门槛,男左女右迈腿进门。

很快,佳夕觉得自己好像不会走路了。她正同手同脚地跨进铜佛殿,看到周砚池一条右腿就这样迈进了门框里。

佳夕偷瞟了一眼周围,还好没有人发现,她又拉住哥哥的衣袖,踮着脚在周砚池耳边小声说:"哥哥,你右脚进门不好。"

周砚池神情没变,不在意地说:"我不信这个。"

"那你相信什么?"佳夕没想到会得到这样意外的答案。

周砚池:"科学,还有我自己。"

一时间,佳夕觉得身旁的哥哥形象更加伟岸了。她一脸崇拜地望向他,还想问点什么,祝玲已经给她递过来三根香,手掐了一下她的胳膊,示意她就算话多也不要在这里一直讲个没完。

门外好多人等着拜佛,佳夕接过香,不敢浪费时间,但她已经忘记了要说的话,于是只是小声念叨着"谢谢你,谢谢你",就学着身旁的妈妈,很快拜了三下就把香插进了香炉里。

上完香后,佳夕找到站在一旁的哥哥,准备和他一起走出殿,就听到站在一米远的两个姐姐在小声聊天。

"你不上一炷香吗?"

"不上。不懂你为什么非要来这里,你没听说过?一起来这儿的情侣会分手,朋友也会走散哎,反正就是会倒霉啊。"

"可是,我在这边读了四年大学一次也没来过这里,而且有人说这里许愿很灵的。"

"谁跟你说的,和那个人绝交吧。"

……

佳夕竖着耳朵听这两位姐姐的对话,很快就抓住了重点:一起来这里求神拜佛的人最后会分开啊。

她无措地望了一眼身前正在和妈妈小声说话的许妈妈,还有此时此刻站在她身边的哥哥。

她不想……

她可不可以把插进去的那三根香拿回来呢?佛祖那么善良,应该不会怪她的吧。

佳夕望向香炉,面上尽是苦恼,还在犹豫的时候,周砚池已经握住她的手腕拉远了。

"你在想什么?"他皱着眉,一脸不赞成地垂眸看着她。

佳夕知道她刚刚的想法被哥哥看穿了,虽然她也不敢真的那样做。

她低着头说:"她们说一起来这里许愿的人,以后会分开……"

周砚池:"她们说什么你都信?"

佳夕想了想,也对哦。

"那哥哥你觉得呢?"她抬头看着他说,"我觉得我还是比较相信你。"

周砚池抓紧她的手,避开了正往上走准备拜佛的人群,走下台阶跟上了祝妈妈她们。

"不会。"他说。

不过事与愿违,那一次的88分更像是一场回光返照,12月的考试中,佳夕的语文又回到了最初的模样。

佳夕专门挑祝玲在看完两集《福星高照猪八戒》心情正好的时候,才敢将那张58分的试卷递到她的手上。

祝玲的脸和心情都在看到那个分数以后由晴转阴。

"满分是80吗?"她自认为冷静。

佳夕摇头:"是100……"

祝玲点头,看向手中这份几乎可以称得上是滑稽的考卷,如果不是出自她女儿之手,她大概可以笑得非常爽朗。

瞧女儿的试卷,那可比刚刚的猪八戒找小龙女要好笑太多了啊。

看拼音写词语这一项基本上是鸡同鸭讲,补充词语她一半以上是自创词,扣的分比得的多,唯一让祝玲好受一点的是,古诗词填空似乎还可以。

只是,她目光落到一处,看了半天都还在怀疑自己看错了题目。

她拧着眉头把题目读了出来。

"'春色满园关不住,一枝红杏出墙来'这句诗表达了诗人怎样的情感?"

读完题再去看佳夕的答案,祝玲有一瞬间觉得自己的呼吸都不顺了,被气的。

"墙外的阳光比较刺激,背光处的生长素比较多,这句诗体现了诗人对植物的向光性的深刻认识和欣慰。"

祝玲生气之余,还在为佳夕会用"欣慰"这样的字眼感到一丝欣慰。还有这个什么向光性,她都是第一次听说,她不记得小学有生物课啊。

她努力平心静气:"嗯,回答问题用了一些高级字眼我是应该夸奖你的,但你知不知道这是语文考试?你说你回答的都是什么东西?还'向光性'?你要把你的语文老师给气死啊?这都是谁教的?"

佳夕余光偷偷看了一眼妈妈的脸色,她好像真的很失望和生气。

"问你话呢?"

佳夕不敢撒谎,半天才支支吾吾地说:"是哥哥。"

002.惊天大秘密

"你哥哥?你哪个哥哥?周砚池?"祝玲不动声色。

见佳夕一脸忐忑地点了一下头,她才真的要气笑了。

考试总考不好还可以当作是能力问题,可是撒谎推卸责任,是祝玲完全无法忍受的事,她还这么小……

祝玲食指用力点了点佳夕的眉心,质问道:"你哥哥是脑瓜子坏掉了还是被驴给踢了?你觉得我能相信他会写出这么二百五的答案啊王佳夕?你撒谎之前都不知道打个草稿?"

佳夕捂着额头往后退了一步,差点撞到柜子。

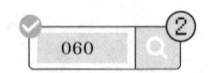

"我没有撒谎……"

"行,我现在就去问问你哥哥,看你一会儿还嘴不嘴硬。"祝玲见她还是这副不知悔改的样子,拿上她的试卷,把她往边上一推,就去隔壁了。

和祝玲预想的全然不同,就在她以为周砚池会说这个答案和他没有关系的时候,祝玲第一次注意到许宜的儿子在看完佳夕的答案以后,耳根有些泛红。

毫不夸张地说,祝玲看着他长大的这近十年时间里,这样的画面是第一次。

周砚池的手无意识地搭在桌上的《中国青少年百科全书》,解释道:"这是我三年级第二次月考试卷上的题,我没想到她会看到,还会记下来……"

周砚池不明白的是,她既然能一字不差地把答案记住,还能把这些字写对,到底为什么不能把她那双眼睛往边上挪一下,注意一下那个鲜红的叉……

祝玲哑口无言,目光对上正站在门外的许宜,心头的火莫名消散了一点。

这么聪明的小孩都会犯这样离谱的错,她是不是应该再给佳夕一次机会?

和许宜走出房间以后,祝玲还是忍不住感叹。

"给我十万个想象力,我也想不到你儿子的语文也和我家那个一个德行,他平时分数不是不低吗?"祝玲记得周砚池从小语文很少掉下85分,从一年级就是班长。

"基础分都能拿,其他的看运气吧。"许宜平静地说,不过今年开始,不知道是不是被语文老师拉着谈了几次话,他的语文进步很大。

祝玲疲惫地叹了一口气:"我们怎么生了这么一对难兄难妹啊?生他们的时候是不是吃坏东西了?长得都人模人样的,怎么好像看不懂人话呢?你说现在吃核桃还有用吗?"

许宜笑了笑:"要核桃的话,我让周远买点?"

佳夕敏感地察觉到一件事——妈妈对她越来越没有耐心了。

有时候,她在外面带花栗鸭晒太阳,不小心扫到妈妈投过来的视线,会感觉周围的空气瞬间降了温。

不知道是不是因为年纪小,三分钟热度似乎是孩子天然的本性,佳夕明明已经很努力地坐在书桌前,但书本上的字就像是天文数字一样让她迷茫。

而祝玲却没有办法像个伸缩自如的弹簧,回到从前可以心平气和接受她烂

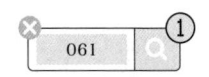

061

到没救的语文成绩的时光里。

明明知道这样做无济于事，但祝玲还是会在佳夕又令她不满时难以自控地对佳夕控诉。

"能不能把你学数学的兴趣和智慧分一点点到语文上？平时让你多看课外书，积累词汇，你都看的什么东西？你班上的赵清如次次都考第一，你能不能和人家学学？"

骂完以后，祝玲又会感到自责。早知道不能长久，倒不如别让她看到一次希望啊。

佳夕其实不明白的是，她从小语文就很差，但那时候爸爸妈妈只是一句话带过，有时候甚至还会好心情地拿她的语文开玩笑，但是现在，他们随时随地愤怒起来，就好像她的人生即将因为一份语文试卷而彻底毁掉。

她明明也有认真学的。

就在三年级的寒假里，佳夕发现在这个教师宿舍大院里，她并不是唯一一个因为学习成绩而活在水深火热里的孩子。

有次她午睡刚刚醒来，跑到院子里的桂树下找花栗鸭。除夕那晚，它陪着她和哥哥在外面玩雪的，几分钟的工夫就消失不见了，她拉着周砚池和许妈妈找到大半夜也没能找到。

佳夕不肯死心，花栗鸭已经被她和哥哥养出一点肉了，万一被谁抓住吃了怎么办？

想到花栗鸭被做成盐水鸭的画面，佳夕伤心极了，每天只要听到一点呱呱的动静就会出来找，只是总是被躲在草丛里冬眠的青蛙吓一大跳。

在又一次和一只胖胖的青蛙四目相对后，佳夕还在纠结到底是她先跑还是等它跑的时候，余光里出现了张小敦被他妈妈朱敏拿着鸡毛掸满屋子抽的画面。

张小敦被朱敏打得嗷嗷叫，她口中还在骂着："你看看隔壁人家周砚池，比你还小两个月，哪次考试不甩出你好几十分，你还有脸在这里看《阿衰》？我现在就把它给撕了！我看生了你我才衰！"

佳夕手捂着胸口站在树下，被吓得一愣一愣的，瞌睡瞬间消失。

原来，比较起来妈妈对她已经算很温柔了，至少她还没有被打过。

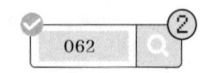

回到家，佳夕才想明白之前张小敦是因为这样才讨厌哥哥，也不让大院的其他男孩子和哥哥玩。

想起刚刚他遭受的毒打，佳夕其实有点同情他，但再怎么样，他也不应该这样对待完全没有做错事的人。

那样心里不会开花，而是会长出毒蘑菇的。

想到这里，佳夕突然觉得这句话很好，写进作文会不会得高分呀？她要赶紧找支笔记下来！

不过，随着语文出卷老师的心越来越难猜，佳夕在四年级的上学期迎来了她人生的第一顿揍。

拿到那张班级排名倒数第三的语文卷子以后，佳夕本能地感到恐惧，因为上次妈妈就说过她下次语文再考得不像话，就要打她了。

回家前，她拉着周砚池的袖子不让他走，央求道："哥哥，你能不能帮我签字？我妈的字很好学的，她要是知道我又考成这样肯定会打我……"

周砚池的表情不太好看，他拉开了她的手。

"别跟我提这种要求，我是不可能为你做这种事的。"

对于他的大公无私，佳夕其实早就猜到了，但这是她目前能想到的唯一办法。

回家后，她还是抱着侥幸心理把试卷藏到了柜子顶上。

不幸的是，这件事当晚就东窗事发。

那天王平打麻将输了钱，祝玲心情本来就不好，再看到佳夕的成绩，实在没忍住，就抓起桌上的筷子狠狠抽了几下她的胳膊。

其实上学的时候，也曾经因为订正作业出错被老师用尺子打过手心，但因为身边总是有一起被打的同伴，所以佳夕并不会太伤心。

但是这一晚，她有点难过，虽然只难过了一晚上。

第二天清晨，周砚池坐在自行车上回头催促佳夕。

"快点上车。"

这车是周远今年送他的生日礼物。

他看到佳夕从包里找红领巾，一掏就掏出了缠在一起的好几条……

"好。"佳夕费了老半天劲才扯下来一条,将红领巾在脖子上胡乱打了一个结,就抓住周砚池的校服坐上了自行车后座。

周砚池将脚踏板踩得飞快,下坡的时候,他感觉到腰间灌进一阵风,低头一看,他的衬衫被佳夕拉得很高……

想到自己半条街都以这个姿态出现,周砚池一瞬间萌生了车毁人亡的冲动。

"你疯了……把我的衣服放下来。"

"太阳好刺眼哦。"

刺眼拿他的衣服挡?周砚池将她的一只手抓在他小腹前固定好。

"你再闹一次,就自己走着上学。"

天还是有些热,佳夕不想走路,终于老实下来。

周砚池将车停在学校对面的报刊亭附近,过马路的时候,他将佳夕压在书包下的夏季校服的衣角拉了下来。

腰露在外面都不知道,他瞥了她一眼,牵过了佳夕的手腕。

"都快迟到了,你还磨蹭。"

"嗷……疼疼疼。"佳夕口中溢出一声痛呼。

周砚池直觉不对,他的手并没有用什么力,怎么可能会疼?一瞬间,他想起她昨天下午在家门口对他说的话。

两人过完马路后,周砚池也不管迟不迟到了,就在一棵梧桐树下站定。

他问都没有问,冷着一张脸直接拉开了佳夕的袖管,接着就看到了好几道淡粉色的痕迹。

"昨天就跟你讲,我这次肯定要被打了。"佳夕一脸可怜地说。

周砚池看着她的手臂很久没说话。佳夕都想提醒他,他们马上就要迟到了,她的手搭在他的手腕上晃了晃,周砚池终于将她的袖管拉了下来。

他看着她,叹了一口气。

"你下次,好好学语文不行吗?"

佳夕本来已经忘记昨晚被打的事了,听到他的这句话,心里莫名泛起一阵委屈。

"我有的,可是作文怎么写都说我走题。"

周砚池没有再说话,一言不发地抓住她的手往校门口赶,进了校园都忘记

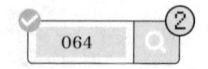

松开。

爬楼梯的时候,佳夕说:"其实我妈妈昨晚有来和我道歉的,她说再也不会打我了。我觉得她也很难过,都怪我让她太失望了。"

佳夕不明白,为什么被打的人是她,但是哥哥看起来那么生气。

周砚池只是低着头看着脚下的台阶,低声说:"不管怎样,她都不应该打你。"

这一天,周砚池的同桌吴林发现,班长接连两节课一直在纸上不知道写什么东西,而且写的时候眉头紧锁,看起来痛苦极了。

吴林实在是太过好奇,但是周砚池挡得太严实,他根本看不到,一直到升旗仪式结束以后,他比周砚池早一点回班级,终于有机会把班长压在语文书下的那张纸抽了出来。

吴林盯着整张纸上以各种字体重复出现的一个名字,等等,这个名字怎么完全没听说过?

但是一看就是女生的名字嘛!

吴林好像知道了一个惊天大秘密……

003.周砚池暗恋的女生

"你想不想知道班长喜欢的女生叫什么?"吴林将周砚池的那张纸塞回他的书下后,走到前桌的女生旁边,颇有些装神弄鬼地问道。

"什么?你说周砚池?真的假的?"

"我是他同桌,这还有假?你得保证不跟别人说啊,这是秘密。"吴林看了一眼窗口,刻意压低了声音。

"他喜欢的人叫祝玲。"

"骗人的吧?我怎么从来没听说过有这么个人?"

"怎么就骗人了?你不知道他写她名字的时候表情有多痛苦,百分之百是这样的……"

"你放屁吧。"

去老师办公室递交材料的周砚池自然不知道,此时此刻他喜欢某个人的事

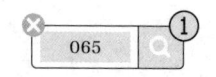

情已经在班级小范围内传开。他在走廊上听到有老师说四年级这周五要开家长会,脚步有一瞬间的凝滞。

家长会……

等到晚上隔壁又有了动静的时候,周砚池完全无法静下心。

下一秒,他清楚地听到了什么东西摔在地上破碎的声音。

意识到妈妈现在就在院子里纳凉,他控制不住地去想,妈妈平时不是很疼爱佳夕吗?有时候他都要以为佳夕才是她的女儿,为什么现在她被打,动静闹得这么大,她都熟视无睹?

周砚池丢下笔,就这样走到许宜面前,没等她发问,他说:"她家很吵,我写不进去作业。"

许宜愣了一下,才说:"好,我去看看怎么回事。"

周砚池就这样看着许宜进了隔壁的门,他站在门边,只觉得每一秒都是煎熬。

几分钟后,许宜嘴角噙着一丝笑意出来,看到一脸焦躁的儿子,她安抚道:"小夕这次月考数学拿了满分,她妈奖励她看会儿电视,我已经让她把声音调小点了,小夕让我替她跟你说声对不起。"

周砚池闻言,松开了紧握的双手。

"不然把窗户关上,声音也会隔掉一点,怎么样?"许宜问。

周砚池摇了摇头,没再说什么,回到自己的房间。

心跳趋于平缓,周砚池又将目光投向被他压在作业下的那张写满佳夕妈妈名字的纸,深深地陷入了对自我的怀疑。

他怎么能堕落到真的打算替她伪造家长签名……

2006年夏天。

佳夕一周前已经开始放暑假,她抱着一摞暑假作业准备来周砚池家做作业。

习惯性地走到窗口,她才发现这个点,哥哥房间的窗帘还是拉起来的,他不会还没醒吧?

佳夕敲了敲窗户的玻璃,才绕回他家的正门进来。

"哥哥,赶快醒醒,快睁开眼睛!"

周砚池给她开门后又回到床上,昨晚第一次尝试了爸爸带回来的咖啡,他一直到早上四点才睡着。

自从今年初,周砚池桌子上多了一台电脑以后,留给佳夕放书的空间变少了一些,但她还是很高兴,因为在她偶尔表现很好的时候,哥哥会同意她玩4399里的换装小游戏一个小时!

等周砚池洗漱完,他随手将订的卫岗酸奶递到佳夕手边。

佳夕轻车熟路地找到吸管:"耶,正好早饭没有吃饱。"

周砚池拉开窗帘,一瞬间,空气里飘浮着无数细小的灰尘。

周砚池问:"没吃饱?"

"对,妈妈说肚子有点不舒服,爸爸一早就带她去医院了,还没回来,我只喝了我的那瓶酸奶。"

"你家周远最近是不是迎财神?连带着我们都跟着沾光。"大院里的老师最近总是开玩笑地和许宜这么说。

暑假刚放的时候,周远隔三岔五地从外地往大院里运各种新鲜的瓜果,夏天的大院到处飘着海南西瓜和无锡水蜜桃的甘甜味道,步入九月以后,各家饭桌的纱罩下摆着的就是葡萄了。

9月10日,正巧是个周末。中午吃完饭以后,几个老师坐在院子里消食。

许宜洗了一盆紫葡萄,又搬了一箱猕猴桃出来。

几个人聊着聊着就聊到了今天的教师节,家里的小孩给自己准备了什么礼物。

张小敦的妈妈朱敏眼尖,一眼就看到许宜脖子上新戴的项链。

"你脖子上这条不会是你儿子送你的吧?"

她话是这样问,但心里以为肯定是周远送的,毕竟这链子看起来就不便宜,小孩子消费不起。

谁知道许宜点了点头,说"是"。

"哪家的?"

"周大福。"

祝玲惊呼:"天啊,上个月路过周大福,现在这个金子的克价快两百了,这一条起码有两千吧?砚池哪里来的这么多钱?"

许宜说:"从小的压岁钱都让他自己收着的。"

朱敏艳羡得不行。放在早几年,她可能心理不平衡,但是奈何在大院住了这么多年,几家老师早已处出了感情,都说远亲不如近邻,现在连嫉妒都觉得没劲。

朱敏说:"哎,真羡慕你,老公会赚钱,儿子又孝顺,到底怎么教出来的?我家的真是哪儿哪儿都要差半截,人比人真是……"

祝玲宽慰她:"我家的不也是?只会花钱,跟养了一只吞金兽一样,指望她给我买金子可能还不如我重新投个胎。"

佳夕本来在桂花树下捡地上的花瓣,老远听到了妈妈在说吞金兽,于是很感兴趣地侧过头望着她们。

"你们看,吞金兽在看我们呢。"祝玲笑着说。

察觉到妈妈的目光,佳夕收好手里的花瓣走了过来。

她将最干净的那一瓣放在妈妈的头顶:"妈妈,你不是很爱吃猕猴桃的吗?怎么不吃?你觉得剥皮麻烦的话,我可以帮你。"

祝玲愣了几秒才笑着抬手摸摸女儿的脸:"干吗?今天教师节所以对我这么好?不过我最近减肥,得少吃水果。"

她话音刚落,朱敏就"哎哟"了一声。

"你这身材还叫胖?那我不算是猪了?我看你从怀孕到生完小夕,体型就没怎么变,还是那么瘦条条。我前前后后涨了快三十斤,那么多年了还没瘦下去。"

朱敏说到这儿又仔细地打量了一番祝玲:"不过,你最近看着好像是胖了点,但是吃猕猴桃不胖人的,可以吃。"

佳夕的目光投向妈妈:"那要吃吗?"

祝玲垂头理了理衣角:"不用。"

朱敏看着眼前这母女俩的互动,叹了口气:"生个女儿就是好啊,贴心小棉袄一样。你这个闺女真是越大越漂亮,性格也好。"

世上哪有做父母的不喜欢自己的孩子被夸,不过含蓄内敛似乎是刻在中国人骨子里的,祝玲听得高兴,但一开口就是违心的话。

"哪里漂亮了?我怎么看觉得就一般化?性格也就那样。"

佳夕戳了一下妈妈:"嗯?"

"你整天就瞎谦虚,我们看着就很喜欢。她性格像小男孩,单纯,不像其他女孩早熟心眼还多。"朱敏说到这儿,又想起自己没出息的儿子,"哎,我们家那个,整天除了玩就不做一件正经事,没一点男子汉气概。"

佳夕站在一旁听着,有些愣神。

本来,阿姨夸她,她是很开心的,但不知道为什么,她听到后面,内心感到一阵说不上来的茫然和怪异。

犹豫了一会儿后,她还是忍不住出声询问:"为什么说我像男孩子呢?"

朱敏被她突如其来的问题问住了:"什么?"

祝玲随口回女儿:"阿姨夸你性格好,这也听不懂?"

佳夕绞尽脑汁地想还是没想明白,于是摇摇头:"不太懂,为什么说我像小男孩是夸我?小男孩都单纯吗?可是,为什么说其他小女孩小心眼呢?可是我就是女生呀。"

她不理解为什么说她性格像男孩是一种褒奖,那是不是说一个男孩像女生同样也是在表扬对方呢?

她觉得自己有太多问题想要搞明白,但是很快听到妈妈略显不耐的声音。

"你看你又开始十万个为什么了。我现在知道你语文为什么学不好了,抓不住重点,一点也听不懂人家的话。阿姨是夸你跟小男生一样简单,没有嫉妒心,别在这里问个没完了啊。"

佳夕注意到妈妈的脸色变得严肃,心里感到一丝委屈和沮丧,但也只好选择闭嘴。

许宜扯了扯祝玲的袖子,不赞成地冲她摇头。

祝玲见女儿像做错了事一样低着头,意识到自己刚刚有点凶,再开口便放缓了语气:"好啦,我们大人聊天,你别杵在这里了,进去看看你哥哥在做什么。"

"哦。"

佳夕转过身的时候突然想起一件事,张小敦之前就是因为老是考不过哥哥,就让其他人也不跟哥哥玩。可是她班级里的女孩子,会在她没有橡皮的时候用小刀把自己的橡皮切一半给她,还会不厌其烦地教她语文题,鼓励她。

所以其实朱阿姨说得不对,明明很多男生才小心眼呢。

004.真爱

佳夕进周砚池房间的时候，他正坐在椅子上看CCTV13的新闻。

她自然而然地从外面搬了一个板凳，放到他身边坐下。

"除了我旁边，你找不到地方坐？"周砚池不明白她走哪儿都非要跟他挤一块儿的毛病到底哪儿来的。

佳夕只当没有听见。

她望了一眼电视后，又收回了目光。

"哥哥，你送给许妈妈的项链，她喜欢吗？"

那条项链还是一周前她帮周砚池选的。9月3日是周砚池的生日，佳夕本就不多的零花钱早就被花得分文不剩，于是厚着脸皮问他可不可以用古筝弹一首《生日快乐》代替礼物，当然，这个提议惨遭周砚池拒绝。

最后，她被他带去帮忙选送给许妈妈教师节的礼物。

"还可以。"周砚池视线集中在电视上，应了一声。

"我觉得她很喜欢，你看她今天就戴着了。"

"可能。"

佳夕不说话了。

过了一会儿，周砚池的目光从电视上挪开，看了她一眼。

他看到她双手捧着脸，眼睛低垂，情绪不是很高涨，是刚刚在外面因为成绩又被祝妈妈训斥了？

周砚池不明白为什么佳夕的情绪总是能够影响到他，他很想忽视，但是关注佳夕已然成为他的一种膝跳反射。

其实这怪不了他，追根究底，这是从他四岁开始，由他妈妈为首的几个大人造成的。

周砚池拿起桌上的遥控器，将电视调到了江淮影视频道，不巧的是，这个时间并没有播出她爱看的电视剧。

他倏地出声："你喜欢吗？"

佳夕侧过头，看到周砚池把遥控器放到她旁边。

她问："喜欢什么？"

"项链。"

佳夕按着遥控器的按键，这个点怎么都是新闻。

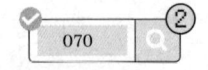

"喜欢呀，亮闪闪的真好看。"

那天在店里的时候，佳夕就幻想着哪一天要是可以给妈妈买一条就好了，妈妈一定会非常开心的。

半晌，周砚池说："你生日的时候买给你。"

佳夕愣住了，因为哥哥说这话的语气实在是太像是跟她说"想吃冰棍吗？给你买一根"。

佳夕把椅子往他这里又拖过来一点，表情十分生动："真的吗？"

周砚池没看她，点了点头，从座椅上起身。

佳夕也起身黏在他身后。

"你真的要买给我吗？"她掰着手指数起来，四位数！她好像还没有见过那么多钱。

"可是好贵的，哥哥。"

周砚池听着她的语气，像是非常担忧他会就此穷困潦倒，嘴角轻扯。

等到她站到自己面前，他又收起了笑意，面不改色地说："你接下来的半年少吃零食，应该不至于让我破产。"

佳夕为难地"啊"了一声，破产？好可怕的词。

"哥哥，我还很小，你还是不要给我买那么贵的了。"她眼睛转一转，拉住他的衣角，"我可不可以要别的呀？"

周砚池问："什么？"

佳夕眼睛晶亮："真爱戒指。"

周砚池一怔："什么东西？"

"你忘了吗？你明明之前陪我看的啊，是MadamRuby设计的戒指，'只有真爱出现，它才会紧紧地套住那个人的手指。'啊，我好想要，还有那个御守。"佳夕一脸荡漾。

周砚池听到这里，终于想起原来是暑假被迫陪她看的电视剧，明明比他班里的女生小两岁，喜好倒是差不多……见她已经满血复活，他极力克制住，才没让自己给她一个白眼，什么时候背古诗词能像记这些东西一样那么熟练？

周砚池低着头将她手中攥着的衣服抽回，盯着有些皱的衣角，没有说话。

过了一会儿，他抬手掐住她两边的脸颊肉，佳夕的嘴巴瞬间变成了鸭子嘴，呆呆地抬眼看他："嗯，哥哥？"

周砚池垂眸，对上她的视线，问道："你确定，你想要我送你这个？"

佳夕手握着他的手腕，捣蒜般点头："想！我觉得我们学校门口的饰品店很快就会卖了吧，真希望不要超过二十块钱。"

她沉醉在自己的思绪中，周砚池说了一句话，不过她并没有听清楚。

寒风卷着枯叶呼啸的时候，12月到来了。

天气逐渐阴冷，周砚池没有再骑车上学。

周四的早上，两人往学校走。

周砚池见佳夕盯着街口卖糖雪球的店铺，现在时间太早，老板还没开始营业。

"又饿了？"

佳夕咽了一口口水："圆圆说吃山楂对胃好，妈妈胃胀好久了，肚子还是鼓鼓的，哥哥你说吃这个会有用吗？"

"可能，但不如直接买山楂。"

"好吧。"

路过"哎呀呀饰品店"的时候，佳夕像是想起了什么，说道："哦，对了，哥哥，饰品店根本没有真爱戒指。"

周砚池脚步顿住。

"所以？你不想要了？"

佳夕冲他讨好地笑了笑："就是，我可以换成樱桃发夹吗？"

"王佳夕，"周砚池沉着一张脸，"你怎么一时一个想法？"

佳夕绞着手指："那是因为，你又买不到真爱戒指，发夹很好买……"

周砚池依然冷冷地看着她没有说话。

佳夕不知道哥哥为什么反应这么大，小声嘟囔道："反正戒指你还没有买嘛。"

周砚池盯着她看："我当然不会买。"说完他就转过身，加快了脚步，不再搭理她。

佳夕不知所措地在他身后小跑着，进了校门。

"这，怎么就生气了哦？"

当然，这只是一个小插曲。

下午第一节课，佳夕的班级五（10）班顶着寒风在操场上体育课。

体育老师张老师让男生去拿十个小篮球，分组学习运球。

不过没一会儿的工夫，小篮球就被男生霸占了，佳夕就和几个女生在单杠、双杠那里玩。

佳夕胆子小又没有运动细胞，长这么大，还从来没有上过这些杠。

"这个这么高，我好害怕自己摔成肉饼。"她想试，又很恐惧。

"你怕什么？你穿那么多衣服，摔下来也不会疼的。"

临近下课，佳夕终于被人一番怂恿，决定做出尝试。

最后她费了老大的劲儿，几乎是被三个女生给抬上双杠的。

"哇！"上面的空气好像确实……更冷一点，不过佳夕还是难掩兴奋。

有人故意逗她，装作要来挠她的模样，吓得佳夕双手死死攥住杠尖叫。

"啊！别、别碰我哦，我害怕……"

几个人笑成一团。

下课铃声响起，张老师站在篮球场那边用喇叭喊，让他们把篮球还回器材室，体委整好队回班级。

佳夕在上面也待够了，但是，现在怎么下去俨然成了难题。

"你们说，我怎么下来比较好？"她低头望向下面，好高……最好有两个人托住她的腿，把她扶下来。

佳夕求救地望向其他几个人，谁知道她们几个目光对上，下一秒都很有默契地退后一步，笑得贼兮兮的。

"小佳夕，靠人不如靠自己，你一定可以克服恐惧下来的。"

"哈哈哈，没错。"

佳夕完全没料到她们会在这时候"背弃"她，难以置信地睁大了眼睛。

"我一会儿请你们吃辣条，你们得救我啊。"

"香菇肥牛和南城板鸭加起来都不行哈哈哈，你要突破自己！"

两分钟过去，佳夕终于相信她们是认真的了。她的双手已经出汗，心想要不咬咬牙，跳下去吧，也、也就一米多高，说不定真的不会怎么样。

正当她六神无主的时候，一只手突然从背后环住了她的腰，佳夕毫无准备，吓得"啊"了一声。

下一秒，那只手用了点力，她就这样被人抱着离开了杠……

脚触碰到地面的时候，佳夕感觉到一阵失重感，腿好软，心跳好快。

不过，空气中传来了淡淡的很熟悉的洗衣粉的味道。

"好了。"腰上的手离开的瞬间，一个男声在背后响起。

佳夕站直了身体，惊喜地回过头："哥哥！"

周砚池进操场的时候，很快就在嘈杂的噪声中听到了格外聒噪的声音。

他侧头，一眼就认出了她的背影。

周砚池看到佳夕坐在双杠的一条杠上，下课铃声响了还不下来，正准备收回视线，他就看到她的小腿抖得跟筛糠似的。

…………

周砚池一出现，佳夕的朋友们"你看我，我看你"地瞬间矜持起来，没有人再说话了。

"哥哥，你怎么会来这里？"佳夕早已忘记中午惹他不高兴的事情，反正这样的事情几天就会发生一次嘛。

周砚池望了一眼班级的方向："体育课。"

"哦，也对。"

"走了。"周砚池随手拿掉她头顶的一根草屑。

等他走远，赵圆圆才激动地晃着佳夕的肩膀。

"啊，你哥好高好帅哦，就是看着有点凶，我对上他会有点害怕。"赵圆圆每看到周砚池一次都会这样说。

"我也是，我也是。他刚刚这样轻轻松松把你拎下来，脸上都没有表情，我好怕他把你放下来就会揍你一顿，或者揍我们一顿……"

"可还是好帅哦，为什么我的哥哥好像矮冬瓜一样，你每天看帅哥，是不是好开心、好快乐？"

佳夕听着身边艳羡的声音，望向哥哥的背影，陷入了回忆。

"可是，我感觉我一出生，他好像就长这样哦。"

…………

将近十年，佳夕已经看这张脸看得太过习惯，早已分辨不出美丑。

"所以，真的很帅吗？"

005.她想给你当嫂子呢

下午英语课下课后，佳夕偷偷摸摸地把书包里的MP3拿出来塞在袖子里，和赵圆圆头靠头，一人一个耳机分享音乐。

这个索尼MP3是去年佳夕生日时周砚池送给她的礼物。

"《七里香》我已经听得够够的了，校门口的文具店整天放，你这里面有《夜曲》不？"

"有的吧？"佳夕记得她让哥哥帮忙下载的歌里有这首。手指摸上MP3上的按键正想切歌，佳夕余光就注意到边上的那块玻璃里突然出现了一片阴影。

她立刻动作娴熟地把耳机拔掉，小幅度捣了一下赵圆圆后，她拿起笔非常专注地低头看桌面上摊开的英语书。

"There be讲求就近原则。"

赵圆圆瞬间会意："是的，所以There is——"

窗户被从外面打开了一点，只透进来一点冷风，外头响起了一声很温柔的轻笑："小夕。"

佳夕扭过头，见到是许妈妈，并不是会把她的MP3没收走的老师，松了一口气。

"许妈妈，你怎么来了？"

许宜一眼就看出她的这些小动作："下课可以听听，上课不要啊。"

佳夕向她竖起两根手指："我保证。"

"好，那我相信了。"许宜说着，从窗口给她递过来一串钥匙。

"刚刚去你哥哥班级，他们班没有人。"

佳夕说："他们班这堂课是体育课，可能还没回来呢。"

"嗯，我猜也是。你哥哥的钥匙中午被我拿去用了，你告诉他，晚上我们老师要一起聚餐，可能回去会晚，你让他晚上带你在门口的饭店吃点。"

"好！"

许宜走之前，把口袋里的一包旺仔奶糖递给佳夕。

"中午出礼的糖。我走了，要乖一点听老师的话，知道吗？"

"嗯！"

赵圆圆勾着头，看那位阿姨走远了，猜到对方是周砚池的妈妈。

佳夕把糖给周围的人分了，只留下了两颗。

"她对你好温柔啊，你现在说你是周砚池的亲妹妹我都会相信的。"赵圆圆费力地嚼着奶糖说道。

佳夕美滋滋地说："没错，我和我哥哥本来就是一根藤上长出来的两个葫芦娃！"

赵圆圆点头，表示懂了。

"所以你每次看到你哥的那张脸，心也不会跳，就像上节体育课，他突然把你拎下来，你回头看到他也不会有天神下凡的感觉。"

佳夕摸着自己的胸口："心不跳，我不就死了吗？"

…………

佳夕说着话，回头看了一眼班级后面的钟，没几分钟就要上课了，她出去站在班级门口的栏杆旁往下望。

佳夕都不知道自己是怎么做到一眼就从侧门进来的浩浩荡荡的人群里找到周砚池的，她实在是太厉害了。

她不知道哥哥一会儿会直接回班级，还是会去哪个老师的办公室，想了想还是把钥匙揣进棉服外套的口袋里，"噔噔"地往楼下跑。

跑到楼下的花坛时，两人迎面撞上。

"去小卖部买吃的？"周砚池走到她身边，看了一下手表后，把她拉转了方向，示意她跟他上楼。

"要上课了。"他说。

旁边有人在笑，佳夕好冤枉地走在他身边："我才没有要去小卖部，是许妈妈让我给你送钥匙。"

走廊上大半都是周砚池班级的人，大家都认识佳夕，前两年每次学校里撞见她还会对着她声情并茂地干号："我不要和哥哥分开！"最后以佳夕捂脸逃跑告终……

好在，这两年大家终于消停下来了。

"放学给我不就好了。"周砚池接过钥匙。

佳夕才反应过来，好像是这样的，那她急急忙忙跑下来找他是在干吗？

"我妈说没说什么事？"

楼道里人来人往的，上楼的时候，周砚池和她换了个位置，让她靠着扶手走。

"她说他们今晚要聚餐,所以让你晚上带我吃饭。"

周砚池说:"知道了。"

佳夕跟着他一个台阶一个台阶往上走,突然,周砚池停住不动了。

"哥哥,怎么了?"佳夕不明就里地问。

"三楼了,你是要跟着我去我们班?"周砚池给身后的人让路,对佳夕说。

佳夕光顾着跟着他走都没注意。她摸了摸鼻子,冲他笑,把口袋里的一颗糖放到他手上。

"哥哥,那我回班级啦,我们放学见。"

周砚池看到她傻了吧唧地冲他挥手。

"嗯。"

楼道里已经没几个人,回过头,周砚池正准备继续往楼上走,手心里的东西突然被人拿走了。

"班长,这个糖我吃啦。"周砚池的同班同学孙强自来熟地将那颗旺仔奶糖拿了过去。同学六年,他就没见周砚池在班级里吃过零食,而且一颗糖而已。

只是他刚上完体育课,手上全是汗,怎么都没撕开包装。

"你的童养媳对你可真好啊,哈哈!"孙强开玩笑地说。

周砚池本来盯着他手里的糖,表情因为他那句话瞬间冷却。

周砚池抿紧嘴唇:"不要拿她开这种无聊的玩笑。"

孙强看得出周砚池脸色有点难看,这也太开不起玩笑了吧?知道好学生多多少少有点事多和矫情,他心里虽然有点不屑,但还是改了口:"好吧,说你是她的童养夫,这样呢?"

周砚池没有出声。

孙强羡慕地说:"专门给你送钥匙,班长你可真幸福。哎,想象一下我要是也有这么一个整天跟在我身后叫我哥哥的可爱妹妹,该多好啊。"

周砚池三步并两步地跨到台阶最上面,转过身对孙强伸出手。

"把我的东西还给我。还有,"周砚池漠然地看着他,一字一顿地说,"不用想象,你不会有,她只会这么叫我。"

第二天下午的课间，佳夕陪赵圆圆去厕所，回班级的路上，她的手突然被一个女生热情地拉住。

佳夕和赵圆圆满头问号地对视了一眼。

"你就是周砚池的妹妹？"

这样的开场白，赵圆圆立马了然地掐了一下佳夕的胳膊，掐得佳夕"嗷"地叫了一声。

赵圆圆看了两年偶像剧，这样的戏码可终于让她等到了。这个女生一定是让佳夕帮忙跟她哥搭线的，电视剧里都是这么演的。

佳夕先是点点头，很快又摇了摇头。

"但不是亲的。"

女生闻言笑了，笑完才说："我叫程丹丹，跟你哥邻班，你可以叫我丹丹姐姐。"

佳夕虽然还不知道发生了什么，不过看着比自己高大的程丹丹，还是乖巧地叫人。

"丹丹姐姐。"

"嘿，真可爱。"程丹丹把她拉到墙边，从口袋里掏出一块巧克力。赵圆圆一看，啊，德芙巧克力，过年的时候她才有机会多吃几块的神圣的德芙巧克力！

程丹丹见佳夕衣服的每个口袋都塞得满满当当，最后选择把巧克力递到站在一旁的赵圆圆的手上。

再看向佳夕，她的神情无比认真，就在佳夕以为她要说什么话的时候，程丹丹问："你觉得我漂亮吗？"

…………

佳夕看着她，迷茫但诚实地回答："漂亮。"

赵圆圆低头看着躺在掌心中的长条巧克力："漂亮！"

程丹丹笑得眼睛弯成月牙，下一秒又一脸忐忑。

"那你可不可以帮我一个忙？"

"什么忙呢？"佳夕问。

赵圆圆凑到佳夕耳边小声说："你信不信，她想给你当嫂子呢。"

佳夕睁大了眼睛，就看到程丹丹又从口袋里掏出一个精致的巴掌大小的盒子。

佳夕觉得她的口袋好像哆啦A梦的口袋哦。

程丹丹面露羞涩，好半天才说："你能不能帮我把这个东西转交给周砚池？"

006.你希望我喜欢她吗

"丹丹姐姐，你跟我哥哥邻班，自己给他更方便的。"佳夕不是很明白为什么要她转交呢？

程丹丹显得有些踌躇："你哥的班主任有多凶，你是不知道……万一被发现了，肯定要找家长，你晓得吧。"

"也是哦。"要是被老师抓到，会被叫家长批评被揍的。

其实，最主要的原因程丹丹没好意思说，她实在没有勇气亲手把礼物交给周砚池……

这一周，她在同桌的鼓动下，几次拿着信和礼物准备送给周砚池，但一旦靠近他，她的勇气就消失殆尽了。

"这里面是什么呀？"赵圆圆好奇心作祟，双手捧着巧克力问道。

三楼的走道上不少追逐玩闹的学生，程丹丹让她们俩靠近一点。

三个人围成一个小圈后，程丹丹小声说："这里面是我给他准备的圣诞礼物，是一条情侣手链。"

佳夕和赵圆圆两个没见过世面的小学生视线一对上，瞬间兴奋地牵住了对方的手，在原地蹦了两下。

佳夕："哇，情侣手链！"

赵圆圆："天啊，情侣手链！"

"你别别，别把巧克力弄断了。"赵圆圆赶忙把巧克力塞进口袋里。

程丹丹被她们过于热情的反应搞得耳根通红，为了缓解紧张也在原地跺了几下脚。

靠后门的窗户被"哗"一下拉开，里头的人说了一声："外面地震啊！别跳了！"说完，窗户又被关了起来。

三个人瞬间安静下来。

079

程丹丹眼看着没几分钟就要上课了，深吸了一口气。

"你帮我把手链交给他的时候，能不能替我传句话？就说圣诞节的时候我还会给他送平安果的。"

这还是佳夕人生第一次被委以这样的重任，还是和她哥哥有关的，她小心翼翼地接过盒子，连忙点头。

"好，我记住了，我今晚就给他。"

临走前，程丹丹欲言又止，在佳夕要进班级的瞬间，她再次拉住了佳夕。

"你和他从小一起长大，应该很了解他吧，你觉得……你觉得他会喜欢我吗？"

佳夕本来想说，她好像不是很了解哥哥呢，但是对上程丹丹不安的神色，她知道人在这种时候最需要鼓励了。而且，这个姐姐这么可爱漂亮，还对哥哥那么好。

"你不要紧张，我觉得他会喜欢你的。"

程丹丹爬楼梯的时候才意识到自己好像忘了一件事，怎么刚刚没问问周砚池的妹妹，去年有人传他暗恋一个叫祝玲的女生的事情到底是真还是假啊。但她转念一想，这个传闻要是真的，周砚池的妹妹刚刚肯定就告诉她了吧。

佳夕和赵圆圆手舞足蹈地回了班级。

"为什么有人给我哥哥送礼物，我这么激动？"

赵圆圆说："因为我们一直在吃猪肉，这下终于见到猪跑啦！虽然并不是我们猪圈的事。"

"有道理，但是我早就见过猪跑了！"佳夕的老家有很多很多猪。

赵圆圆依依不舍地把巧克力放进佳夕手里，佳夕咽了一口口水后，还是决定先把它放进桌肚里。

"假如你哥和丹丹姐姐在一起，以后每天晚上就会送她回家，那你怎么办？"赵圆圆问。

"不会吧，三个人一起走更热闹呢。"

"但是万一你哥嫌你麻烦，只想两个人走呢？"

"他会嫌我麻烦吗？"佳夕问。

"我是说万一！"

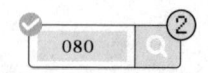

"万……"佳夕皱了皱鼻子,"那我只能一个人了。"

赵圆圆立刻挽住她的胳膊:"你傻啊,他不管你,我们放学以后就可以一起轧马路啦,多好啊!"

佳夕和赵圆圆是周五的值日生,值完日后,两个人又在校门口的文具店逛了好一阵。

佳夕没有等周砚池一起回家,因为他中午告诉她,他放学之后还要去对周一国旗下讲话的演讲稿,不知道几点能结束,让她自己先回去。

"我们去前面看看,好想知道樱桃发夹有没有卖。"佳夕晃了晃赵圆圆的胳膊。

"走。"

走到饰品店门口,佳夕往里面张望了一眼才发现店老板不在,是老板读高中的儿子在帮忙看店。

"您好,请问樱桃发夹有货吗?"

老板儿子转着手里的笔,他记得今天中午听到他妈在打电话订货。

"卖完了,你过几天再来看看,到时候可能会有。"

佳夕一听到已经卖完了,肩膀耷拉了下来。妈妈说好她这次数学满分,明天带她来买发夹的。

"下次有的时候,可以给我们留一个吗?"赵圆圆问。

老板儿子见她们才四五年级的模样,想起自己还在上二年级的小表妹,自从他升高中以后,好久没见到她了,于是就想逗逗她们。

"可以啊,你叫我一声哥哥,我就帮你留着。"他开玩笑地说。

谁知道佳夕连犹豫都不带犹豫,张嘴就叫:"哥哥!拜托一定要帮我留一个,我真的好想要的。"

"哈哈哈,知道了。"老板儿子从结账台旁边拿了两根草莓味的阿尔卑斯棒棒糖,刚想递给她们,一侧头,眼瞅着他妈已经要走到门口,他顿时像被踩住尾巴的耗子般低下头,把跷着的二郎腿也放下了,开始埋头研究物理题。

佳夕和赵圆圆在隔壁买了两根烤肠,在马路边上就心急地吃了起来。

佳夕被烫得直哈气,赵圆圆眯着眼睛看向路口,嚼着嘴里的肉口齿不清地说:"刚刚走过去的人背影有点像你哥呢。"

081

佳夕没抬头:"好烫好烫,他还在学校呢。"

佳夕回到家之后,在房间里偷偷摸摸地看同学借给她的书,虽然没完全看懂,但一定比语文书好看。嘎嘣嘎嘣地啃完一包方便面后,她听到门外传来了脚步声。

佳夕一下就听出了这脚步声的主人是谁,她提上脚边的书包,连棉拖鞋的鞋跟都没提就往外面跑。

佳夕想着等会儿把别人给哥哥准备的圣诞惊喜送给他后,她就可以在他家把作业做完,然后两个人快乐地看电视。

一周里真是不会有比周五晚上还要幸福的时刻了。

佳夕出来的时候,正好看到周砚池进门。

她惊奇地发现,哥哥肩上没有背着书包,只有手里拿着一个篮球。

她跟过去,站在他身后戳了他一下。

"哥哥,你什么时候回来的?我以为你还在学校呢。"佳夕跟着他进了房间,看到周砚池把他的书包放在了平常她学习的位置,就随手把自己的包放到了地上。

"嗯。"周砚池把篮球放下后,擦过她的肩膀,又去外面洗了个手。

佳夕就这样看着他进进出出。

周砚池洗好手,坐到了桌子前。

"有事?"他问。

佳夕在他身边蹲下,打了个哈欠说道:"哥哥,你刚刚一个人打篮球去了吗?圆圆说在校门口看到一个很像你的人,我还不信,真的是你吗?再巧一点我就可以陪你打篮球了。"

她一边说着话,一边不忘在包里翻找。

很快,周砚池看到她把一个天蓝色的小盒子放到桌面上,非常神秘地看着他。

"我跟你说件事,你肯定会很开心的。"

周砚池只看了一眼那个盒子,就继续望向她。

"这是一个特别漂亮的姐姐送给你的,她叫程丹丹。你知道里面是什么吗?"佳夕特意看了一眼门口,确定没有人后才拉着他的胳膊,凑近他耳边说,"是情侣手链哎!"

周砚池目光冷漠地又看了一眼那个盒子。

"是吗?"

"是呀,你不好奇里面是什么样子的手链吗?"佳夕毫无察觉地继续说,她好怕自己忘记别人嘱托她的事情,"不知道你会不会喜欢它呢。"

周砚池就这样垂眸注视着她。昏黄的灯光下,他看到她的眼角尽是发自内心的笑意,毫无伪饰。

为什么对上这张笑脸,他会感到烦躁呢?

"哦,对了,哥哥,丹丹姐姐还说,她圣诞节也会给你送平安果的。"

周砚池看着她熠熠发光的眼睛,倏地问:

"你希望我喜欢她,对吗?"

佳夕对上他没什么温度的视线,本要脱口而出的字眼突然咽了下去。

她努力分辨着他此时的神情,半天才试探地问:"哥哥,你是不喜欢情侣手链吗?"

周砚池恍若未闻,他看着她关切的眼神,就好像此时此刻他的心情是她最为关心的事。

她一定搞不明白,他现在为什么不高兴,周砚池也不知道。

因为很快,他就在她那双瞳孔的倒影里,看到了和她一样茫然的自己。

佳夕看到他忽然收回了目光,沉默地转头看回自己的书。

"哥哥……"她不知道他的表情为什么这么严肃,只是耳边很快传来他异常冷淡的声音。

"这些事和你没有关系,以后你不用管。"周砚池神情如常,"今晚我想一个人学习,把你的东西带上,出去吧。"

佳夕难以置信地看着他,望向他的眼神十分受伤。

"你怎么了?"佳夕慢吞吞地起身,无措地站在原地。

她眼眶发胀,讷讷地问:"是我让你不开心了吗?"

周砚池只是紧紧握着手里的笔,半晌才疲惫地说:"我只是有点烦,你出去吧。"

"那……"佳夕张了张嘴,但是不知道可以说什么。她做错什么了吗?

佳夕红着眼睛将那个盒子装回了自己的书包,拎着包往外走。

走到门口的时候,她还是忍不住回头看了一眼周砚池。

隔着并不算远的距离,佳夕看着他的侧影,突然很难过。

妈妈平常总是会说她傻,看不懂眼色,但是不是的。从前她可以无数次黏着周砚池,那是因为她知道,他从来不是真的烦她。

可是今天,佳夕不确定了。

佳夕站在门口,最后鼓起勇气说:"哥哥,那我走了哦。"

这一次,她没有等到他的回应。

关上门的时候,佳夕没有想过,这是她和周砚池在2006年的最后一句话。

第四章　弟弟

001.他喜欢我

冬至的夜晚悄然而至，几个老师改完了试卷陆陆续续进了大院。

走到平房门口，许宜看着祝玲肥大的外套下完全看不出隆起的小腹，这都七个月了。好在已经是冬天，祝玲人又瘦，厚衣服一穿，到现在都没其他人看出端倪。

不过祝玲知道再晚些肯定就要被人发现，所以还是请了病假准备这两天就回老家。

"是今晚和小夕说吗？"

祝玲叹了一口气，面上还有些不安。

"对，也不能再拖了。"

到家之后，出乎祝玲意料的是，佳夕竟然没有看电视，也没有在隔壁周砚池家，而是安安生生待在自己房间里。

祝玲推开门，看到佳夕似乎已经睡下了，这才几点钟？

她走到女儿床边。大约半分钟过后，佳夕把被子刨了一个口，半张脸露在外面，望向祝玲。

"妈妈。"

祝玲看到佳夕眼睛红红的,以为她是真的犯困了。

"哎哟,我们的小猪,一学习就困了是吧,但这也睡得太早了。"祝玲侧坐在床边,笑着说道。

佳夕一看到妈妈,就有好多话想和她说,但她看到爸爸郑重其事地站在妈妈身边,就像是有什么很重要的事情要和她说。

"妈妈,是有什么事吗?"

王平站在一旁,觉得老婆有些多虑了,他完全不理解这件事有什么不好开口。

祝玲把手伸进被窝里,将佳夕的手握在掌心里,有些凉。

"怎么不知道开电热毯?"

"忘记了。"

祝玲捏着她的手心,半晌才问:"你记不记得你小时候,很想要一个弟弟妹妹?"

佳夕摇了摇头:"有吗?我不记得了。"

祝玲顿了顿,终于对上女儿的目光。

"你很快就要有一个啦。"

一时间,佳夕像是没听懂祝玲的话,她先是愣了几秒,很快又望向妈妈的肚子。

因为毫无准备,她完全不知道该做什么反应。

"真的?"佳夕问。

祝玲觑着女儿的神色,不过并没有看出来她是开心还是不开心,突然知道这件事,她一个小孩子肯定很蒙。

"是真的,妈妈没和你——"

"那,还要多久他会出生呢?"佳夕盯着妈妈的肚子继续问道。

祝玲迟疑了一下:"可能还要两个多月吧。"

佳夕听到这里的时候,动作很缓慢地收回了祝玲掌心里的手,低垂着眼睫,点了点头。

"好,我知道了。"

祝玲知道女儿一定在为他们这段时间的隐瞒而不开心,赶忙说:"不要不高兴啊,妈妈不是故意不告诉你。"

祝玲说到这里，压低了声音，知道女儿不会懂什么计划生育，于是思索着怎么和她解释。

"你还小，很多事情都不懂，现在生二胎是不允许的，不仅要罚款，万一被人知道举报，我和你爸爸的工作可能都要没了。"

祝玲一直没有把这件事告诉女儿，也是觉得她年纪小，不一定能藏得住秘密。

王平也在一旁搭腔："你妈说得没错，你现在知道了，也不能和外面的人说，更不要和同学说，知道吗？"

佳夕只是抬眼看着妈妈，眼里溢满了不解和失落。

"可是，不允许的话为什么还要别的小孩呢？"她吸了吸鼻子，有些无助地问，"是因为我不好，所以只有我，不够吗？"

祝玲听到这里，再对上女儿自我怀疑的眼神，眼睛也跟着红了。

"你怎么会这样想呢？妈妈巴不得把所有的都给你，只是……"

当年，祝玲生下佳夕不到三个月就上了节育环，前几年去检查身体，查出了子宫的一些小问题，医生说她不适合再上环，看她的子宫情况也不太可能再怀孕，于是就帮着把环给取了，谁能知道……

发现自己怀孕的时候，祝玲第一反应就是打掉。

她从来没想过和王平再生第二个孩子，原因多得数不过来，计划生育是个问题，小孩子基本上是她在带，王平只会做甩手掌柜，她能不能跟他过一辈子都是个未知数，再加上怀佳夕时受的罪还历历在目，产后漏尿的情况，她现在都还存在，有时只是打了个喷嚏……

但最主要的是，这个世界上她最在意的人就是她的女儿，想到未来会有另外一个孩子分走属于她的关心，祝玲光是想象都会自责。可是她清楚地知道，一旦她把这个孩子生下来，这就会是不可避免的事了。

只可惜她发现怀孕的时间已经有些迟，医院综合她的身体素质考虑，不建议她流产，太容易大出血。

但是这些话，她要怎么和女儿说呢？

祝玲捧着女儿的脸，哽咽着说："总之不管怎么样，你都是妈妈最重要的宝贝，你只是多了一个人陪，这样多好啊。你不是很喜欢隔壁的周砚池哥哥吗？但你们再亲近也没有血缘关系，不是真的兄妹，你以后就要有个真正亲到不分你我的亲人了。"

在这个时候听到周砚池的名字，佳夕只觉得更加迷茫和伤心了。

原来是这样吗？只有有了血缘关系，才会真正亲近吗？

祝玲示意佳夕往里面睡，哄着她说：

"妈妈今晚和你一起睡怎么样？好久没一起睡了。"

不过佳夕还没来得及回答，就听到王平有些急的声音："你挺着这么大个肚子，万一被挤到哪儿撞到哪儿，怎么办？"

"你不会讲话就闭嘴。"祝玲听到他的声音只觉得他烦得要死。

佳夕的身体却没有动，听到爸爸的话后，点了点头。

"我的床是很小，还是不要了。"佳夕轻声说，"而且，我现在已经长大了。"

祝玲坐在床边有点为难。佳夕看了妈妈一会儿后，小心翼翼地抬手，隔着厚重的棉服摸了摸妈妈的肚子。她努力挤出一个笑容："真希望他快点出来陪我玩呀。"

这一晚上，祝玲等到这句话，才终于放下了心。

王平也在一旁，手搭在她的肩膀上笑。

"我早跟你讲，我们的女儿不是那种自私的小孩，你真一点也不了解她。"

他把佳夕的被子往上拉了拉，又顺手给佳夕开了电热毯。

他一脸慈爱地摸了摸佳夕的头："乖啊，过两天爸爸带你去逛超市，想买什么买什么。"

佳夕说"好"。

等他们离开以后，佳夕躺在温暖的被窝里，怎么也无法睡着。

今天发生了好多事啊。哥哥到底怎么了？她真要有一个小弟弟或者妹妹了吗？

她想到爸爸的话。她一点也不想做一个自私的小孩，所以她应该欢迎他的，对不对？

佳夕醒来的时候已经是早上八点半。

半睡半醒间，她似乎听到爸爸说要带妈妈去南城的医院检查一下。

佳夕起床，看到饭桌上的字条，他们还给她留了早饭，可是她并不饿，于是戴上指甲去上古筝课。

课上，她因为走神，弹错了几次音。

"王佳夕，你今天弹琴不认真啊。"老师面露责怪。

佳夕低下头。

"你表现再不好，我就要打电话问问你妈妈最近怎么回事，怎么都不管你了吗？"

身后也有家长说，好久没看到佳夕妈妈了。

佳夕把头埋得更低。

这一堂课，她上得浑浑噩噩。

冬天真是好萧条啊。佳夕看着大院里的枯树，迫切地觉得自己现在很需要有一个人陪在她身边。

这个时候，她能想到的第一个人还是周砚池。

她好想找他。

可是她的脚几次站到了周砚池家的门口，每当她想要迈进去，脑海里就会浮现昨天傍晚他冷漠的眼神。

那个眼神让佳夕无论如何也没办法前进一步，就好像她对着他一贯坚固的心上突然长出了名为羞耻心的东西。

佳夕站在门口，纠结极了。她到底什么时候脸皮那么薄了？她双手握拳，看着手上他送给自己的手套，暗暗给自己鼓劲儿。

没事的，哥哥说不定是昨天学习遇到了难题，或者考试没考好，睡了一觉，他现在一定已经好了，肯定是这样。

进去以后，她只要走到他身边，他就一定会像从前的每一天一样，把卫岗酸奶拿给她，然后问她怎么了，然后他们就会和好如初。

就在佳夕终于鼓起勇气，打算装作什么事也没发生的样子进去找周砚池时，一个声音从背后传来。

"又来找周砚池啦？"张小敦在她背后吹口哨。

佳夕回头，没什么震慑力地瞪了他一眼。

"干吗？"

张小敦一脸讨嫌地说："你的宝贝哥哥一大早就出门去买教辅，你跟他这么亲都不知道啊？你们不是关系很好吗？"

见佳夕抿着嘴巴，在那里说不出话来，张小敦更起劲儿了。

"整天黏他身后，就快成他第六个器官了，怎么他买教辅不带你呢？"

佳夕平时对他这番言论向来是不在乎的，张小敦总爱故意讲这些话，她早就听习惯了，但是今天，她第一次觉得他怎么这么讨厌。

她的脚尖用力地抵在地面上，梗着脖子说："要你管。我哥跟我说了，我只是看看他回没回来而已。"

张小敦"扑哧"笑出来了。

"还嘴硬，你知道就怪了，他又不喜欢你，也不爱跟你玩，你不如和我玩，我带你去滑滑梯？"张小敦走到她身边。

"我早就不爱玩滑梯了。"佳夕往后退了一步，逞强着说道，"你走开，你根本什么都不知道，我哥哥才没有不喜欢我，他喜欢的。"

"哈哈，笑死了，你少来，我昨晚亲口听到他说烦你的好吧，你还整天去找他，人家烦死你了，小可怜包。"

佳夕听到这句话的瞬间整个人僵在原地。

"你胡说！"

"我没胡说啊。我昨天踢完球回来，就听到周砚池跟他妈说很烦你，不想和你说话，不信你问陈雷。"

张小敦叭叭地说着，一下看见佳夕瞪向他的眼眶已经溢满了泪水，下一秒就"啪嗒啪嗒"地砸在了地面上。

他立刻停住，他可没真想让她哭啊，这次怎么这么脆弱啊。

"哎？你怎么这就哭了啊？一会儿被他看到说不定会跟我妈告状。"他手忙脚乱地要替佳夕擦眼泪，"这样这样，你就当我骗你的好了。他不烦你，他喜欢死你了。"

佳夕挡住自己的脸，不肯让他看。

"走开，你才可怜，我才没有哭。"

佳夕说完就转过身，不管不顾地跑回自己家。

"没事的，他不喜欢我，还有别的人喜欢我。"

她再也不要和周砚池说话了。反正，她还有妈妈和爸爸爱她。

佳夕失魂落魄地走进屋子，客厅空荡荡的，没有一个人。

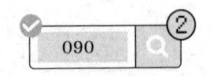

佳夕垂着脑袋，擦掉脸颊的眼泪，一定有人爱她的。

002.漫长的冬天

周六晚上，许宜和周砚池两个人吃着晚饭，周砚池不声不响地喝了小半碗粥，就放下了筷子。

"妈，我吃好了。"他起身，把碗筷洗了就回了自己的房间。

许宜早就看出他从昨天情绪就不是很好，但她向来不是会过分打探插手孩子私事的母亲，所以在昨晚问了他几句后，就也没有再说什么。

周远最近应酬变多，一直到快九点才带着一身酒气回来。

他知道许宜讨厌酒味，即使醉着还不忘在外面洗漱了才进房间。

他掀开被子的一角，躺上床。

"小佳夕怎么不在？"往常他这个点回来的时候，家里总是能听到她的声音，今晚家里这么安静，他还真不习惯。

许宜听到佳夕的名字，神情也不自觉地变得温柔。

"好像和砚池闹不开心了，没问出来。"

周远听了倒是没当回事，只是笑了一下，小孩子嘛，这是常有的事，这时候，他还是觉得他们很快就会好的。

周远眯着眼睛，望向柜子上的电视，这里面的声音很吵闹，他记得这几个主持人好像叫什么快乐家族。

"我的这个投资商说自己家女儿就爱看这个，好看吗？"他问。

许宜想了想，回了一句："挺热闹的。"

身边是绵长的呼吸，许宜闻着空气里很淡的酒气，不知道在想什么。

她定定地盯着屏幕，过了好久，冒出来一句。

"我听说，这个主持人是北城外国语大学毕业的。"她说话的时候都不知道身边的人现在是清醒还是醉着。

周远揉了一把脸，想看清楚许宜说的是哪个主持人。

"中间的这个男的？"

"嗯呢。"

"外国语大学，厉害啊。"周远其实并不了解这个大学，他连高中都没上过。

周远静静地听着她说:"我上学的时候很喜欢学近现代史,你知道周总理他们外交,身边总是会跟着外交官的。"

周远点头,他怕自己会睡着,又掐了掐自己。

从见许宜第一面起,他就喜欢听她说话,听着她的声音总是会让他有一种船客靠岸的感觉,这是什么比喻?他也搞不清楚。但是结婚这么多年,她和他的话并不多。

"我小时候的梦想就是做外交官,高考之前,我的语文老师告诉我北外出过很多外交官。"

说到这儿,许宜又自嘲地笑了笑,把电视关掉,房间瞬间变得安静。

"我说这些干吗?你现在困了吧,这节目有点吵。"

周远却半天没说话。他知道许宜学习很好,她爸妈告诉过他,她当年可以上北城很好的大学。刚结婚的时候,她还会偷偷收集有关北城的报纸、杂志,等到生了砚池后,他就再也没看到过了。

他还知道,许宜当时谈了个男朋友,但对方去北城读了大学,所以两人分开。那个男人后来留在北城任教,砚池十岁酒席的时候他还来过。那是个很不错的男人,周远甚至想过,如果许宜当初有条件去北城上学,他们也会过得很幸福。

不知道是不是因为喝了酒,周远只想把满腔的情绪一股脑儿往外倒,放在平常,他绝对不会这样的。

他把许宜的手抓在手里:"老婆,你相信我,要不了多久,我会让你和砚池过上最好的生活。"

这是许宜没料到的反应,她的脸上呈现出讶异。

她失笑道:"你怎么了?现在就很好啊,你是不是以为我——"

周远摇头打断了她:"不够,再给我一点时间,马上赚够了钱,我们在北城买套房子,到时候,我们把砚池送到北城最好的初中,你想上班就上班,想读书还可以去读研,就考北外的研究生,怎么样?"

许宜难得听他这么激动地和自己说这样的话,这一点也不像他。

"你今晚是不是喝多酒了?怎么啦?你知不知道外地户口的孩子在北城上学很困难的?要五证的知不知道?北城房子这么好买呢?"她轻声安抚着醉鬼。

周远依然紧紧攥住她的手，眼睛费力地睁开。

"我知道，我怎么不知道？我很早就打听了，我马上投资的这个很赚钱，没有钱解决不了的问题。"他说到这里，因为酒意缓了缓。

"你只要相信我，我会让你过上你从前想过的生活的，到时候我老婆还能做外交官，一定是最漂亮的外交官。"他乐呵呵地冲她笑。

许宜被他的傻话逗笑，却没再说什么。看着他晾在外面的脚，也不知道冷不冷，起身把被子扯了扯。

圣诞节当天是周一。

祝玲昨天下午就被王平送回了老家养胎。

王平这学期已经被调回淮县中学，一大早，女儿前脚刚走，祝玲的电话就打过来了。

"女儿人呢？让她跟我讲两句。"祝玲说。

"嘶！好冷。"王平把教辅放进包里，"等下午放学吧，她已经上学了。肚子怎么样？"

祝玲在那边"啊"了一声："这才几点，她怎么就走了？"

"想好好学习呗，也快期末了。"王平随口答道，"她好好学习你也不高兴？"

走出平房，祝玲还在电话那头喋喋不休地问佳夕今早穿的什么衣服、冷不冷。

王平被她问烦了，糊弄了几句就挂了。

他把小灵通放进口袋，一出来就看到屋外的冷风中还站着一个人。

"砚池？你怎么还没上学？"王平把手机放回口袋，准备把门关上。

周远这个儿子真是越长越高，才六年级就快赶上他了。

周砚池没说话，目光往屋子里望了一眼，像在找什么。

等到王平把门锁上，周砚池低着头收回了视线。

王平问："你找她呢？"

周砚池"嗯"了一声，声音低得要被冬风吹走。

王平坐上车，他带笑的声音伴着冷风刮进周砚池的耳朵。

"她一大早就起来，说要去早读，好好学语文，我猜肯定是被你带动了，知道好好学习了。"

"嗯。"周砚池闻言只是点点头，表情没什么变化。

他说："叔叔，那我上学了。"

"要不要上来？我送你。你不会迟到吧，这天真冷啊。"王平说。

"没事。"

独自走进校园的时候，周砚池有一瞬间突然觉得，兴许这样也不错。

至少，不会让他变得奇怪。

而那个让周砚池变得奇怪的对象，在圣诞节这一天早早地就来到了校园。

佳夕知道程丹丹在周砚池邻班，他在一班，那程丹丹应该就在二班。

她来得早，二班里也只有几个学生，一问果然是这样。

佳夕问到程丹丹的座位以后，有些愧疚地把放着手链的盒子连同她那天给她的德芙巧克力一起塞进了她的桌肚。

离开前，她又从包里掏出一个红红的苹果，犹豫了一会儿还是放在了程丹丹的桌面上。

超市里的平安果好贵，佳夕只买得起一个送给赵圆圆。

就这样过了半个月，直到2007年的元旦假期已经过去了一周，佳夕才后知后觉地意识到原来让两个一向形影不离的人变得疏离，并不是一件难事。

可能是因为之前一直是她在单方面地缠着周砚池，现在她再也不去做这件事，他们也就自然而然地生疏了。

当然，这也绝不是一件简单的事。

周砚池让她坚持早读的时候跟她说过，一个人想要养成一个习惯，只需要坚持二十八天。

主动走近他这件事，她已经做了差不多近十年，就是现在看到他的脸，她都会下意识地想要走近他。

靠近他几乎是她的本能之一。

可是，每当她想要主动和他说话，脑海里就会无限回放张小敦说他很烦她的画面。

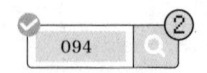

他可能真的很烦她，所以这段时间也从来没有想要和她主动说话。

佳夕开始相信，或许妈妈说的话是真的，因为没有血缘的支撑，所以他们永远不可能真的像亲人一样。

大院里的大人们渐渐都发现，佳夕再也不缠着周砚池了，即使两个人在院子里碰到，她也不再黏着他。

有时候会听到别的阿姨打趣："哟，小佳夕变成大姑娘啦，知道害羞，再也不爱和哥哥玩啦。"

佳夕也只是笑笑。

自从她不再和周砚池说话，她和许妈妈说的话都变少了，佳夕也不想这样的。

也会有人问她："你妈妈最近身体怎么样？"

佳夕这才意识到她也有很久没见到妈妈了，尽管每天她都会接到妈妈的电话。

可是不知道为什么，明明每一天她都很想念妈妈，但在电话里听到妈妈的声音，她却一个字都说不出口。

"是不是想妈妈了？"

佳夕握着电话用力地点头。

这个冬天太漫长了，祝玲在电话里安慰她，等冬天过去了就好了，妈妈以后再也不会离开她了。

佳夕说："好。"

小年这天，佳夕被王平带回老家吃饭，一周前便开始放寒假了。

昨天夜里下了雪，路面滑，他们还没赶到家，王平在路上接到了一个电话。

佳夕敏感地察觉到爸爸接电话的一分钟里，情绪几次变化。

是妈妈要生了吗？妈妈现在怎么样呢？佳夕担忧地问。

王平像是没听到她的声音，等到电话挂断以后，他激动地把佳夕抱了起来。

他脸上的喜悦不加掩饰："哈哈哈，小佳夕，你有弟弟啦！"

2007年2月11日，距离佳夕十岁生日不到一个月的南方小年这一天，她多了一个弟弟。

003.人长大了,就会走散

除夕这天,佳夕早早被叔叔喂猪的声音惊醒。这不是她第一次在老家过年,但这是第一次,她知道原来她的老家可以容纳下这么多亲戚。

祝玲昨晚连同婴儿一起被接出院。因为不可能现在回大院,所以她被安置在老家采光最好的主卧坐月子。

佳夕洗漱完,看着妈妈被几个姑姑姨姨围着,听着她们不时发出"哎呀,他睁开眼睛了""哎呀,他冲我们眨眼睛了"。

佳夕靠在门框边,心里觉得好神奇。

为什么睁眼睛这种小猪都会做的事可以让她们这么惊讶?

她觉得无聊,就一个人跑到猪圈门口蹲着。透过缝隙,可以看到猪猪们在吃饭,佳夕还没吃早饭,看着它们吃得好香也有点饿了。

明明去年暑假,它们都还是小小的一只,现在已经这么大了,大到叔叔会把它们做成年夜饭。

佳夕看着它们,心里一阵怅然,长大真的一点也不好,做猪就会被杀掉。

在猪圈门口蹲得腿好麻,佳夕想进屋找点桃酥垫垫肚子。

一走进客厅,就听到妈妈在找她。

"女儿呢?"

"在外面和猪玩呢。"姑姑回答。

不知道谁笑:"自己还是小孩子呢,以后也不知道能不能照顾好弟弟啊。"

祝玲本来要说点什么,一下子从衣橱的玻璃上看到了女儿发愣的影子,于是提高音量叫她。

"小乖。"祝玲一出声,刀口的地方还是疼得她头皮发麻。

佳夕"哎"了一声,走到床边坐下。

二姑笑着看她,又低头去看躺在祝玲身侧的襁褓里的婴儿。

"让我来看看,你们两个长得像不像。"

佳夕心里直摇头,不像不像,他丑死了,跟他像的话,她宁愿做头小猪然后被宰掉。

妈妈生产的那天，佳夕赶到医院后匆匆看了他一眼，只觉得他长得真像一个矮瓜，而且是被人揍了一拳的那种。

祝玲牵着女儿的手。这几天她总想和女儿多说几句话，但在医院的时候，她没能和女儿讲上几句话，身边就被不少人围住。

祝玲打了个哈欠，说困，想休息了。

屋里的几个人起身，说要看看午饭做什么菜，佳夕下意识地也准备跟着出去。

"你走什么？"祝玲把她拉住，笑着问，"爷爷早上给你压岁钱了吗？"

"给了。"佳夕说着就去掏口袋，想像以往每一年那样把钱交给妈妈保管。

祝玲却说："不用，你留着，今年的压岁钱自己留着吧。"

佳夕不知道为什么，但还是说"好"。

"高兴吗？"祝玲问，"但是不要乱买东西。"

佳夕觉得自己应该是高兴的，因为她之前一直很想自己保管零花钱。

祝玲看着睡在身侧的小婴儿，几天前在分娩床上双腿分到最开，不把自己当人的痛苦记忆还在眼前，产后还大出血，祝玲都不知道自己是怎么撑下来的。

但是，这好像就是命，她只能选择接受。

"等他再长大一点，就可以多一个人保护你了。这样妈妈以后老了，想到你们姐弟身边有人互相照应，我也就放心了。"

祝玲不知道自己为什么说着说着眼睛又红了，见佳夕眼眶也跟着红了，亲了亲她的脸，让她去吃早饭。

王平在外面冲好了奶粉，直接迈着步子进来，走到床边问祝玲："他醒了吗？三十毫升够吗？你摸摸看，烫不烫？"

佳夕长这么大，难得看到爸爸这么认真关切的模样，以往看到他这个样子，好像是在他打麻将摸牌的时候。

不知道为什么，她突然想起去年发生的一件事。

那次她因为考试没考好，被妈妈打了一顿，那天晚上，爸爸也狠狠地骂了她。

当时他骂她的话，佳夕其实早就记不得了，不过她一直记得那个晚上，妈妈来和自己道歉，那天晚上，她们聊了好多好多。

妈妈担心她会因为爸爸骂她而伤心，跟她说了一件事。

妈妈说："你知不知道，你刚出生的时候，本来你爸爸知道是女孩，还不是很开心呢，都没有来看一眼。"

佳夕沮丧地问："啊，为什么呢？"

祝玲冲她笑了一下："但是他第二天看了你一眼后，就总忍不住来看你，连麻将都不爱打了。你记不记得，你小时候那么一点大的时候，他经常把你背在肩膀上到处玩呢？"

从佳夕有记忆开始，爸爸陪着麻将的时间远多于陪着自己的。妈妈说他背着她的事，她好像隐隐有些记忆，所以听到妈妈这样说的时候，她有那么一瞬间觉得很感动、很开心。

但是她心里总有种说不出来的奇怪。

为什么她要经历这个从不愿接受到爱不释手的过程，他一开始为什么不想看她一眼呢？

现在，佳夕觉得自己好像有点明白过来了。

大年初五，王平骑着摩托带佳夕回教师大院拿英语书。

"你这次该带的都给我拿上啊，别明天又说少了什么东西，又得来回折腾。"

佳夕"哦"了一声，下了车就去开门。

大院地上落满了鞭炮的碎屑，佳夕开门的时候，想到以前周砚池会皱着眉头，让她把衣领拉高，不要闻这个硫磺、木炭和硝酸钾发生化合反应的难闻味道。

想到这里，她开门的时候，余光悄悄地往隔壁望去，没有人，也听不到动静。

佳夕收回视线，去房间找书。

王平把摩托停好后，正好碰到周远从外面回来。

两个人互相拜了年。

"回来了？"周远知道祝玲生孩子的事，怕被人听见，说得很隐晦。

王平点头："带闺女回来拿点东西，一会儿还回老家呢。大老板最近生意

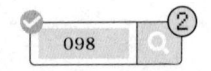

怎么样？"

周远笑："什么大老板啊。"

王平拍拍他的肩膀："等我在老家再赢几把，有点闲钱也跟着你投资点钱做个代理。"

周远对拉身边人入伙这种事一向是保守态度，毕竟做投资总有一定风险，他最怕最后万一有什么差池，他负不起这个责任。

不过这次这个新酒，周远搞了不短时间，每天都在稳定入账。

他知道现在王平家有两个孩子，也想他们能多赚点钱，于是说："好，等你啊。"

佳夕在屋里收拾好书，又把身上已经穿了几天的羽绒服换掉。

换衣服的时候，她好像听到爸爸在和什么人聊天，于是羽绒服拉链都没拉上就拿着书往外走。

"我听祝玲讲，你们今年打算等砚池小升初之后就去北城了，你真的是能力太强了。"王平说。

周远忙摆手："还不确定的事情。北城户口太难了，到时候真要走，肯定请大家吃饭。"

王平拍了拍他的肩膀："那以后去北城，除了去看看祝玲的二妹，还能找你们玩玩了，哈哈！"

佳夕呆呆地站在原地，感觉到自己的血液随着室外的低温倏地降了下来。她往他们跟前走过去，感觉到自己的腿都在打战。

她肯定是听错了，叔叔在说什么？北城？不会的不会的，北城那么远，南城还差不多。

周远见到佳夕来了，开心得不得了，手伸进口袋里掏东西。

他先掏出了一个红丝绒盒子逗佳夕，很快又放回口袋："哎呀，拿错了。"

周远将一个红包递给佳夕。

"叔叔等你几天了，快点收下，等你许妈妈回来，还有呢。"

佳夕毫无反应地站在原地。

王平没有推辞，每年两家都会给对方的孩子红包的，他这时也从上衣口袋里拿出钱夹。

"砚池呢？怎么没看到人？"

周远说:"一早就打球去了,而且他都十二岁了,别给了。"

"这怎么行?闺女,还不和叔叔拜年吗?财源广进要说啊。"王平推了推女儿,不知道她这是怎么回事。

佳夕仰着头,直直地盯着周远,心里充满了恐惧。

"叔叔,你们要去北城了?这是真的吗?"她不愿意相信。

周远看出佳夕面上的惶然,忍不住去捏捏她的脸,答非所问道:

"怎么啦?舍不得我们?那怎么最近都不理哥哥了?我还以为佳夕已经不喜欢我们了。"

"没有不喜欢。"佳夕用力地摇头,只怕自己慢一点,叔叔就会误会她了。

她的声音已经带着哭腔,慌乱而焦急地问:"难道这里不好吗?我不想你们走啊。"

王平见女儿要哭,赶忙劝道:"大过年哭,不吉利啊,爸爸下午还要打麻将呢。而且这有什么好哭的?叔叔不是还没走?而且以后又不是见不到面。"

周远也被佳夕的泪眼搞得有些伤怀,他摸了摸她的头,安慰着她:"对呀,这不是还没走呢?不能哭哦,小佳夕。"

等到这句话,佳夕眼睛里的光终于一点点地黯淡了下来。

原来,他们真的要走了……

坐在爸爸摩托车后面的时候,佳夕看着沿途逐渐离自己远去的风景。

周砚池也要走了。

是不是人长大了,都会走散呢?

她用力地睁大眼睛,低头看到手上戴着的周砚池从前送给她的手套,她一点也不想哭,上次她就决定了,她绝对不会再哭了。

佳夕想,还好他们已经很久不讲话了,这样,等到他真正走了的那一天,她就一定已经不会很想他了。

周砚池握着篮球回来的时候,周远正在外面抽烟,见儿子回来,立刻把烟给熄灭了。

周砚池本来要直接进屋,走到门口脚步突然顿住,不经意地往隔壁看了一眼。

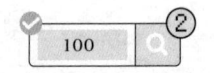

他没说话，又望向爸爸。

周远这下惊讶了："你怎么看出来有人回来的？"

周砚池站在原地："她回来了？"

周远"嗯"了一声："回了，不过又走了，跟你前后脚。"

周砚池低着头，在原地站了几秒就进了家门。

许宜和高中同学出去吃饭，只留下他们父子俩在家。

周远已经在外面买好了菜，正从电饭煲里盛饭。

"刚刚小佳夕听我一说以后可能要去北城，伤心死了。"周远和儿子闲聊。

周砚池拿筷子的动作顿了顿，等到坐到饭桌上，他突然问："她哭了吗？"

周远叹了口气："怎么没哭，还被她爸说了。"

周砚池没有再说话，只是静静地吃着碗里的米饭。

饭吃到一半，周远才想起来一件事。

他从口袋里把那个红色丝绒盒子拿出来。

"一大早我就帮你做苦力去了。早上那个金店打电话给我，说有定制的东西已经做好一个多月了，年前就该去拿，一直没人去拿，所以给我打了电话。报了你的名字，我就给取了。"

周远把小盒子往儿子跟前推了推。

周砚池盯着看了半天，最后默不作声地放进了口袋，没有要解释的意思。

虽然周远觉得儿子的审美有点问题，但对于他对许宜的孝顺还是很欣慰。

"这是不是你准备送给你妈的生日礼物？行啊你，提前这么久就开始准备了啊，但是你给她送这个，我到时候送什么呢？"

"不是。"周砚池说。

004.没事了，我在

今年过年相对往年稍晚了些，佳夕的寒假一直放到3月4日才结束。

南县中学的老师要提前一天，3号要到学校报到开会。

王平为了去学校方便，打算2号晚上回教师宿舍大院。

佳夕嫌老家每天都很吵，也有些待不下去，所以虽然也没有很想和爸爸一

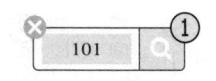

起，但还是打算跟着他一起回去。

祝玲的病假请到4号元宵节，尽管月子没坐满六周，她也没办法再拖下去。

婴儿是不可能带回教师宿舍大院照顾的，开学以后，她计划每个周末回来带一带他，等以后自己买了房子再把他带到身边养。

她本来想跟着女儿一起回去，毕竟第二天就是佳夕的生日，但是家里的老人都劝她能待就多待一天养养身体，明天回去一样能给孩子过生日。

祝玲望着身边一看不到自己就开始哭的宝宝，也只好这样。

2号傍晚，天空呈现出令人宁静的墨蓝色。

祝玲靠在床边，嘱咐女儿晚上到家不要看太久电视，把没做完的寒假作业补一补。

明天就是女儿的十周岁生日，如果不是因为这个计划外的宝宝，祝玲本来应该给女儿好好办几桌酒席，但现在，这显然不是一个合适的时机。

现在面对佳夕，祝玲时常有种说不清道不明的愧疚，但是她不想让女儿看出来，好像一旦表现出来，就意味着她真的在忽略她了。

"妈妈今天再陪弟弟一晚，他太小，我不在身边不行。"祝玲好声好气地说。

佳夕都明白的。

祝玲对女儿承诺："妈妈明天下午就回去了，到时候给你买很好吃的元宵。你不是一直很喜欢吃路口那家，我给你买个大份加桂花的，吃完我们再去你学校附近溜达溜达，把那个苹果发夹给买了，怎么样？"

佳夕："是樱桃发夹。不过其实，我已经没有那么喜欢了。"她记得奶奶说，妈妈现在还是不应该多走动的，要多休息才好。

"不喜欢啦，那我们买别的，你一会儿记得把围巾、帽子都戴好，明天我再陪你好好过生日。"

佳夕不知道这个世界上有没有谁不喜欢过生日，不过，这个时候的她还是很享受过生日的，因为每到这一天，她会觉得自己好像是所有人的宝贝。

去年的今天，佳夕眼睛还没睁开，妈妈就靠在她床边亲她的额头。她故意亲得很用力，佳夕果然醒了。

虽然十周岁这一天的早上缺了一个吻，但佳夕心情还是很好，因为妈妈今

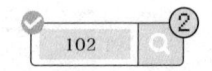

天就会回来了,而且还不会带上那个吵吵的丑家伙。

她听到厨房锅铲发出的乒乓声,穿上拖鞋起来刷牙,看到爸爸在厨房做饭。

等把一大碗面条端上桌的时候,王平不忘从钱夹里掏钱。

"今天十岁了啊,又大了一点,爸爸给你点钱,一会儿可以出去买点好吃的。不过不要买乱七八糟的零食,省着点花,知不知道?"

佳夕说:"知道。"

王平先是把一张崭新的十元纸币放到桌上。

"够不够?"他笑着问,"给你一张新票子。"

佳夕点头。

王平又好心情地抽了一张:"再多给你一点,免得你妈回来唠唠叨叨,还说我不疼你。"

王平把羽绒服穿上身,听见门口传来脚步声,不过佳夕头抬得更快,这个脚步声一听就是许妈妈。

许宜手里端了一碗面条站在门口。

"进来啊。"王平招呼。

许宜没想到桌上已经有了一碗,摸摸佳夕的头。

"原来小佳夕有长寿面啦。"

佳夕不知道为什么,现在再看到许妈妈,心情总是很复杂,是高兴伴着酸涩的感觉,会让她有点想流泪。她已经努力让自己不要去想许妈妈很快就会离开的事。

"谢谢许妈妈。"她没有看对方的眼睛。

许宜说:"中午到隔壁吃饭,我让周叔叔给你买蛋糕,怎么样?"

佳夕最后还是摇了摇头:"没关系的,我在家等妈妈回来。"

许宜也不强求:"好,明天元宵节我们再一起过。"她弯下腰,一如从前那样抱了佳夕一下。

"小夕,生日快乐。"

等许宜从隔壁回来,周远也在洗漱。

"我去学校了,中午应该会在学校吃。"

"你要不要我送你?"

"不用的，你自己做点早饭吃啊。"

"好。"周远用热毛巾擦了把脸。

他把许宜送到门口，头一侧才发现儿子已经早早穿好衣服坐在书桌前看书了。

"你妈今早给你做早饭了？今天什么日子？"周远没看到许宜给隔壁送饭，只听到她做饭的动静。

周砚池在座位上怔了怔，半天才低垂着视线，眼睛不知道在看书上的哪个字。

"全国爱耳日。"他闷声回道。

周远"啊"了一声，走到大门背后的挂日历跟前，一看还真是。

不过提起这个爱耳日，周远突然想起去年国庆假期的一件事。

他记不得是下午还是晚上了，当时小佳夕在他们家看电视剧，广告间隙她黏在砚池身边，不停地问他有没有忘记3月哪天是个非常重要的日子。

儿子不看她，任着她在他身边打转，回了一句："没忘记。"

小佳夕一听笑得真开心，连带着在屋外接电话的周远心情都好了。

紧接着，他就听到儿子一本正经地说，是全国爱耳日，让她拿遥控器把音量调低一点，这样对耳朵好，气得她在一边哼哼唧唧不理他了。虽然没几分钟，周远转个身的工夫又看到她不知道看到什么好笑的东西，又和儿子贴到一起了。

想到这儿，周远望向儿子的眼神变得有些幽怨，真是好久没看到小佳夕来他们家串门了。

佳夕最后还是吃了许妈妈给她做的面条，她刚动筷子，就知道面条底下一定有一个荷包蛋。

佳夕回老家的时候没带字典，语文的寒假作业还有一些没做，她一直补着作业，倒也没有什么心思想其他事情。

昨天从老家带回来好多菜，她中午热了一道糖醋排骨，又吃了一点素鸡，很快就饱了。

一直到感觉脖子好酸，佳夕回忆着快一个月没做的《初升的太阳》里的动作，起来活动了一会儿身体。

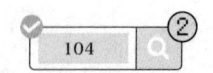

下午五点开始,屋外天色转阴,佳夕回头看墙上钟摆的频率变高。

门口稍微有点动静,她就会觉得,这次肯定是妈妈回来了。不过她不敢完全把头抬起来,因为这样的话,妈妈进来就会对她说,她学习一点都不投入,有点风吹草动都跟她有关系。

所以佳夕只是悄悄地用余光去看,只是,一直不是妈妈。

佳夕又回头看了一眼钟,很快低下了头。快到六点了,学校那边的饰品店肯定关门了。

算了,反正她本来也没打算去的。

忽然,一阵急促的脚步声由远及近地传来,佳夕直觉这声音是往自己家来的,一抬头,就看到手里拿着小灵通正在讲话的周叔叔。

"小佳夕,你妈妈让你接电话,"他走近。

佳夕接过电话:"妈妈。"

"宝贝,弟弟中午开始身体就有点烫,不知道是不是发烧了,妈妈一会儿得带他去看看。"

佳夕闻言,轻轻地呼出一口气,发现这好像是意料之中的事。

"知道了。"

"妈妈这边先不和你说了。生日快乐啊,宝贝。对不起,妈妈明天绝对绝对把所有的都给你补上,你在家乖乖听话,知道吗?我先挂了。"祝玲的声音有些着急。

佳夕点点头,发现电话挂断以后,她才发现自己好像忘记问"妈妈什么时候回来""爸爸今晚也过去吗?还是会回来"。

周远问她:"叔叔一会儿要出去跟人吃好吃的,你要不要跟我去?"他想了一下,今晚这一局应该也不会喝酒。

佳夕摇头:"不行呢,叔叔,我还有作业没做完。"

周远笑了:"还有一天是吧,加油写啊。"

看着周叔叔离开,佳夕也跟着走到家门口,这个点,天竟然已经这么黑了吗?

佳夕试着吸了一口气,大院里的空气依然透着早春的寒意,头顶的路灯许久没修,忽明忽暗地亮着。佳夕往边上远远望过去,好像能看到有一家门口正冒着饭菜的烟火气。

105

她发现自己有点饿了，而且没有很伤心，就只有一点点。

她决定立刻给自己找一件一定会让她快乐的事，难得爸爸妈妈不在家，她当然应该抓住机会好好看电视剧啦！

这样想着，她冲自己点点头。今晚假如没有人回来的话，那她要看个通宵，反正电费是爸爸付。

佳夕正到处找遥控器，就看到门口有人在笑。

"你这可算回来了？"

佳夕一回头，看到是张小敦穿着非常扎眼的荧光橙羽绒服，头发比上次见到时又短了好多，佳夕觉得这样有点像之前在报纸上看到的少年犯呢。

张小敦手里提着一袋茶叶蛋，嬉皮笑脸地说："茶叶蛋吃不吃？"

佳夕其实还记得上一次他对她说的话，她那时候好想咬他一口，但是伸手不打笑脸人，他拿着一袋茶叶蛋来，她好像也没办法对他恶脸相对。

"我不饿，你自己吃吧。"

"今天不是你的生日嘛。我特意给你买的，把我这个星期的零花钱都花完了。"张小敦说。

佳夕听到这句话，半天没说出话来，没想到今天最后一个来给自己过生日的人竟然是他。

她可不可以不要？这样显得她更可怜了。

张小敦说着话，也走了进来。

佳夕指了指桌面上的鸡蛋糕："你要吃的话可以自己拿。"

吃完就走吧。

张小敦一直没说话，他把茶叶蛋放到了桌上，没拿茶叶蛋的那只手一直背在身后，就这样走到她面前，眼底满是笑意。

佳夕不知道他在笑什么，她狐疑地问："你那只手里藏的什——"

张小敦"哗"一下，向她伸出手，佳夕第一反应是一个又细又长的绳索被甩到她面前。

她再定睛一看，是一条鲜绿色的蛇正对着她吐着信子。

"啊啊啊！"佳夕只看了一眼，就被吓得扔掉了手里的遥控器。

她的后背已经开始冒冷汗，身上的鸡皮疙瘩都冒了起来。

"你把这个拿开！"她一把推开张小敦就要往外面跑。

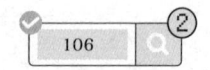

这个反应比张小敦想的还要大,他哈哈笑道:"你怕什么啊,它很温顺很可爱的,你摸一摸。"

他擒着它靠近头的一端,追在佳夕身后,看着她惊恐万状的模样,笑得上气不接下气。

"拿开!你走开!"佳夕躲着张小敦连同他手里的那条蛇,只感觉再看一眼,她就要死掉了,她今晚一定会做噩梦的。

好恶心,好可怕。

张小敦见佳夕被吓得撞翻了一个凳子跑出屋子,往外面的桂树下跑,他觉得好好玩,这个有什么好怕的。

"我跟你保证,你给它咬一口,绝对不会中毒的,就咬一口怎么样?说不定根本不疼呢。你就看一眼,保证不害怕了。"

佳夕不知道张小敦为什么要像游魂一样缠着她,她到底做错了什么?为什么要在今天这么倒霉?全世界她最怕的东西就是蛇了,她一直忍耐到现在的坚强就要被瓦解,她好想哭啊。

佳夕身体发着抖,如果妈妈现在在的话,她就一定不会被张小敦追着跑了。

如果有人在的话……

佳夕躲在树后,对拿着蛇不断靠近自己的张小敦几乎哀求地说:"求你了,你不要拿过来,我……我真的很害怕。"

佳夕大口喘着气,耳边是她快要爆掉的心跳声,这个声音中突然插入了一道刺耳的声响。

她看着模糊的视线里,离自己越来越近的蛇,佳夕身体瑟缩着,只觉得自己真的要被咬了,一只大掌骤然间出现在她眼前。

佳夕猛地抬头,看到了她完全没有想到会出现在这里的人。

她看到周砚池的那只手已经握成拳头,就这样放在蛇面前。

张小敦突然看到周砚池,他猝不及防,手上的动作因为周砚池脸上的表情顿住,愣在原地没再动弹。

周砚池身体紧绷着,看也不看地就从张小敦手里夺走那条蛇,一个甩手把它用力地甩到了地上。

见佳夕惊魂未定,周砚池一只手把她带进怀里,低声安抚道:"没事了,我在。"

佳夕就这样靠着周砚池，半天没说出话来。过了大概半分钟，她在他怀里小幅度地仰起头，想要看清楚他的脸。

佳夕发现自己的眼角有些发热，她已经有好久没有这么近距离地看到过他了，真的好久啊。

张小敦先是看着不远处上那条一动不动的"蛇"，又看着面前这对突然演绎起兄妹情深的两个人。

他不明白，那就是一条橡胶做的仿真蛇啊，至于吗？

过了半分钟，周砚池什么也没说，抓着佳夕的手，走到他的自行车跟前。

他把车篓里的那袋草莓拿出来后，一言不发地抬脚把边上那辆张小敦的自行车给踹倒，就这样拉着佳夕进了自己家的门。

张小敦刚把自己斥巨资买来的结果被周砚池扔到地上的仿真小蛇蛇捡起来，就看到自己的车又被周砚池踢翻了……

"周砚池，你脑子有病吧？"

005.不要再哭了，佳夕

周砚池牵着佳夕直接进了他的房间，彼此没有说一句话。

距离佳夕上一次来这个房间，过去了两个半月。明明房间里的陈设丝毫没变，她甚至可以记得每一样东西摆放的位置，但这是她第一次站在原地，感到一阵彷徨和不自在。

她其实不太知道自己应该坐在哪里、做些什么。

周砚池把房间的灯打开，佳夕在这时又再次望向他。

房间里的白炽灯光线暖黄，比屋外的路灯亮许多，她看着他，好像终于知道为什么每一次圆圆看到他都会说有点怕他，因为他面无表情的样子看起来好难接近，就像现在，她其实也有一点害怕他。

周砚池松开了佳夕的手，转身要出去，她条件反射地双手抓住了他的右手。

握住后，佳夕张了张嘴，发现自己也不知道要说什么。

周砚池抬起左手摸了摸她的头："我去洗草莓，马上回来。"

佳夕闻言，才慢慢松开手。

周砚池再进来的时候，端着洗好的草莓，又搬进来一个有靠背的椅子。

他把椅子放在他的椅子旁边，就和从前一样。

"你先吃，我把今天的听力做完。"周砚池说完这句话，就戴上了耳机。

佳夕知道每天下午六点半到七点，是他做听力的时间，她百无聊赖地坐在他身边，过了大概五分钟，才从盘子里拿出一颗草莓。

草莓上的叶子已经被摘去，每一颗都沾着水，透着无限的生机。

佳夕最喜欢的水果就是草莓，从前她总是会从最大最红的那颗开始吃，不过这一次，她挑了一颗很小的。

咬下去，她只觉得好凉。她这时候又去看周砚池放在桌上的手，也好像透着一股被冷水浸过的寒气。

佳夕盯着周砚池的手，想起刚刚他伸手挡在蛇面前的样子，只觉得草莓好甜，甜得她有点鼻酸，喉咙也堵堵的。

佳夕咽掉嘴里的草莓后，突然很小声地叫了一句。

"哥哥。"

余光里，周砚池没有反应。

佳夕又开始盯着台灯灯管里的虫子看，半晌，自言自语一般地出声："你今天为什么会拉我呢？我们已经好久没有说过话了。"

周砚池依旧没有动。

佳夕怀疑那只虫子可能已经被灯管烫死了，因为它半天都没有动弹。

佳夕把下巴垫在自己的手背上，看着周砚池的桌面，没有了她的书，这里看起来真整洁。

她想到，反正再过几个月他就要走了，这里的东西会被彻底搬空吧，他的东西不多，一定很好收拾。

到时候会住进新的人吗？还是说，这里会永远空着了？

想到这里，佳夕觉得心里空落落的。

"你把我领回家，是因为没有人陪我过生日吗？还是因为，你过不了多久就要走了？"

她话没有说完，就看到周砚池把笔放下，于是又忍不住转头看他。

佳夕看到他低垂着眼帘，睫毛在眼下投出了一小片阴影。

她就这样注视着他轻声问:"你可不可以不要走啊……

"今天是我的生日呢,你说他发烧为什么一定要挑今天呢?"佳夕委屈地问,"妈妈有没有想过,我也有可能会生病的,如果这时候我也病了,我该怎么办?"

她问完这一句,就看到周砚池把耳机摘了下来。

佳夕没有再出声,连呼吸都变轻了。

她不知道为什么等到周砚池真的能听见她的声音,她反而什么都不敢说了,就好像这段时间,她对着妈妈,说话之前总是要经过思考一样。

她正出神地想着,就听到周砚池在一旁倏地出声。

"有什么怎么办?"他把英语书合起来,放进了书包里,神色如常地说,"你有我。"

佳夕直愣愣地盯着他,感觉到胸口翻涌着说不清道不明的情绪。

"不需要其他人,"周砚池并没有看她,只是淡淡地说,"你来找我,我会送你去医院。"

佳夕听到他的这句话,感觉喉咙堵得更加厉害了。

"可是,假如我病得很重,重到没办法来找你呢?"她问。

"你叫我,我会来找你。"周砚池说。

佳夕就这样凝视着他,突然笑了。

"叫'哥哥'吗?我好像叫不出你的名字……"

"无所谓,都一样。"

佳夕笑着笑着,又收起了笑容,可是,你还是很快就会走啊,到时候,就又是我一个人了。

佳夕垂下了头,她也不想沉浸在这样的情绪里,这种感觉一点也不好受,她好想像从前那样无忧无虑。

可是她开心不起来。

周砚池的手在抽屉处停了几秒,很快又收了回来。

他转过头,今天第一次看着佳夕说:"给你准备的生日礼物,还有一样没到,到时候再一起给你。"

佳夕听到这句话,甚至有点受宠若惊,她都没有期待他会给她准备礼物了。

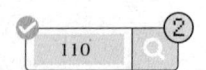

她打起精神,摆出一张非常元气的脸问他:
"你饿不饿,我请你吃东西呀,我们可以去外面看看还能不能买到蛋糕。"

佳夕一脸期待地看着周砚池。

虽然放在往常,她会直接拉住他的胳膊,让他陪她去。

周砚池没说话,从身侧的柜子里拿出一个透明的盒子,里面有一个巴掌大小的蛋糕,上面立着一颗一看就有点营养不良的草莓。

"只有这个了。"他的神情看起来不太自然。

周砚池没有说,南县仅有的两家蛋糕店今天都关门了,他最后还是在学校附近的超市找到这个蛋糕的。

佳夕非常捧场:"哇,看起来就很好吃!"

此时此刻,她的眼睛亮极了,像是月亮在清泉里的倒影,又像是摇曳的烛火。

佳夕把这个小小的蛋糕捧在手心里,快乐的同时感到一阵心痛。

越是这样,她反而咧着嘴冲周砚池笑。

"这时候,如果有蜡烛就好了,不过没有也没关系。"

周砚池听到她的话,手在抽屉里找了一圈,最后找出来一盒火柴。

他伸手关掉了卧室灯后,抽开火柴盒,看了一眼,里面只剩下六根。

他注视着佳夕,在她带着疑问的目光里对她扬了扬下颌,又关掉了最后一盏台灯。

黑暗中,佳夕听到火柴头摩擦点火面的粗糙声响,接着,她听到周砚池低低的声音。

"许愿。"

他点燃了第一根火柴。

佳夕这下才明白了他的意思,她立刻闭上了眼睛。

因为知道几根火柴很快就会烧尽,她只能和它们赛跑。

佳夕拼命地去想自己的愿望,等到开口的时候,她的嘴唇都在颤抖。

"我、我的生日愿望是妈妈还可以像以前一样爱我。

"语文考试不会再不及格。

"明年的今天,哥哥会买草莓给我吃。如果草莓变贵的话,只吃一颗也

111

可以。

"会每天和我一起上学、放学，吃完晚饭会和我一起做作业。

"心情不好的时候也不可以凶我，要告诉我为什么，不能烦我。

"我希望以后的每一天，只要我想他，他就会出现在我身边。"

说到最后一句话的时候，佳夕的声音轻到就要消逝在空气里，忍了一天的眼泪终于无法控制地顺着眼角落了下来。

她在黑暗中动作很快地擦了擦脸，睁开眼睛，借着窗外的月光看到桌面上五根已经燃尽了的火柴。

周砚池正神色复杂地看着她，手里拿着最后一根，迟迟没有点。

佳夕望着他手里的火柴，视线上移，再对上周砚池的眼睛，她的眼泪又止不住地往下流。

"上面的愿望我可不可以都不要了？"她哭着问，"我……我只有一个愿望，我不想你走。"

周砚池难以言喻地注视着她。

下一秒，佳夕又用力地擦掉眼泪，掩饰地笑。

"糟糕了，我把这些愿望浪费了对不对？"她知道自己现在一定笑得很难看，可是她控制不住。

"这些根本实现不了，但是，但是我想不到其他想要的了。"

她悲伤地转过头。

周砚池在这时扳过她的脸，默不作声地擦掉她脸上的眼泪。

"谁说实现不了？"他的表情一如既往的严肃，可是手上的动作很温柔。

佳夕就这样傻傻地看着他，她眨了一下眼睛，又落下一滴泪。

"什么意思？我好像听不懂。"她抽泣着问。

周砚池见她的眼泪就像是拧开的水龙头一般怎么也擦不干，有些无奈地出声：

"我好像从来没说过我会去北城。

"你不是问我可不可以不走？

"可以。"

佳夕听着他的话，心跳比刚刚面对蛇的时候还要快，这会不会只是老天为了补偿她生日的一场梦？

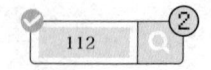

"你没骗我?可是叔叔说——"佳夕睁大了眼睛,手忙脚乱地把台灯打开,她紧紧盯着他,就像是要把他看得再清楚一点。

周砚池那双漆黑的眼睛就这样一瞬不瞬地盯着她。

"他们去是他们的事。

"我不会走,佳夕。

"所以,不要再哭了。"

006.只叫我一个人哥哥

"不要再哭了。"

周砚池说完这句话以后,像是有些受不了似的,又转过了头。

佳夕却突然扑进他的怀里。

"你说的是真的吗?呜呜,你真的不会走的,对不对?"

佳夕抱得太快太大力,打得周砚池一个措手不及,后腰撞到了桌子的拐角,疼得他闷哼了一声。

佳夕将脸埋在周砚池的颈窝,脸上的泪水全部蹭在了他的衣领上。

周砚池以为自己会推开她,但是却没有。

"对。"他揉了揉她的发顶,纵容地说,"我不会走。"

她的气息就这样打在周砚池的颈畔,过了好一会儿,周砚池觉得那里有点痒,终于双手握住她的肩膀,将她推离一点。

见佳夕一脸委屈地看着他,他一只手轻轻松松盖住佳夕的脸,轻咳了一声。

"户口很麻烦,没户口只能借读,私立学费很贵,你帮我付?"周砚池一脸正色。

佳夕透过他的手指缝隙,看到他的表情很认真,慌忙摆手,头也跟拨浪鼓似的摇着。

"我没有钱的,一点点也没有。"

周砚池牵了牵嘴角。

佳夕知道他大概率不会走之后,整个人都活了过来,重新焕发了生机,她不忘继续"诱惑"他。

"哥哥,我们这里很好的,你就待在这里吧,钱……我以后再也不花你的钱了,你给我买的礼物,我也不要了,你可以退掉的。"

周砚池皱眉:"你之前不是很想要那个御守?"

为了能买到她想要的原版御守,周砚池费尽了心思,最后托同学在台湾地区的亲戚才找到办法,只是对方说还要等,可能赶在六一儿童节之前给她。

结果,她又开始了,这个世上到底有什么事物可以让她的热情超过三个月?

佳夕听到他说起御守,又想到他刚刚说的"到时候一起给你""一起"?

"哥哥,你除了御守还给我准备了别的吗?难道是樱桃发夹?"

周砚池摇头,手握住了抽屉的把手。

"你不是让祝妈妈给你买了?"

"哦,是这样。"佳夕慢吞吞地点头。

周砚池犹豫了半分钟,还是把手从抽屉前收回,他没有在这个话题上多停留。

"饿不饿,想不想吃元宵?"

佳夕看了一眼蛋糕,还是说:"吃!"

周砚池闻言,抬手去捏她的脸。

佳夕看着他,明明哥哥的手并不温暖,但是这两个多月的隔阂好像因为他的这个动作消失得无影无踪。

她把自己的手覆在他的手背上,果然还是她的手比较暖和。

"我来给你捂捂,不过不能捏了,已经很多肉,再捏会更圆了。"

周砚池目不转睛地注视着她。

"有吗?"他很认真地说,"瘦了一点,已经不像小猪了。"

佳夕听到这句话,喜悦地用手在周砚池的手上拍了拍。

"真的?太好了!那我要赶紧吃一碗元宵奖励自己!"

说完,她像拔河一样拖着周砚池往外走。

周砚池故意走得很慢:"刚刚不是还说要给我省钱。"

佳夕回头看他,邀功地说:"我请你呀,我现在有钱啦,等我回去拿。"

说完,她像是突然想起了什么,闭上了嘴巴,很快又补了一句:"但是不够你付北城的学费哦。"

周砚池在她身后注视着她心虚的后脑勺,露出一点笑意。

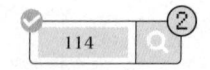

等到佳夕转头想回家拿钱的时候，他手腕用了点力，把她调转了方向。

"不用。"

祝玲儿子满月是在一周后的周日。祝玲和王平周五放学就回了老家，周远和许宜说明天上午也去看看孩子，佳夕借口老家太吵，说等周六跟着他们一起去。

周六一大早，周远开着车，两个孩子坐在后座。

后排座位上，佳夕像是沾了502胶水一般偏要和周砚池挤在一起。

许宜透过后视镜，就看到佳夕没一会儿就凑到儿子的耳边小声说话。

佳夕生日那天，她回来得晚，看到佳夕出现在她家里不知道有多开心。她发现这段时间，两个人又像小时候一样整天待在一起，不对，应该说比以前更黏了。

"小佳夕，你在后面跟哥哥咬耳朵，有什么话怎么不讲给我们听听？"许宜笑着说。

佳夕本来还在跟周砚池提各种要求，听到许妈妈的声音，在座位上迟疑了一下，小声说："可是，我要是和你们说了的话，你和叔叔可能就不会喜欢我了。"

周远在等绿灯，听到这话，忍不住也笑出声。

"不对啊，那你和哥哥说，就不怕他会不喜欢你？"

佳夕"唰"地转头看着周砚池的侧脸。

"不会吧。"她说完，又用食指戳了戳周砚池的胳膊。

"哥哥，你不会不喜欢我的，对吧？"

周远在前面忍俊不禁，盯着后视镜里儿子的侧脸。

"砚池，小佳夕问你话呢？干吗装酷啊？说句不会很难吗？"

周砚池别开脸，头转向窗户，不理他们。

他从窗户的反光玻璃上看到佳夕靠近的脸，最后伸手捏了捏她的耳朵。

"别闹了，坐好。"

佳夕只好"哦"了一声，反正在她这里，哥哥不说话那就是默认。

没上车之前，佳夕就对着周砚池欲言又止，把周砚池盯得心里发毛。

"有话就说。"

115

佳夕低着头问："你一会儿看到他会喜欢他吗？"

周砚池被她那副如临大敌的模样几乎逗笑，就是这件事？

"你觉得我像是会喜欢小孩的人？"周砚池问。

佳夕立刻抬起头，想也没想地回答："不像。"

她觉得哥哥长着一张会让小孩离他远一点的脸。

真神奇，她小时候竟然完全不怕他。

临下车前，她又可怜巴巴地看着周砚池。

"还有，你可不可以也不要让他叫你哥哥。"

车停下，周砚池推开车门出来，表情没什么变化。

"老实说，他短期内都不太可能会说话。"

佳夕闻言点点头，跟在他身后出来。

"可是长大以后，我也想只有我可以这么叫你。"就这一个要求。

佳夕说完，又担心周砚池觉得她自私又小气，去和一个才满月的小孩斤斤计较，于是偷偷看了一眼周砚池。

两人的视线交汇，佳夕发现周砚池看向自己的目光很复杂，但那里面唯独没有讨厌。

她正愣着神，周砚池突然握住她的手腕。老家的路没修，地面坑坑洼洼的，佳夕差点踩到一个石头块。

"看路。"周砚池说。

快走到佳夕的老家门口，佳夕给周砚池指了指门。

周砚池盯着木门上倒着的"福"字，不知道自己在想什么，突然出声："那你呢？"

佳夕听着邻居家的狗都在叫，听到周砚池的声音，一下子还没有反应过来。

"我？我怎么了哥哥？"

周砚池握着她手腕的力度不自觉地加重，再开口时神情有些别扭。

"你也只叫我一个人哥哥？"他问。

他的语气听起来过于随意，随意到佳夕都不知道他是希望还是不希望。

"啊，你希望吗？"佳夕想了想，问道。不过如果哥哥希望的话，她当然可以。

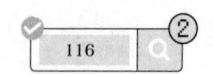

不过,她很快听到周砚池淡淡的声音。

"我无所谓。"

佳夕点头:"我猜也是嘛。不过,哥哥你为什么这么问?"

周砚池吸了一口气,感觉自己被这早春的冷空气给噎住了。

他忽地松开了佳夕的手,真想让她离他远一点。

可是他又想到她生日那天说的话,心情不好的时候也不可以凶她。

算了。

已经站到佳夕老家门口,周远在前面敲门,不过敲门声完全被狗叫声盖住。

周砚池听着无处不在的狗吠声,只觉得烦躁异常,忍不住又侧头看佳夕,低声说了一句。

"冲什么人都叫哥哥。"

佳夕不知道他突如其来的小火是出自哪里:"我?有吗?"

周砚池看着她这张无辜的脸,再度想起圣诞前那个周五,他在校门口听到她甜甜蜜蜜地叫别人哥哥,口气也随之变得恶劣。

"你当然有。"

佳夕的奶奶开了门,几个人打完招呼后,佳夕在外面拉着周砚池的袖子。

"哥哥,你想看猪吗?我带你去看猪。"

周远在前面笑。他知道儿子肯定不会跟着小佳夕胡闹,谁知道一转眼,两人还真要往猪圈走了。

周远啼笑皆非地叫住两个孩子。

"哎,等等,你们往哪儿去啊?我们先去看看佳夕的猪,看完再去看看弟弟也不急,哎,不对……"

两个男人在外面站着聊天,许宜和两个孩子动作很轻地进了卧室。

婴儿此时此刻躺在大床旁边的婴儿床里睡觉。

祝玲声音很轻:"才睡没多久呢。"

许宜靠近,低头看了一眼:"眉眼像你。"

祝玲没想到周砚池也会来,笑着说:"我们弟弟长大以后,要是像哥哥一样稳重就好了。"

周砚池没说什么。

祝玲又问:"你看,弟弟长得可不可爱?"

佳夕闻言在周砚池身后扁起嘴巴,他才不是她弟弟。

下一秒,她就听到周砚池平静的声音。

"不可爱,有点丑。"

这一刻,佳夕张大了嘴巴,她简直怀疑自己的耳朵已经可以随着她的心编造出声音了。

她再望过去,看到许妈妈和妈妈的表情都变了,抬头看向周砚池,依然是那张波澜不惊的脸,像是完全不觉得自己说了什么不应该说的话。

许宜难得尴尬,眉头蹙起来:"砚池,你怎么能……"

祝玲一番震惊以后,哈哈笑了。

"没事没事,我们弟弟现在还不是哥哥喜欢的类型,男大十八变,以后说不定就不丑了。"

许宜都不知道接什么话才好,儿子真的是……

只有佳夕,她安静地把脑袋贴在周砚池的肩膀上,半晌才笑了。

哥哥在干吗,他不用这样的。

佳夕想,虽然她的小房子里住进来了一位客人,她要和这个人分享小房子的一切,爸爸妈妈的爱和关心,还有好多好多。

不过没关系,她还有周砚池。

至少,在这个世界上,有一个人是完全偏爱她的。

第五章 祝，佳夕

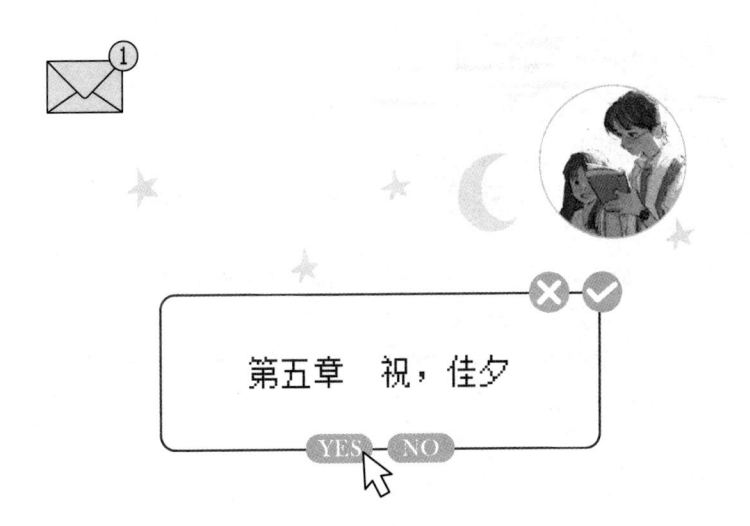

001.生日愿望

周砚池一家三个人中午在佳夕老家吃了午饭，给了满月红包就要离开。

祝玲考虑到下午，自己已经几年没见的二妹祝嘉专程从北城回来看她，人多说话不方便，也就没有多留他们。

临走前，佳夕也想跟着他们一起回教师宿舍大院，被祝玲一把拉住，佳夕依依不舍地扯着周砚池的衣角，只是她的手很快就被周砚池无情地拨开。

祝玲想，祝嘉虽然和爸妈还有三弟早已不走动，但是每年雷打不动地给她打一个电话拜年，佳夕说什么也得跟二姨打声招呼。

佳夕听妈妈说起这个从未见过面的二姨，只觉得陌生，再加上她还是从北城回来……

前段时间，因为误以为周砚池要去北城上学，她对"北城"这两个字已经产生了一定的阴影。

"哇，我这是终于要见到她了吗？"佳夕问。

祝玲看女儿的头发，给她买的樱桃发夹怎么都没见戴？

"是啊，不过你二姨一贯喜欢'疯言疯语'，她说话你听听就行。"

"'疯言疯语'？"

冬天吃完午饭以后总是很容易犯困,佳夕在奶奶的小房间里睡午觉。

她睡得很熟,是被一阵一阵的笑声给闹醒的。

佳夕揉了揉眼睛,耳朵分神听着外面的笑声,二姨来了?

不过佳夕觉得二姨的笑声真特别,听起来很爽朗,但是佳夕又觉得她好像不是真想笑。

佳夕穿好拖鞋坐在床边,她拧开柜子上的冰红茶喝了一口,啊,好凉,她抖了抖,抖掉了粘在身上的羽绒被的毛。

佳夕不知道自己应不应该这个时候出去,但是听他们正在外面聊起给弟弟起名字的事情,她一点也不感兴趣。

祝玲把宝宝抱在怀里,让王平再去冲点奶粉。

其他人都在另一个院子,这里就他们几个人。

她看向自己的妹妹:"怎么不把你对象带回来给我们看看?"

祝嘉随口说:"男人在家待着就行了,没什么好看的。"

祝玲对她的说话风格早已习惯,以前还总想着纠正,现在也懒得当回事。

"宝宝的名字还没定,你姐夫说这两天找人算算,你学历高,不然你给他起?"祝玲问。

王平在往奶瓶里倒奶粉:"是啊,让他从小就沾沾二姨的光,以后也能考到北城去。"

祝嘉直摆手:"我一理科生,哪会这个啊。"

她说到这里,眼睛转动了一下,又笑了。

"不过呢,这名字没想好,那姓呢?"祝嘉的表情很生动,像是真的好奇,"姐,你这都生第二胎了,生死关走两次了,你就没想过让孩子跟你姓祝?"

祝玲还真被她这个问题给问住了,还没来得及做反应,正准备冲奶粉的王平急了,手差点被热水烫到。

"这、这说什么呢?什么姓'祝'?"王平一着急,说话就有些结巴。他早就想好,儿子的户口先上到他姐姐户口下的。

祝玲不知道王平这个咋呼劲哪儿来的,看了眼怀里就要睁开眼睛的宝宝,

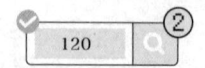

皱着眉说道:"你这么大声音干吗?不怕吵到孩子?"

祝嘉一直盯着王平,这时候笑容更加烂漫。

"姐夫,我随便开个玩笑,你别当真啊。我就是想吧,你说我姐十月怀胎那么辛苦,你又那么体贴,有责任感还有担当,一看就不可能是那种非要小孩跟你姓,才会对孩子好的那种愚蠢的男人吧?"

祝嘉说得真诚,把王平噎得一愣一愣的,他想接话,又不知道回什么。

他看着她这张脸,忽然就想起当年他和祝玲结婚,当时祝嘉在上高中。

酒席上,他妈夸他对祝玲好得很,一看就是个好老公,他就听到祝嘉在后面轻飘飘地说了一句:"真是人不可貌相啊。"

这句话,他一直记到今天。

隔了十多年再次见到她,她还是能轻轻松松让他上火。

王平气得脸红脖子粗,视线看向祝玲,那目光里写着一行字:你快管管你妹妹。

但祝玲还在出神,不知道在想什么。

王平心里警铃大作,她不会真的开始考虑她妹妹的疯话了吧?就不该让祝嘉来,快三十岁还不生孩子的女人能是什么正常人。

王平正想说点什么,就见祝嘉的嘴好像没办法合上似的,还在那里扇阴风点鬼火。

"姐夫,你总不可能是因为这胎是儿子,所以舍不得他跟我姐姓吧?"说到这儿,她惊呼了一声,"啊,不会吧!你这脸看起来这么正义,一看就不像是重男轻女的人啊。"

王平的脸真是瞬间就黑了,这不是他妹妹,他还不能冲这个搅屎棍发火……

王平的表情有些扭曲,他极力遏止住胸腔的怒火。

"我先说一下,在我这里男女从来都是平等的,儿子女儿都一样,但是……"

王平不知道怎么措辞,他一个物理老师,哪里会说话。

祝嘉闻言"扑哧"笑了,她倚在祝玲肩上,不过考虑到祝玲怀里的宝宝,她笑得还算克制。

祝玲终于回过神,真是怕了她,轻轻撞了她一下,示意她有点正形。

祝嘉瞬间端坐起来，冲她比了个"OK"手势。祝嘉比祝玲小七岁，从小就是祝玲带大的，所以比听爸爸妈妈的话还要听姐姐的话。

"姐夫，这么问吧，佳夕和这个，"祝嘉指了指祝玲怀里的孩子问，"你就只能选一个跟你姓，你选谁？"

王平用力地放下奶瓶，拿起一边的抹布开始擦餐桌。

他没好气地说："这有什么好选的。"

祝嘉听到他语气不好，嫌恶地撇了撇嘴，但一开口还是在夸。

"姐夫真是太居家了，平常家务事一看就是你做吧，但是，这个问题也不难选吧？"

她问到最后神情有些轻蔑，真心话很难说吗？

王平摔掉手里的抹布，重重地呼出一口气，转过头。

他理所当然地说："我不是重男轻女，只是传宗接代肯定——"

侧卧室的门在这时被突兀地从里面推开，王平因为这个动静，没再说话。

大厅的三个大人一齐看过去，看到了手还握在门把手上、脸上没什么特别表情的佳夕。

"我想出来上厕所，不是在偷听你们讲话。"佳夕说。

王平因为女儿的突然出现，神情有点怪异。祝玲也不知道女儿有没有听到他们大人的话，心里有些担心。

她站起来准备走到女儿身边，结果她一动，怀里的婴儿就做出要哭的姿态。

佳夕没吱声，就这样走到祝玲面前。

"妈妈，你说会满足我十岁的生日愿望，对不对？"

002. 祝佳夕

祝玲仔细地观察着女儿，她发现她的眼尾有些红，不知道是刚睡醒还是听了他们的话的缘故。

"对啊。"她柔声说。

佳夕发现弟弟出生以后，妈妈对她越来越温柔了。

她沉默了几秒，看着妈妈的眼睛说：

"我希望弟弟跟爸爸姓，我想跟你姓。"

王平在佳夕后面听到女儿这么说，心里也有点不是滋味。但父权的尊严让他没办法为自己的言行道歉，而且他也并不觉得自己错在哪里。

"闺女，爸爸不是那个意思。"王平说。

佳夕依然只是执拗地看着祝玲。

"妈妈，你要吗？"

佳夕眼睛眨也不眨地看着祝玲。

祝玲盯着女儿受伤的眼睛，只觉得她再不说点什么，她们的距离就会越来越远。

她想也没想地说："要，妈妈当然愿意啦。"

佳夕听了她的回答，松了一口气，垂下了眼帘。

她低着头，手扯着裤子的口袋，故作轻松地说："太好了，其实我一直觉得'王'这个姓很难听呢。"

祝嘉注视着外甥女，没想到第一次碰面就是这样的情形，如果知道外甥女会听到，她可能不会这样……

祝嘉心里本来还有些五味杂陈，一听到佳夕这么说，很是认同，便对佳夕伸出了手，要跟她击掌。

"英雄所见略同。"

佳夕这时才看到二姨，她其实没有什么心情，但还是抬手拍了一下二姨的手。

"二姨好，我出去啦。"

祝玲站在原地看着女儿的背影，想把怀里的宝宝给王平抱，她好想出去看看佳夕。

祝嘉阻止了她："你别去了，小孩现在才不会想看到父母呢。我去看看，我最会哄小孩了。"

"你说真的假的？"祝玲哪里敢信，她长大一点就是鬼见愁。

祝嘉说："人是会成长的，给我几分钟，我哄不好你再去。"

祝玲只好同意，等二妹一出去，她愤怒地看向王平。

王平也生气："你这样看我干什么？你出去问问，哪个男人不这样！"

祝嘉一直走出大门，才在一棵枯树旁看到了倚在树干上发呆的佳夕。

祝嘉走到她身边，陪着她站了一会儿，这里怎么遍地是羊屎。

"你现在是不是很伤心？"祝嘉问。

佳夕本来还以为是妈妈来了，听到二姨的话，想否认，又觉得这样很傻。

"一点点，很小的一点。"

"那你没有哭，很有出息嘛。"

"我有时候心里想哭，但要过一会儿才哭得出来。"佳夕闷声说。

祝嘉笑了，她也学着佳夕靠在另一棵树上。

天杀的，她都快三十岁的人了，竟然学一个十岁小女孩装可爱。

"这有什么好伤心的？你知道我爸，哦，就是你外公，当年想让我一成年就结婚，然后把我结婚的彩礼钱拿去干吗？"

佳夕脸靠着粗糙的树皮，觉得有点疼。

"什么叫彩礼钱？"

祝嘉沉吟了一声："这个不重要，反正是我的钱。你知道吗？他竟然想把我的钱全部给我弟，就是你那个没什么用的三舅，帮他在县城盖个房子，留他结婚用。"

佳夕大致听懂了，她面露震惊，一时忘记了自己的伤心。

"可是，这也太、太……"

"太坏了是吧？"

佳夕看了身边没有人，才点点头。

"所以，你同意了吗？"她仰着脸，有些担忧。

祝嘉很潇洒："我理他呢。"

"太好啦。"佳夕放心了。

祝嘉揪掉树上的一块树皮，思索着说："反正呢，你不用因为他是你爸爸、对你不够好就伤心，等你长大了，你就知道根本没必要，不值得。也不要听别人说什么'不管怎么样，他都是你爸爸'或者'没有他就没有你'的鬼话，知道吗？"

佳夕歪着头说："可是，还没有人跟我这么说哎。"

祝嘉觑着她，这树怎么一股霉味啊，得把这个小家伙赶紧带离这里。

"以后就有了，我先提点提点你，记住了吗？"

佳夕直觉二姨是为她好的，只好说："记住了。"

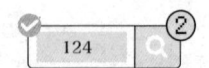

124

祝嘉离开树，回头看到自己的姐姐把门拉开了一条缝，神情瞬间变得正经，要被她姐姐知道她跟佳夕说了什么，肯定要骂死她……

她一脸看同伙的目光看向佳夕："我刚刚跟你说的话，都是秘密，你可不要转头就出卖我啊，信任这玩意儿很脆弱的，明白吗？"

佳夕不知道二姨为什么突然用"出卖"这么严重的词，她忙摇头。

"我肯定不会的。"

祝嘉问道："那刚刚二姨和你说了什么？"

佳夕眨了眨眼睛说："二姨说，爸爸是个好人。"

祝嘉：这会不会有点夸张了？不过好在，她看起来不会再哭了。

祝嘉因为第二天还有工作，买了当天晚上的航班。

王平把她送到打车的地方时，表情早已没有她来时那么好。不过祝嘉看起来心情倒是十分不错，她说让外甥女送她就够了。

距离三八妇女节过去刚刚两天，到处是红色油漆印刷的妇女节祝福语，祝嘉一看，都是些陈词滥调。

偶尔还能看到几句关于计划生育的标语，祝嘉收回目光。

她低头看着帮自己提包的佳夕："累不累？"

"不累。"

祝嘉笑了，她真是难得看哪个小孩那么顺眼，难道血缘的魅力这么大？

她问："听我姐说你语文很差，但毛主席说过的话，你肯定知道吧。"

佳夕因为二姨的前半句话，有点脸红，小声说："我知道。"

怎么会有人不知道哦。

祝嘉看到了出租车，接过佳夕手里的包。

"你知不知道，毛主席说过，'妇女顶起半边天'，你要好好努力，千万别给我们历史开倒车啊。"

佳夕问："我现在算妇女吗？"

"十四岁应该就算了。"

佳夕点头："哦，那还有四年。"

她说完又冲祝嘉笑："四年应该很快呢。"

祝嘉临上车前，往佳夕口袋塞了一个大红包，没忍住做了今天刚见到她时就想做的动作。

她捏了一下佳夕的脸:"好好长大,以后考到北城上大学的话,我天天带你玩。"

佳夕都没注意到二姨给她的红包,只是点头:"好!"

不过她好像忘了问,她可不可以把哥哥也带上。

祝嘉走后,王平一直以为佳夕要改姓只是一时的孩子气,就连祝玲也这么想。

可是第二天,佳夕异常执着地再一次提起这件事。无论王平怎么说,她都是:我不生爸爸的气,但是我要跟妈妈姓。

祝玲无法拒绝,在让王平的姐姐把儿子王辰轩的名字上报到户口登记机关后,领取了《户口登记内容变更申请表》。

就这样,在三月的最后一天,佳夕如愿地变成了祝佳夕。

003.Wish you good night

五月中旬的一次月考过后。

"王佳夕,把你数学试卷给我看一下,老师是不是改错了啊?我这题要是对的,我就是70分了!"坐在后面的卢旭伸手就要拿祝佳夕的试卷。

祝佳夕不满地盯着他:"祝佳夕,祝佳夕,祝佳夕,说了叫祝佳夕,为什么老是叫错?"

从王佳夕变成祝佳夕,其实已经过去了一个半月,但班级里还有不少人总是故意叫佳夕原来的名字。

当然,她纠正得很勤快。

"我记性不好哈哈,都叫了你五年王佳夕了,你突然改姓谁习惯嘛。"卢旭笑嘻嘻地说着,说完还捣了捣同桌,"是吧?"

在得到了同桌的应和以后,卢旭又追问:"你就不能告诉我们你为什么改姓吗?我从来没见过改姓的人,是不是你爸妈离婚了?"

周围有几个人朝祝佳夕望过来。班级里鲜有人父母离异,他们望向佳夕的眼睛里或多或少流露出一丝同情。

祝佳夕还没说话,赵圆圆已经捂住了她的嘴巴,瞪向卢旭。

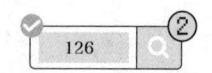

"你烦不烦,这都跟你有什么关系?姓什么反正都不跟你姓!"

两个人打闹起来,赵圆圆拿书打得卢旭直捂头,才转过身。

她对祝佳夕小声说:"你千万不要和他们说。"

"我肯定不说。"

祝佳夕只把改姓的原因告诉了赵圆圆,她们是好朋友。但她不可能告诉其他人,说了的话,大家就会知道她家有了二胎,妈妈说过这不能被很多人知道。

而且佳夕发现,她宁愿大家觉得自己是因为父母离异所以改了姓。

2007年6月1日是个周五。

街道上的梧桐树绿叶婆娑,阳光透过树叶缝隙散落在白墙上。白天和傍晚还好,只是一到下午两点钟,天热得像是已经到了七八月份。

下午刚上完第一节课,赵圆圆和祝佳夕挽着手往小卖部溜达。

"你想吃什么?我想吃'绿舌头'。"

"那我就吃'随便'!"

两个人环顾四周,发现没人在检查,才继续往前走。

最近因为课间买零食的人变多,学校让各班的班委开始值周查纪律,她们得躲着袖子上戴杠的人。

不过祝佳夕刚隐进树荫下,脚还没迈进小卖部,头发就被人轻轻扯了一下。

"嗷。"

"别吃'随便'了,旺旺碎冰冰吃不吃?"

她们一回头,发现竟然是有两个月没见到的程丹丹。

圣诞节过后,祝佳夕和程丹丹偶尔会在校园里碰上,只不过总是在小卖部的周围。

"丹丹姐姐!你怎么又在这里?"

程丹丹用碎冰冰的包装来冰了冰脸:"刚上完体育课,差点中暑。"

她气喘吁吁地把碎冰冰掰断,递给了她们。

"不用太谢谢我,算作给你们的六一儿童节礼物了。"

祝佳夕说完谢谢以后,想了想还是说:"但我们已经五年级了。"

127

赵圆圆:"对,老师说我们已经不配过儿童节了。"

程丹丹刚想笑,就听见有脚步声传了过来,而且一听就不止一个人……

"完了,我以为周五没人查呢,明天都放假了啊。"

赵圆圆:"对啊,而且今天还是儿童节。"

佳夕没说话。树枝挡住了那几个人的脸,她只是定定地看着走在最前面的那个人的鞋子,视线往上挪,这两条腿也长得好眼熟。

"确实完蛋了,好像是哥哥……"她大公无私的哥哥距离她们越来越近了。

"他看见我们了,赶紧把头低一下。"程丹丹指挥她们往后躲,身子也低下来。

然而祝佳夕已经不幸地和周砚池对上了目光。看到他皱着眉头,她立刻像撞上猫的耗子一般闭上眼睛。

"他一定会大义灭亲的,你们不知道,他是一个多有原则的人。"

祝佳夕觉得好悲催,这周还是她第一次来这里,和哥哥太有缘分也不是一件好事情呢。

她缩在树后面已经等着周砚池走到她身边来,再在他的本子上记下她的名字,就听到脚步声在离她们几步之遥时停住了。

她听到周砚池对身旁的几个人低声说:"我看了,没有人,回去吧。"

闻言,躲在树荫底下的三个人面面相觑。

等到那些人走远,祝佳夕才松了一口气,她心情舒畅地吸了一大口草莓味的碎碎冰。

而程丹丹望向周砚池的背影,眼里是满满的幻灭。

"他怎么能这样?他竟然这么没有原则!"程丹丹摇头,"我对他好失望,我再也不喜欢他了!"

佳夕和圆圆看着对方,不解地眨着眼睛,丹丹姐姐怎么看起来那么想被记名字的样子,这就是高贵的六年级学生才会有的觉悟吗?

三个人顶着太阳往教学楼走,程丹丹本来还沉浸在对周砚池的失望认知中,突然听到赵圆圆用看似开玩笑的语气叫了一声"祝佳夕",然后,佳夕还应了一声。

她什么时候变成祝佳夕了?她不是姓王吗?程丹丹感到费解。

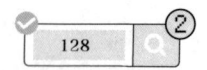

而且,这个"祝"怎么这么耳熟啊,明明这个姓不算常见的。

等等!程丹丹脑海里突然浮现出一个名字,她一时没忍住伸手拉了一下佳夕的衣服。

"你听说过祝玲这个人吗?"程丹丹直奔主题。

祝佳夕茫然地点头:"听过。"

程丹丹的表情瞬间变得怪异,语气也激动起来。

"你听过?你竟然听过这个名字?她是你姐姐?你之前怎么能不和我说呢?"

"我肯定听过,"祝佳夕被她问蒙了,"因为她是我妈妈。"

因为临近上课,教学楼已经没什么声音,程丹丹听了她的回答,张了一会儿嘴,最后又闭上了。

这下换祝佳夕纳闷了。

"但是,你怎么会知道我妈妈的名字呢?"

赵圆圆:"对啊,我都不知道哎。"

程丹丹摇头,她决定还是不要说出来丢人现眼了。真不知道这个离谱的谣言是怎么传出来的,但凡她没那么聪明,都会想偏的!

"你还是不要听了,我怕会伤害到你的耳朵,笑掉你才换好的牙。"

不过当天放学回家的路上,祝佳夕坐在周砚池的车后座上,想起下午被他抓去小卖部,而且吃了丹丹姐姐的东西,还是感到一阵心虚。

晚上,周砚池在准备三周之后的小升初,只感觉身旁有道比灯泡存在感还要强的视线落在他身上。

"别盯着我看,想看电视就去看。"

"不是看电视,我就是很想问一个问题。"

"问。"

祝佳夕只犹豫了几秒,就问出声:"哥哥,上次你为什么那么不高兴啊?就是我帮丹丹姐姐给你送圣诞节礼物的那次。"

周砚池听她亲热地叫人"丹丹姐姐",思绪因为这个问题飘远。

半晌,他才淡淡地说:"因为我不喜欢她。"

祝佳夕立刻回道:"反正,丹丹姐姐也不喜欢你了。"

周砚池瞥了她一眼:"你现在是在为你的姐妹抱不平,跟我不高兴?"

祝佳夕怔了怔,无辜地看着哥哥,有这么明显吗?

"我没有,你不要冤枉我。"

祝佳夕又想起了下午的一件事,笑着打岔:"哥哥,你知道吗?丹丹姐姐竟然知道我妈的名字!她竟然问我认不认识我妈。"

"是吗?"周砚池本来只是敷衍了一声,但是,他突然放下了手中的笔,神情也变得不太自然。

他忽然想起在过去的很长一段时间里,他曾经听到有人说他喜欢学校某个女生,他对这种无聊的八卦连澄清都懒得做。

因为他越是否认,他们只会越来劲。

直到他某次体育课打篮球,有人在不远处说他苦苦暗恋某个人,但一直被拒绝,他听得想冷笑,直到他听到那个被他苦恋的对象的名字竟然是祝妈妈的时候……

他们疯了吗?

周砚池握着球的手抖了一下,一个三分球就这样殒命。

他后来稍微想了想,就猜到是有人看到了他伪造签名的那张纸……

周砚池望向佳夕,她笑得傻不愣登的样子看起来不像知道那件事,他松了口气。

他看向面前的书,正色道:"下次你去小卖部被我遇上,我不会再像今天这样。"

祝佳夕本来还在笑,一看哥哥突然变脸,便安安稳稳地坐好。

她乖巧地拿起笔:"好的。"

晚上,祝佳夕看书看得睡眼蒙眬,下巴差点磕到桌子,睁开眼,看到自己脸下是哥哥的手。

祝佳夕睁开眼睛,拉住他的手:"我到点回家了是吗?"

周砚池无奈地收回手,将他厚厚的日记本推进靠墙的书架。在她把书包收拾好之前,将一个包装得很精致的盒子放到她面前。

"随手买的,你可以当作是六一儿童节礼物。"

祝佳夕揉了揉眼睛,一听到礼物,精神抖擞了起来。

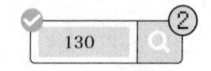

"这么大，不像御守。"

"御守可能还要两个月，"周砚池解释道，"这个是《小王子》。"

上周放学路过一家书店，他听到佳夕指着橱窗里的一本书说："哇，真好看。"

祝佳夕听到《小王子》，下意识地问："王子饼干吗？里面有很多盒？"

周砚池深深地呼吸。

遗憾的是，他上周没有听到佳夕的下半句话："但是怎么不是《小公主》？"

祝佳夕一边费劲地拆着包装，一边可怜巴巴地望向他。

"不、不会……又是书吧？"

周砚池沉着脸就要把盒子拿回来。

"不想要，你现在就还给我。"

"想想想！"祝佳夕赶紧表态，生怕自己表现得不够真诚和积极。

因为她立刻想起去年生日，周砚池为了帮助她提升作文水平，给她买了八本中外著名诗人的诗集。那些书厚重到她的心好累，胳膊也好累。

她看着那些诗集时的表情有点勉强，最后目光放空地盯着其中的一本：《二十首情诗和一首绝望的歌》，怎么书名就这么长哦？

周砚池见她肩膀耷拉着，说道："你不想要，那就算了。"

佳夕掀起眼皮，试探地问："可以吗？"

周砚池面无表情："当然。"

只是他说完"当然"以后，一整天都没有再和她说一句话！

鉴于哥哥实在是太容易生气，佳夕这一次只好昧着良心委屈自己说想要。

不过她拆开包装看到了封面以后，想法有点改变。

这书的封面很可爱，应该不会像去年那些诗一样读起来那么痛苦。

"谢谢哥哥，我会好好看的。"这一次是发自内心的。

回到家，佳夕打了一个哈欠，在把书塞进书柜之前，她随便翻了一页。

很快，她的视线被扉页的正下方吸引住。

因为下面有两行铅笔写的字，一看就是哥哥的字迹。

祝佳夕：

Wish you good night.

祝佳夕带着疑惑把英文读了两遍，才恍然大悟。

她想也没想地抱着书又往周砚池家跑，进他卧室的时候，周砚池正准备脱掉身上的衬衫，看到是佳夕，他停下了手上的动作。

"怎么了？"他理了理衣角，没想到她会去而复返。

祝佳夕站在他面前，笑吟吟地抬头望着他。

"嗯，那我就wish you a good week。'砚池'太难了，我不太会……"

周砚池垂眸看着她，意识到她好像真的在为"砚池"怎么用英语说而烦恼后，他伸手捏了一下她的耳垂。

"我也不会。"

听到祝玲在屋外问她怎么又跑出去了，佳夕对周砚池说："那，哥哥，我回去睡觉咯。"

"晚安。"

佳夕站在他卧室门口，又黏糊糊地回头："你应该说Good night。"

住在哥哥隔壁真好啊，只要想跟他说话，转身走几步就可以。

关灯前，祝佳夕再一次望向扉页上的这句话。

祝，佳夕。她真是越来越喜欢自己的名字了。

004.她已经开始想念哥哥

6月20日清晨，许宜问周砚池用不用她送他去考场，周砚池头摇得很干脆。

"不用那么麻烦。"

他不觉得小升初和平常的考试有什么不同，没必要搞得这么隆重。

下周才期末考试的祝佳夕却不容周砚池拒绝，直接扶着他的肩膀，坐上了他自行车的后座。

"哥哥，我送你，我不怕麻烦。"

周砚池皱眉，晃了一下车，想把她抖下去，又害怕真把她摔了。

"你跟着我去，一个人怎么回来？"

祝佳夕紧紧环住他的腰："走回来啊哥哥，就十分钟的路，你不相信我？"

祝玲在外面晒被子，见许宜并不反对佳夕跟着凑热闹，才笑了。

"这都是砚池做小学生的最后一天了，她也不知道放过她哥。以后上初中要是住我们家，砚池不得被烦死了。"

前段时间周砚池填报志愿，祝玲有问过许宜，假如周砚池留在南县上初中，她跟周远以后去北城的话，是否把孩子一个人留在这里。本来祝玲都以为许宜他们不会走了，但是听王平说周远已经慢慢把工作重心转移到了北城。

许宜听到这个问题半天都没回答。去北城的梦想，她已经埋在心底很久很久，久到她已经忘记自己曾经和首都有过一点关联，但周远看起来过于坚定，连带着让她也跟着再度幻想起来。

在认真考虑去北城这件事的可行性时，她第一时间问了儿子的想法。

许宜有想过儿子一定会支持她的所有选择，但是她没想过他会那么说。

"妈妈，我希望你做出任何选择的时候，都不用考虑我。"

她看到儿子说完这句话后，低着头，眉目间带着歉疚。

"因为，我想留在这里，也没有考虑过你们。"

许宜每次回想起儿子那天对她说的话，还有他的歉意，心中都百感交集。这个世上绝大多数的女人一旦被冠上"母亲"之名后，再把自己放在首位是会被世人指责自私的。

可是许宜这一辈子已经过完了三分之一，她还从来没有机会自私过。

她和祝玲说："他很独立，我对他不担心，我们不在的话，他说他可以住校。"

祝玲当时还没来得及接话，就听到佳夕从卧室里跑过来。

"住我们家！住我们家！我会对哥哥很好很好的！"

祝玲就奇怪了，她女儿这耳朵怎么那么好，除了语文老师的话听不到，谁的都能听见？

••••••••••••

祝玲看女儿坐在车上，是不可能会下来了，于是嘱咐道："送完你哥就回来，下周你也要期末考试了。"

"知道！"

车子穿过巷道，骑上石桥的时候，佳夕看到街两边的地上，堆满了各种新鲜蔬菜，每天这里都有一堆人一大早就来卖菜，还有人在杀鸡。

佳夕听着鸡叫声，想起了自己的花栗鸭……还有前段时间不少初中的招生办来学校招生，淮县初中的招生表上就印着"宁做鸡头，不做凤尾"。

他们希望好的学生就留在本地学校，不要想着往外面跑。

佳夕想，她哥哥是有机会做凤头的，但他还是在第一志愿上填了南县中学。

他有一天会后悔留在南县吗？

她又想起圆圆。上周五圆圆告诉她，她下个学期可能就要转到南城的小学了，她爸爸在南城的工作已经很稳定，买了房子可以把她接过去了。

佳夕知道自己应该为圆圆可以和爸爸妈妈团聚而开心的，因为圆圆从小就是和爷爷奶奶生活在一起。

但是，她的泪水还是在眼眶里打转。

"别哭啊，我爷爷奶奶都在这里，这里离南城又那么近，我一定会经常回来的。"

佳夕抹了抹眼泪："那你要经常给我写信，绝对绝对不可以忘记我哦。"

想到这些事，佳夕安静地将脑袋靠在周砚池的背上。

小升初的试卷难度不大，不出意外，周砚池的小升初考试发挥得非常稳定，是他们学校的第二名，第一名是个女生，只有语文扣了两分，而周砚池被语文小小地拖了点后腿。

一周以后，佳夕的期末考试成绩也出来了，除了语文成绩一如既往的磕碜，数学和英语考得很好。

周远看到成绩，比两个孩子还高兴，计划要带他们去云南玩。

这个夏天还有另一件让祝佳夕心情很好的事情，那就是妈妈给她报名参加的全国推新人大赛的乐器组。她过了南县的初赛之后，又轻松过了江淮省的复赛。

总决赛会在北城举行，时间定在了七月底。

只是，祝佳夕在听说参加决赛的选手要在北城待上三天以后，她就知道自己肯定没戏了。

妈妈又不可能丢下才几个月大的王辰轩。

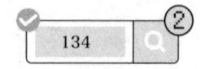

事实上,祝玲刚把想带佳夕去北城的事说给王平听后,就得到了他的反对。

"参加这种倒霉比赛有什么用?以后高考算分数吗?还要交一千块?一千不是个小数目啊,这骗钱的吧!而且你这一走,儿子怎么办?北城坐火车起码十五个小时吧,比赛能一天结束?你这一走能放心?"

这一连串的问题让祝玲陷入了沉默。

她又看了一眼屋外蹲在周砚池身边仰头看他,不知道在做什么的女儿,祝玲发现自己已经有段时间没看见女儿开心地对她笑了。

"让我再想想。"她说。

7月下旬,祝玲卖关子让佳夕有空收拾几件漂亮衣服,再把她已经弹吐了的《渔舟唱晚》再多练一练的时候,佳夕都没有反应过来。

王辰轩出生以后,她很少有机会跟妈妈独处了。

"真的吗?你真的要带我去北城?"

祝玲看着女儿不敢相信的惊喜模样,心里不禁有些心疼。

"妈妈连火车票都买了,这还有假?但你就没机会跟周叔叔去云南了啊。"

"可是,那王辰轩怎么办?"她其实还不习惯叫他弟弟。

祝玲说:"你爸要是连个几个月的小宝宝都照顾不好,我们还要他有什么用?"

临出发前,祝佳夕早早就把包拎好,蹲在门口等妈妈。

爸爸上周已经回老家陪王辰轩,妈妈是昨天回去的,她说有些事要交代爸爸,今天早上就会回来。

祝佳夕百无聊赖地等着,可惜哥哥去上奥数班了,不然她也不会这么无聊。

没一会儿,她看见掀开门帘准备出门的周叔叔。

"小佳夕,你要去比赛,来不及和我们去云南咯。"周远买的8月1日的机票,前几天的账还有些问题,他得去公司看看,1号才有空,而那天佳夕可能正好在比赛。

"是哦。不过,没关系的叔叔,你跟许妈妈多拍点好看的照片,拿回来给我看,哥哥买了相机根本就没见他拍过照。"

"哈哈哈,鲜花饼爱不爱吃?到时候多买点给你拿到班级和同学分,比赛好好加油,回来不管什么名次,叔叔都带你去吃大餐。"周远揉了揉她的头。

"好!"

周远走之后,佳夕还是保持原状蹲在地上。这一次她没有一直回头看钟,只是捡了一颗小石子在地上胡乱画着。

中午十一点的火车,十点出头的时候,祝佳夕终于等到了妈妈。

祝玲没想到女儿已经把古筝装进了便携包里,行李都已经收好放在了身边。

"动作这么快啊,我们时间赶得上。"

"这样你一回来,我们就可以走啦。"祝佳夕起身,脸上看不出高兴还是不高兴,只是理了理身上的粉色碎花裙。

"别整天蹲着,腿麻不麻?你把两个架子拿着,妈妈拿琴。"祝玲说。

祝佳夕有些犹豫,但是考虑到她拎古筝的话可能会把它摔了,只好点头。

祝玲边走边说:"我们到门口拦辆三轮车坐到火车站,这样方便。"

"好,妈妈你拎琴,累吗?"

祝玲摇头:"重倒是不重,就是太长了。早知道小时候让你学钢琴多好,这样我们比赛还不用费事把这东西带着。"

不过她们还没走出大院,就听到自行车的车轮飞速摩擦水泥地的声音。

佳夕一抬头,就看到了人没有坐在自行车座椅上,身子前倾把车踩得飞快的周砚池。

"哥哥!"祝佳夕发现哥哥额前的短发被风吹得飞扬起来。

在看到她们之后,周砚池神情放松了一些,他按住刹车迅速地把车停在边上。

"砚池,你补习课上完了?"祝玲问。

"哇,哥哥,我第一次见你把车骑那么快!"

佳夕想起每次上学路上,总有男生从他们旁边超车过去,她好几次都催促哥哥也骑快一点,他理都不理她,只会说一句:"无聊。"

祝佳夕拿着架子喜滋滋地蹭到他身边。

"我以为去北城之前都看不到你了,还有点难过呢。"

周砚池没说话，伸出手要把祝玲手上的古筝接过来。

祝玲哪好意思让他帮忙拿这个，他看着再高再成熟，本质上也还是个小学才毕业的小孩啊。

周砚池说："没关系，我妈让我来帮忙的。"

祝玲心里感动："她不是和高中同学出门爬山了？这都还想着我们。"

周砚池"嗯"了一声，顺势接过祝玲手上的琴。

祝玲只好去拿佳夕手里的架子和包。

周砚池看着佳夕，下巴抬了抬，佳夕一下就懂了，立马把车里的塑料袋拿上，三个人往路口走。

祝佳夕拎着不算轻的塑料袋，走到他没拿琴的左手边，想也没想地挽住周砚池的胳膊。

周砚池没把手抽走，反正抽也没用，她从小就是这样，一到要去什么别的地方，哪怕只是回趟老家，走之前都格外能缠人。

她语气带着一点孩子气的炫耀："没想到吧，哥哥，你没有去北城，我比你先去啦。"

"嗯，你比较厉害。"

"我走了，你肯定会想我的吧？"

这个问题周砚池没有回答，不过佳夕本来也没有期待，她就是单纯想讲话而已。

幸运的是，他们刚走出教师宿舍大院没两分钟，就等到了一辆空的三轮车。

祝玲把琴接过来，和佳夕在车里坐好，佳夕才想起手里的袋子。

她想递给周砚池，周砚池按住了她的手。

"火车上吃。"

祝玲低头一看，袋子里面装了不少佳夕爱吃的饼干还有各种切好装盒的蜜瓜。

"这是给我们准备的啊？我都没想到，火车上买肯定贵死了，你妈真的想太周到了，真是太谢谢了啊。"

周砚池"嗯"了一声，又望向佳夕。

"我走了。"他说。

祝佳夕扁着嘴巴冲他挥手："哥哥，你去完云南，回来就乖乖在家等我哦。"

妈妈说这次比赛结束后，会带她在北城玩几天再回来，那时候周砚池他们应该已经从云南回来了。

"怎么跟你哥哥说话呢？没大没小的，还乖乖。"

周砚池没说话，就看着佳夕还在冲他不停摆手，像极了他们之前常去的饭馆收银台上摆着的招财猫。

三轮车师傅在前面喊了一声："走咯。"

车子向前移动，祝佳夕回过头不舍地看着周砚池。

"我很快就会回来的。"

周砚池站在原地："知道了。"

半分钟以后，祝玲没忍住拍了拍还在往后看的女儿，心想要是有一天，佳夕和儿子的感情也能这么好，该多好。

"还能看到吗？就这么舍不得你哥啊，过阵子也就回来了。"

祝佳夕望着车窗外周砚池的身影渐渐缩成一个小小的圆点到消失不见，才回过头。

真奇怪，明明才刚分开，她好像已经开始有点想念哥哥了。

005.最后一个愿望

这是祝佳夕人生第一次坐火车，从前她去过南城，去过安徽，但因为离得很近，都是坐周叔叔开的车或者大巴车。

从进入火车站安检，到真的坐进了火车的车厢，即使车厢内闷热，还有一股挥之不去的烟味，祝佳夕还是难掩激动。

不过，不知道是不是刚刚在三轮车上回头看周砚池看得太久，她好像把脖子扭到了。

祝玲见女儿一直在那里转动脖子转半天了，忍不住关心道："好好的，脖子怎么了？酸吗？妈妈给你捏捏。"

她说着话，手往佳夕伸过来。

没想到佳夕缩了缩脖子，不好意思地说："没事的。"

"怎么了？现在和妈妈这么生分？"祝玲问。

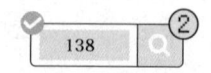

佳夕迟疑了几秒才摇着头说:"没有。"

祝玲看着女儿这样,心里也不好过,她把佳夕搂进了怀里。

"你最近,怎么都不爱和妈妈说话了?"

佳夕被妈妈抱着,她是很高兴的,但她不知道应该说什么,只是摇头。

"我还记得,你以前一点点大的时候,整天黏着我,妈妈妈妈叫个不停。我在班级上课,看着讲台下的学生,总是在想,也不知道我们家小佳夕在家里干吗,有没有饿、有没有摔倒、头撞没撞到哪里,总想着,要是你再小一点点,妈妈走到哪里都能把你揣进口袋带着就好了。现在一眨眼,你都这么大了,现在和妈妈也不亲近了。"祝玲感伤地说着。

佳夕听着妈妈的话,觉得脖子的酸痛感好像转移到了眼睛、鼻子还有喉咙。

她看着妈妈,极力不让自己流下眼泪。

"没有不想和妈妈说话,我只是……不知道说什么。"

"想说什么就说什么,和我说话还用想吗?"

"那我问你一个问题,你可以不要骂我吗?"佳夕胆怯地开口。

"妈妈保证。"

佳夕过了一会儿,郑重其事地开口:"假如有一天,我和他,就是弟弟一起掉进河里的话,你会救我还是救他?"

祝玲从没想到女儿会问这样的问题,她听到问题的第一瞬间是想笑。女儿果然还是个小孩子,才会问这么傻的问题,可是看到女儿脆弱的神情,她又笑不出来了。

确实,自从辰轩出生以来,她和王平在他身上花了更多的时间和精力。

问完话,佳夕却将视线挪到别处,嗫嚅地说:"其实我好像也没有那么在意,你不用回答的。"

祝玲手擦了擦自己的眼角,直截了当地回答她。

"这还用想啊,妈妈肯定救你。"

她话一说完,佳夕就定定地盯着她看,像是想通过她的眼神辨别她话的真伪。

"和谁,妈妈都会救你。"祝玲对上女儿的眼睛。

佳夕终于笑了,这笑容里有幸福,也有这半年里积压的委屈。

她吸了吸鼻子说:"虽然知道你可能是骗我的,但我还是很开心。"

这一刻,佳夕觉得自己好像有点长大了,因为她不会再不假思索地相信妈妈说的话,但她还是小孩子的部分让她明明不那么相信,不过听到自己期待的答案,还是会感到高兴。

祝玲叹了口气:"妈妈没骗你,以后不要这么想,不开心了就要让妈妈知道。你是我身上掉下来的肉,有什么不能和妈妈说?"

她又抽了一张面巾纸,去擦佳夕脸上的眼泪。

祝佳夕被纸巾捂着脸,重重地"嗯"了一声。

祝玲见她眨巴着眼睛,打了个哈欠,笑着说:"困就靠在妈妈身上睡,到站还早呢。"

祝佳夕动作很慢地蹭到妈妈的肩膀上。

"我的头重吗?"她问。

"再重妈妈都愿意给你靠。"

祝玲听着嘈杂人声中女儿轻缓的呼吸声,不知道在想什么。

不知道是不是真的像古筝刘老师所说的那样,佳夕是临场发挥型选手,祝玲只觉得女儿一到比赛,弹得比平常强太多,简直是天差地别……

比赛是在她们到了北城的第三天,佳夕被安排在了下午场的第八个上场,祝玲在门外看着坐在前排的评委的表情,当下就知道分数不会低。

等佳夕出来以后,祝玲给了女儿一个大大的拥抱。

"你怎么一到比赛就发挥那么好?平常弹成那个样子是故意保留实力啊。"

佳夕有点害羞。

"你二姨说等她下班带你去吃好吃的。"

佳夕一边摘着手上的指甲,一边惊喜地问:"我们这么快就要见到二姨了吗?"

"还真没想到你会这么喜欢她呢,她说一会儿带你去吃烤鸭。"

佳夕脸上的笑瞬间僵住,她猛地摇头:"我不吃烤鸭。"

祝玲失笑:"还想着你那只鸭子啊?"

佳夕没说话。

"行吧,那我先带你出去填填肚子,不等她了。"

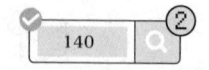

母女俩最后来到了肯德基，祝玲之前从来不带女儿吃这种快餐，两个人在收银台对着菜单完全不知道点什么，最后点了一份儿童套餐和一个汉堡。

佳夕吃着蘸着番茄酱的薯条，看起来满足极了。

"开心吗？就爱吃这些垃圾食品。"祝玲宠溺地看着女儿。

"超级开心！"

"开心就好，妈妈想你每天都开心。"

佳夕听到这句话，眨了眨眼睛，把汉堡推给妈妈："妈妈，你也吃啊。"

大赛的结果公布是在比赛第二天，因为已经有了心理准备，所以佳夕在知道自己得了全国十佳之后，非常平静。

拿到奖杯，拍了很多照片后，佳夕跟妈妈去了二姨在海淀区的房子。

佳夕本来以为妈妈带她去完长城和故宫就会回家的，但就在她们在北城已经待了一周以后，祝玲问道："还想不想跟妈妈再在这里好好地转一转？"

佳夕沉默了一阵，犹豫着问："不用回去看他吗？"

祝玲说："妈妈想跟你再在这里玩一玩，只有我们两个人，谁都不带。"

佳夕问："二姨也不带吗？"

"嘘，别让她听见。"

佳夕捂着嘴笑："好。"

就这样，祝玲带着佳夕愣是在北城待到了8月中旬。佳夕在新闻里和书本上知道的北城的所有地方，妈妈几乎都带她逛遍了，妈妈甚至还带她去了欢乐谷。

8月14日晚上，两个人和祝嘉在外面吃完饭，一起回了祝嘉的家。

这段时间，因为祝玲和祝佳夕住了进来，祝嘉把男朋友赶回了他在朝阳区买的房子，三个人住得不知道多开心。

临睡前，佳夕想了想还是跟妈妈说："妈妈，明天我们去买点北城特产好不好？"

"现在就买？天热放不住的，等回家之前再买。"

佳夕想起十分钟前爸爸打来的电话，他最近电话越来越多了，即使隔着电话线她也能听出他的暴躁。

而且，她也看得出每一次妈妈接完电话以后的魂不守舍。

141

她不想一直这样让妈妈为难。

"我们回去吧。"她看着妈妈说,"我已经很开心啦,在外面待好久,已经有点想家了。"

"真的?"祝玲问。

佳夕相信只要她还想留在这里,妈妈还是会继续陪伴她,她已经没什么遗憾了。

而且,她确实想回去了。

"真的,我有点想哥哥他们了。"

火车上,祝玲看着女儿买的大包小包的东西。

"你买的这些糕点都准备给谁的?"

"给哥哥、许妈妈还有周叔叔。"佳夕回道。

祝玲笑:"不枉费你许妈妈一家从小就对你那么好。"

拎着古筝下火车的时候,佳夕说:"要是哥哥在,就好了。"

"等你弟弟长大了,就能帮你拿了。"

佳夕心想,那时候她都多大年纪了?不会还那么悲催地需要弹古筝吧?

"跟妈妈回老家待两天?"

佳夕虽然很想哥哥,但她还是不忍心拒绝妈妈。

一直在老家待到8月19号,佳夕终于得到了妈妈的应允,一个人回了大院。

回到大院的时候,已经是傍晚。

炎热蝉鸣的夏末,佳夕一进到院子里,就看到周砚池在外面收衣服。

她手上拎着两大袋东西,朝着他飞奔过去,撞进了他的怀里。

熟悉的洗衣粉的味道,佳夕嗅了嗅,班级里许多男生一到夏天总是会有点难闻,可是哥哥从来不会。

她抱了他一会儿,佳夕以为,周砚池一定会推开她的,往常总是这样。

但是这一次,她感觉到他似乎愣怔了一会儿,就在她以为周砚池要推开她的时候,他却低下了头,将脸深深地埋在她的颈窝里。

佳夕手一松,手里的稻香村袋子就落到了地上。

这还是哥哥第一次这样,佳夕真有些受宠若惊。

她眉眼弯着,像个小大人似的伸手拍了拍哥哥的背,轻声问:"哥哥,你

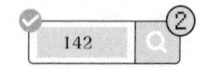

肯定是想我了，对不对？"

回答她的是加重了力度的拥抱。

天色将晚，路灯忽闪忽闪，暮色逐渐静止在大院上方的天空。

佳夕不知道的是，生活有时候就像是她跟妈妈在欢乐谷排了很久的队才玩成的过山车一样，当人抵达最高点，就会毫无预兆地向下。

十岁生日那天，祝佳夕从周砚池这里得到了一盒火柴愿望，不过，可能火柴就只是火柴，所以佳夕许的最后一个愿望，并没有实现。

第六章　2008年的第一场雪

001.没有下次了

黄昏下，周砚池一言不发地紧箍着祝佳夕。

祝佳夕虽然被他抱得有点喘不过气，但一开始还在轻轻地拍着他的背，只是他温热的鼻息就这样打在她的耳边。

好痒，痒得祝佳夕脚趾都缩了起来，她终于忍不住在他怀里咯咯地笑出声。

"哎呀，好痒。"她揪了揪周砚池的衬衫。

周砚池听到了怀里的笑声，像是终于回神一般，慢慢将她放开。

他盯着她看了好久，才说："你回来了。"

祝佳夕听着他的语气再寻常不过，可是他的神情她有些看不懂。

她问："我是不是在外面待了好久？我们好像从来没分开那么久哦。"

周砚池只是牢牢地注视着她。

"你说过，你很快就会回来。"

祝佳夕想起自己走前好像确实有那么说，她心里有小小的愧疚，忙解释道："我也没有想过，妈妈竟然会带着我在北城玩这么久。"

她说这句话，其实也是想和哥哥分享她跟妈妈的关系又变得亲密一点。

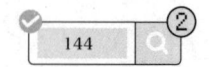

不过，周砚池没有说话。

祝佳夕沉浸在哥哥对她生平第一次流露出的思念中，她亲热地挽住他的胳膊："但是我给你带了很多好吃的！"

说到这里，她这才想起地上的稻香村糕点。

佳夕心疼地捡起来："不知道有没有碎掉，这些全部是我买给你们的，我们现在拿给许妈妈吃吧。"

周砚池却在这时握住了她的手腕。

"她现在不在家，我放回去，你在这里等我。"他一并拿上了她的行李包。

祝佳夕迟钝地点点头："好。"

已经到了家门口，佳夕不知道为什么要站在院子里等。

不过她还是惬意地伸了个懒腰，呼吸间都是四季桂淡淡的香气，每次她闻到这个味道总是觉得很放松。

祝佳夕又深深地嗅了几口，却在这阵香气中闻到了一点不和谐的味道。

有一点刺鼻，好像是油漆味，可能大院里的哪家又把铁门重新刷了？

祝佳夕没有多想，周砚池已经走了出来。

"要出去走走吗？"他问。

祝佳夕听到周砚池这么问，惊讶地盯着他看了半天，从前可只有她求着他陪她出门的时候。

她忍不住猜测道："哥哥，你是不是一个人在家憋坏了？"

"可能。"

说着话，两个人已经往大院外走去。

坏掉的路灯形同摆设，走到黑暗拐角的时候，周砚池握住了她的手腕。

"台阶。"

"哦，对了哥哥，云南不好玩吗？"

周砚池还没来得及回答，祝佳夕自顾自地说："但是我懂的，玩得非常开心之后呢，回来是会觉得好低落的。"

周砚池随口"嗯"了一声。

佳夕又问："鲜花饼好吃吗？"

周砚池过了一会儿才说："没有去云南。"

"啊，是叔叔太忙了吗？"

"对。"

见佳夕还想追问，周砚池看着前面的路，直接问："北城好玩吗？"

"好玩！"祝佳夕说完，想起哥哥没能出去旅游，又弥补性地说，"但是那里好大哦，还好有妈妈陪我，我出门会很害怕迷路。你知道海淀区吗？我觉得那个区都比我们淮县大，想来想去还是我们淮县好呢。"

这一次，周砚池没有再说话。

两个人走上了上下学路上每一天都会经过的石桥。

祝佳夕愉悦地将右手搭在桥上往前走，感受着手下的粗糙。

周砚池把她的手从石桥台面上拿开。

"脏。"

祝佳夕不是很在意，她往桥下看过去："今天真热闹呀，难道是什么节日吗？"

她又想了一下日子："不会是中秋节吧？"

不过佳夕分不清阴历和农历，所以从来记不得中秋、端午这些节日是在哪一天，除非那天学校会放假……

街道上熙熙攘攘，头顶上方随处可见红色灯笼，祝佳夕还想继续往下走，好去看看到底在庆祝什么，周砚池却拉住她。

"可能是七夕。"

祝佳夕"哦"了一声，托班级有人早恋的福，以及她看过的牛郎织女相关的电视剧，她可是知道七夕节是情人节的！

"哇，怪不得这么多人。"

"下面吵，我们就在这里。"

"好。"

他们就这样站在石桥上，佳夕整个上半身都倚在栏杆上，感受着桥上缕缕微风拂过。

现在是不是已经是夏末了？天好像已经没有那么热了。

祝佳夕往桥下的人群中张望，有人在河边卖孔明灯和水灯。

她饶有兴趣地往下望，河里一盏盏水灯好像是月亮的倒影。

她不经意间仰起头，眼睛瞬间弯了起来，她兴奋地晃了晃周砚池的胳膊。

"哥哥，你快看天上的孔明灯。"

周砚池闻声抬起头，看到不远处一盏盏橙色的灯慢慢升起，再往天空上方看过去，已经是漫天的月亮。

祝佳夕一瞬不瞬地凝望着夜空，只觉得时间可以定格在这一刻该多好。

"要是每一天都像今天这么美，以后我们放学回家，心情一定会很好的。"

她说完，侧头看向周砚池。这样的光线下，她突然觉得哥哥好像又瘦了一点。

"别看我。"周砚池说。

被抓包的祝佳夕只好回过头。她勾着头，指着桥下的某个地方，她视力真好，好像看到了南县初中的正门。

"哥哥，等再过十天，你就要变成初中生啦。"

周砚池闭上眼睛，过了一会儿才出声。

"这么开心？到时候，我和你就不在一个学校了。"

祝佳夕又往他身边凑了凑，胳膊贴着他的。

"那有什么关系，"她对周砚池说，"你看哦，你们初中离我们学校走路也就五分钟吧，骑车两分钟就到了，以后如果我们出门迟的话，你骑车把我载到这里，我自己就可以走到学校了。我们小学生上学时间肯定比你迟。"

周砚池听着她的话，点了点头。

半晌，他问："还有呢？"

佳夕看到周砚池眉目间的神情在夜色下难得的温柔。

"什么还有？"

"继续说。"周砚池依然没有看佳夕，轻笑了一下后说，"我想听。"

祝佳夕知道一定是因为此时此刻石桥的风吹得人好舒服，头顶的孔明灯和桥下的水灯也让哥哥心情特别好，不然，平常他才不会那么耐心地听她说这些。

她踮着脚，眺望着哥哥即将要上的初中："如果你那天心情特别好的话，还可以把我送到校门口，再骑车回自己的学校。"

"嗯。"

"这么近，一定不会迟到的吧。"

"应该不会。"

"真开心。"

祝佳夕听着河边成功将孔明灯放飞的人群的笑声,也笑着说:"我觉得我放学的时间肯定比你早,到时候我就慢悠悠走到你的校门口等你,这样我们就又可以一起回家了。"

可惜圆圆走了,不然还可以陪她一起走过去。

周砚池什么也没说。

佳夕说:"不过,等我上初三你上高一的时候,就不可以了,因为好像高中都要上晚自习的,对吧?"

"嗯。"他一动不动地站着,"太遥远了。"

"遥远吗?"佳夕歪了歪头,又笑嘻嘻地说,"好像是有点。"

这天晚上,周砚池带佳夕吃了初中部对面小店的汉堡和珍珠奶茶。

店里有台电视,之前每次放学路过这里,他们都能看到店面的台子上总是围满了看NBA的初中生。

祝佳夕嚼着奶茶里的珍珠,想象着哥哥以后也挤在一群人里看球赛的画面,忍不住笑了。再转头,她看着哥哥握着一杯奶茶,从头至尾并没有喝几口。

两个人漫无目的地走在淮县的街道上,祝佳夕献宝地问:"哥哥,以前你从来不爱散步的,还说浪费生命,不想喂蚊子,现在是不是觉得散步很棒?"

周砚池:"嗯。"

祝佳夕皱眉,用胳膊轻轻撞了他一下:"那是因为蚊子都咬我啦!明天出来不穿裙子了。"

周砚池突然侧目,神情专注地摘掉了她发顶上的桂花。

"明天想去哪里玩?"他问。

祝佳夕睁大眼睛:"我们明天还可以出来玩吗?"

周砚池点头:"可以。"

"太好了,正好爸爸妈妈在老家,妈妈说反正你在这里,一定会带着我好好做人的。"

祝佳夕本来听妈妈说来回跑有些麻烦,可能会在老家多待几天再回来,还

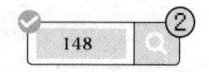

148

有一点点小伤心，但现在全化为乌有。

她说到最后一句话的时候有刻意地放低音量，好怕哥哥为了不辜负妈妈的期待，就不带她玩了。

周砚池却扬了扬嘴角。

"没事。"

"那我明天想去西溪广场放风筝！"

"可以，现在就去买风筝。"

"后天可以来这边的小河钓鱼吗？"

"好，但是我不会做鱼食。"

祝佳夕说："没关系！我们可以钓完，再把它们放生。"

"好。"

祝佳夕从没想过有一天周砚池会那么好说话，她感动地靠着他说："我才知道，原来我们很久不见面，你再见到我就会对我这么好哦，那我下次出门要故意待久一点才可以。"

周砚池沉默地凝望着远处的路灯，感受着胳膊上的温度。

过了很久，他低垂着视线说：

"没有下次了。"

002.事发

周砚池说没有下次，祝佳夕听到以后，想也没想地许诺："好吧好吧，没有下次，我以后一定会早点回来的。"

睡觉之前，祝佳夕用妈妈给的小灵通给她打了电话。

挂掉电话后，她还是有点害怕一个人，大院里一到寒暑假，许多人家都回了老家，白日里听不到什么声音，晚上除了稀碎的蝉鸣，更是什么也听不到。

她盘着腿坐在床上，只纠结了一会儿，就一只手抱着枕头，另一只手抱着已经有点旧旧的花栗鼠来投奔周砚池。

谁知道她刚出家门，就发现周砚池坐在房门外的台阶上。

周砚池听到她的脚步声，转头看她。

"哥哥，你在闻桂花香吗？等下个月，会更香的。"

"一个人害怕？"周砚池问。

佳夕点头:"我能不能去你的房间睡?"

周砚池:"不能。"

他拒绝了她,让她先回去。

佳夕只好又拖家带口地回到自己的房间。

只是她沮丧还没超过两分钟,就看到周砚池带着凉席和枕头出现在她房间门口。

"门也不关。"他说。

祝佳夕笑:"我还没睡嘛。"

临睡前,祝佳夕将客厅的电风扇搬进房间。

"哥哥,你能吹到吗?"

"能。"

"我刚刚好像听到许妈妈回来的声音,她在打电话,我们用不用和她说你在我家睡?"

"不用。"周砚池抬手关掉灯,将手臂背在头后,闭上了眼睛,"她知道的,睡吧。"

"好,明天我们要去放风筝咯。"祝佳夕笑着说。

"哥哥,Good night。"

"晚安。"

得到回应后,她开心地把薄毯子蒙在了脸上。

因为有周砚池在,祝佳夕很快就进入了梦乡。

周砚池没有骗佳夕,接下来的一周里,除了睡觉的时间,她都坐在周砚池自行车的后座上被他载着逛遍了南县的大街小巷。

8月27日那天清晨,祝佳夕睡得迷迷糊糊的,就看到周砚池坐在自己许久没怎么用过的书桌前。

"啊……"佳夕揉了揉眼睛,"哥哥,我们今天要开始学习了吗?"

周砚池人没动,只是"嗯"了一声:"劳逸结合。"

祝佳夕难得没赖床,玩了一周她已经觉得自己太过幸福,她想起妈妈经常对爸爸说的话,人要脸树要皮。她也不可以太厚脸皮。

一年级到五年级是9月1日报到,而六年级要提前两天,8月30日报到。

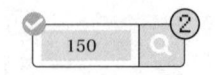

祝佳夕喝着酸奶坐到周砚池身边,看到桌角摆着两人昨天拍的大头贴。她本来说想拍只是随口那么一讲,因为她觉得哥哥绝对不会同意,谁知道他听完她的话,想了想就拉着她的手进去了。

祝佳夕看着照片上的哥哥,他看起来真是一如既往的苦大仇深,隔着照片都好像在瞪她。

她想起昨天他拍照的时候还指挥她:"笑得再开心点。"结果他自己就这个表情!

不过怎么少了一张照片,不知道是不是掉桌缝里了,祝佳夕刚想蹲下来找,冷不丁听到周砚池对她说:"做作业。"

"好吧。"一会儿再找。

祝佳夕找出自己有段时间没打开的语文暑假作业,余光偷瞄了一眼哥哥面前的东西,她看了一会儿才发现他这是在整理六年级的错题。

"哥哥,你整理这个干吗?"祝佳夕问。

"温故而知新。"

"哦。"

祝佳夕也没有再多说闲话,安静地坐在他身边开始补作业。

8月29日,夕阳西沉,周砚池说要去超市买点东西,祝佳夕也跟着一起。

两人和许宜说完话后出来,正好碰上了回来的祝玲。

祝佳夕看到妈妈是开着爸爸的摩托车回来的,停车的工夫,她朝祝玲飞奔过来。

"妈妈,你怎么提前一天回来了?我还以为你明晚回来呢。"

祝玲急匆匆地下车,摸了摸她的头,目光投向站在她身后的周砚池。

"我跟你许妈妈有话说啊,你和哥哥玩。"

"好,许妈妈在房间收拾衣服大扫除呢。"佳夕说。

周砚池和祝玲打招呼:"祝妈妈好。"

"哎,"祝玲看着周砚池,眼底是深深的怜悯和担忧,她又对女儿说,"别闹哥哥啊。"

"我从来不闹他的,不然你问哥哥。"

"嗯。"周砚池推着她的肩膀,让她往前走。

151

祝玲一进到许宜家,已经感觉到屋子里不同往日的空旷。

她今天下午已经在许宜打来的电话里听说周远的公司出了事,许宜很快就会带着周砚池走了。

祝玲当时听着总觉得还有回旋的余地,直到现在,她才真的有了实感。

她进了许宜的卧室,把包随便丢到了一边,挨着许宜坐。

许宜本来在收拾衣服,这时才注意到她进来了,笑着朝她伸手。

祝玲立刻拉住她的手,大夏天的,许宜的手心好凉。

"到底怎么了?真的这么严重,一定要走?"

许宜点头,她相当冷静地告诉祝玲,她带着佳夕离开的这段时间所发生的事。

周远投资的酒的直销项目从七月底就不再进账,8月1日那天,他们已经准备去机场,可是周远的电话一直响个不停,不少人说得了口风,这家公司的董事长已携款潜逃至国外,也有人说他已经被捕。

周远安慰许宜说怎么可能,他当初会入伙这个公司,是他信得过的朋友极力推荐的,对方说不管什么时候,做酒都不可能垮台。

而且有实物在手,怎么也不可能是传销,每个人进来交点会员费也是为了稳定。

出于种种原因,周远没有怀疑。

八月初那几天,他的电话已经要被人打爆,他团队下面有五十多个会员,其中有二十多个是因为相信他加入进来的。

周远一开始还在电话里宽慰他们,直到五号的《南县日报》上,官方直接将这个公司定义为传销犯罪团伙,而黄董事长也因为涉嫌组织、领导传销活动罪被逮捕。

钱全部石沉大海……

周远这才认清真相:不好了,这下真出事了……

祝玲心惊胆战地听着,看许宜面上云淡风轻的,只是把她的手握得更紧。

"你看,还好没把你们也拉下水,不然我真的不知道怎么面对你了。"许宜对祝玲笑,只是她的面容有些苍白。

祝玲摇头:"别这么讲,周远也是被骗了,但是传销,我一直以为是那种

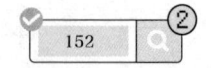

洗脑，怎么做酒还能传销？"

许宜也不明白。

祝玲问："所以，投进去的钱回不来了？"

"对。"

"但周远不是已经把之前赚到的钱存下来，准备去北城买房子的吗？亏掉一点，没事的吧？"祝玲还是不死心地问。

许宜怔了怔，看着她摇了摇头。

"他是只亏掉一点，可是他下面的那些人亏了很多，有不少人把所有的钱全部投了进去，现在是倾家荡产。"

祝玲被这些字眼吓到，说："他们的选择，亏的钱也要周远全部承担？"

许宜没有说，几乎是事发的第一时间，有二十来个人都聚集在她家门口，要周远给个说法。

"我们是相信你才来做投资的！"

"我把我们家还有我姐姐家的钱全投进来了，现在我老婆要生了！你告诉我，这是传销，是骗钱的？你让我去死吗？"

"还钱！"

…………

许宜已经不想回忆，那些人得不到满意的答案，就聚众在门口叫骂，说等开学就去教育局闹，去许宜的学校闹。大院当时在的几个老师担心许宜会出事，说要报警。

但哪里能真的报警？他们真的误入传销了啊……

周远已经把手上有的存款给了他们，但是那点钱根本填补不了那些人的窟窿。

那个数字，大概够在北城三环买一栋别墅了吧，许宜想。

8号那晚，有人趁他们睡着在大门上泼漆，还有人把窗户砸了。

周砚池房间的窗户。

第二天凌晨，许宜失眠起来，看到周砚池正在院外扫地上的玻璃碎片，后来又戴着手套把窗户上剩下的残渣也清理掉。

许宜看着只是缺少了一扇玻璃的光秃秃的窗户，如果没人说，她大概会以为这扇窗户没有发生过任何事。

但是，发生了就是发生了。

从周远出事以后，周砚池一直没说什么，只是安静地待在她身边。

那天早上，他笨拙地安慰她。

"没事，夏天没有窗户，也不会冷。"

003.佳夕，我要走了

祝玲久久地没说话，后来才想起来问："周远人呢？"

许宜说："我让他出去避一避。他在这里，那些人就会一直来闹；他不在，那些人不会拿我和砚池怎么样的。"

她说着又对祝玲笑了一下："果然，他们以为他也跑了，后来只来过一次，没再来了。"

祝玲松了口气："那这样，你不如不要走了？我们可以一起在学校附近买套房子，本来也该买了，我们家手头宽裕出大头，你们出点小头就好，我们还住一起，别走了。"

许宜摇头："他们说了，等到开学，会去学校闹，去教育局闹，到那个时候，我被辞退就不好看了。"

"所以，你已经辞职了？"

"是。"

祝玲半张着嘴，最后长长地叹了口气。

"所以一定要走了？哎，一晃眼，已经和你做了十多年的邻居，我真是……舍不得啊。"

许宜对上祝玲泛红的眼睛，这些天里第一次有了流泪的冲动，明明知道周远误入传销钱财两空的时候，她都没有哭。

"我也舍不得。"许宜本来没有打算专程告别，离开的理由过于难堪，到头来，她好像都没有和人分别的勇气，但临走前，总还是没办法这样走掉。

"还是要去北城？和你北城的朋友联系上了？砚池借读有办法吗？"

许宜不想她担心，没有细讲，只是说："没问题的。"

见她已经在哭，许宜强装出笑容："别哭了，跟你讲，我买了去北城的车票后，觉得前所未有的轻松。"

"真的？"

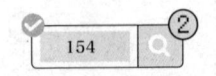

许宜握紧了她的手,比任何时候都要坚定。

"真的,决定留在这里上大学的时候,还有决定结婚的时候,我很彷徨,但现在,我第一次感觉这么轻松。至少,这个决定是我为了我自己选的。你是我在这里唯一的朋友,要替我高兴。"

祝玲不住地点头,她抹掉眼泪:"好,我高兴。你就应该在大城市,我知道你一定会过得很好。北城再远,不还在中国嘛,我等你安顿下来联系我。"

许宜说好。

祝玲这时才把包捡起来,她动作犹豫地从包里拿出一个厚厚的信封,不知道怎么递过去。

"这……是我刚刚来的时候从银行提的钱,没有多少,你收下,不要有负担。我就是想你和砚池过得好一点。北城物价高,你们又遇到这么件事,我心疼你。"

许宜看着祝玲手里的钱,眼睛又热了,她笑了笑:"王平知道吗?"

"我的钱,他做不了主。你一定要收下,也不枉我们邻居一场。"

许宜也不推辞:"好,那我就收下了。"

祝玲见她收下了钱,一路上提着的心终于落了下来。

她看着许宜已经收好的行李,只觉得心里萧索极了,望向屋外:"也不知道两个孩子去哪里了。"

"说是去超市买东西。"

祝玲点点头:"我看,她好像还不知道。"

许宜手握着信封,声音轻轻的。

"大门上的红漆被砚池用更深的颜色覆盖了,小夕闻出油漆味,还说门的新颜色很好看。今天我收拾行李,她以为我在打扫卫生,甜甜地问我,许妈妈,要不要我帮忙呀?我真的说不出口。小孩子,轻松快乐地长大就好,干吗让她知道这些呢?让砚池跟她道别吧。"

祝玲不想她继续停留在这些思绪里,握住她的手。

"走,我们去外面吃点东西,就当我给你践行。"

周砚池和祝佳夕走进离家最近的超市。

祝佳夕在零食区晃荡了一阵后,回到周砚池身边,看到他还在卖灯泡的区域拿着几个不同的灯泡比对着。

"哥哥,你家有灯泡不亮吗?"

周砚池摇头。

按照哥哥往常的风格,他不喜欢在购物上浪费时间,买东西总是直接买最贵的。

但是今天,祝佳夕发现他在几个灯泡中挑选了好久。

当然,挑到最后他还是买了最贵的,而且还买了五个。

等到两人回到了大院,祝佳夕撕开旺仔奶糖的包装纸,刚放进嘴里,就听到周砚池让她去她家搬一个高一点的椅子。

佳夕搬着椅子出来后,看到周砚池背对着她站在电闸那里。

她把椅子搬到他身边,不知道他按了什么,大院里里外外几盏忽明忽暗的路灯一下子全灭了。

周砚池站在椅子上,祝佳夕害怕他站不稳摔倒,便站在下面环抱住他的腿。

半小时过后,日头落尽前,周砚池一个一个地把从大院外到佳夕家门口的五盏路灯灯泡全部换上了新的。

周砚池又打开电闸,灯光倾泻,直照着地面。

"太好啦,以后晚上出去就不会被那边的台阶绊倒了。"祝佳夕抬头看着路灯说道。

周砚池没有看她,过了一阵后,他低垂着视线去拿佳夕搬出来的椅子。

"以后晚上,尽量不要出门,除非有人陪着你。"

佳夕跟在他身后,自然而然地接话:"好,反正你会陪我的。"

周砚池却没有说什么,他兀自回到房间,再出来的时候,他手里拿着三个厚厚的笔记本。

祝佳夕看着他的神色,伸手接过来。

"这是什么?给我的吗?"

周砚池点头:"有点重,你先放回房间。"

"好。"

佳夕趿拉着鞋子进了房间又出来。

她站在台阶上说:"我猜肯定是小学生高分作文。"

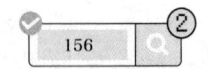

周砚池看着她:"有两本是我复习的时候顺便整理出来的小升初易考题型和易错题。"

祝佳夕闻言愣住了。

"小升初的东西,现在就给我吗?"

周砚池没回答她这个问题,只是说:"你的数学很好,所以我没有整理。"

祝佳夕听到他的话,双手不安地抓住裙角,就听到周砚池冷静的声音还在继续。

"我房间黄色纸箱里的书是教辅资料,白色箱子里是老师建议阅读的课外书,我按照年级整理好,你明天报到回来以后,可以再看看那些书有没有留下的必要。"

周砚池还想说,刚刚给你的笔记本里,最厚的那个是日记本,以后你想说话但是没人听的时候,就写在上面说给我听。

但是,他说不出口。

祝佳夕盯着周砚池,心里有种触摸不到的慌乱感,她只觉得前所未有的害怕。

"我不懂,你现在说这个干吗?你可以以后给我的。"祝佳夕固执地说。

周砚池站在低她两级的台阶下,对上她的视线,突然有些后悔刚刚换上了新的路灯。

如果没有换,好像就可以不用面对此刻她畏惧受伤的目光了。

沉闷的气氛伴着这个夏日最后一点暑气笼罩在大院内。

周砚池沉默良久,再开口,低声说:

"佳夕,我要走了。"

祝佳夕看着灯光下他看起来有些冷的脸庞,问道:"你要去哪里?"

周砚池说:"可能是北城,也可能是其他地方。"

裙角一定已经被她抓皱了,祝佳夕还是不死心地问:"是要搬家吗?还是只是出去旅游,很快就会回来了?"

嘴里的甜味已经变成了苦味,她说到最后,声音已经哽咽颤抖起来。

"搬家。"

祝佳夕听到他的回答,一开始还不肯相信,过了一会儿,眼泪才飙了出来。

"可是你不记得你答应过我,你不会走的吗?我生日那天你答应过我,你说你不会离开我的,你答应过我的!"她孩子气地哭着质问。

周砚池定定地站在原地,没有让自己再往前。

"对不起,我食言了。"

祝佳夕只是不停地摇头:"我不要,你说你永远都不会骗我的,你为什么要走呢?"

周砚池只是用那种悲哀的眼神注视着她。

"你可不可以不要不讲话,我、我会很害怕。"祝佳夕语无伦次地说。

周砚池平静的脸因为她的眼泪出现了一丝裂痕,但他还是没有动。

"很多原因。"

夜色深沉,大院内一片静谧。

半晌,祝佳夕才缓慢地点头,好像是已经接受了他会离开的现实。

"那,你什么时候走?"

周砚池注视着她:"明天早上。"

祝佳夕低着头,喃喃地说:"明天,明天……就一个晚上了……"

她再抬起眼,望向周砚池的眼睛里除了痛苦还有愤怒。

"骗子!你最后既然还是要走的话,我生日的时候为什么还要和我和好?"她说着说着,哭着蹲在了地上,"我们一直不讲话,我已经在慢慢接受你会走了。

"你知不知道,那样的话,我已经可以接受你会离开了……"

004.等你来找我们

祝佳夕埋着头哭,周砚池低头看了她一会儿,想着她说的话,如果她生日那天他没有跟她说话,带她回家,会不会真的比较好。

过了一会儿,他蹲在她面前,看着眼前的毛茸茸的脑袋。

"我做得不好。"周砚池说。

祝佳夕哭了很久,最后像是终于心灰意冷一般,也像是接受了现实。她用手臂擦掉眼泪,不肯再看他,只是说:"不和你讲话了,你走好了,我要回去睡觉,明天要上学的。"

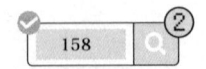

周砚池跟着她起了身,看着她低着头就跑进了她家的门。

他在外面站了一阵,佳夕房间的灯一直没有开。

他站在原地,不知道听到的声音是不是她在哭。

过了一会儿,周砚池听到略显沉重的脚步声,他不敢相信地转过身,看见不远处的树下站着他已经有半个月没见到的身影。

周砚池几步跑过去,站在周远面前,他只觉得这一声叫出来是这么艰难。

"爸爸。"

"刚刚是和小佳夕在说话?"周远问。

周砚池点头。

周远大力地拍了拍他的肩膀:"走,我们进屋说。"

父子两人进了黑暗的屋子,径直走进了周砚池的卧室,周砚池只开了自己房间的灯。

"你妈妈呢?"周远搓了搓手,有些局促地问。

"可能和祝妈妈吃饭去了。"周砚池望着眼前T恤衫皱巴巴、眼底全是红血丝、憔悴至极的父亲,心脏像被人攥紧。

明明没过去多久,爸爸好像苍老了很多。

周远点头,看着面前被人砸坏的窗户,一直没有补上。

"窗户没了,这几天睡觉热不热?"周远问的时候虽然强挤着笑容,但满脸都是隐藏不了的愧疚。

周砚池摇头:"不热。"

"开着空调,还是会好一点,"周远说着话抬起头看空调,这才发现房间的空调也已经消失不见。

他看向儿子,就听到周砚池镇定地说:"因为不需要,所以我把它卖掉了。"

周砚池说完,弯腰往柜子里找出一个东西和一个不大不小的盒子。

周远接过儿子递给自己的存折,他摩挲着存折的封面。他还记得,这是砚池十岁那年,他和许宜一起带着砚池去银行办理的。

只是不到两年的时间……

周远翻开存折一看,除了儿子之前存下的压岁钱,这两周又多了好几笔。

"怎么会多这么多钱?这空调卖不了那么多。"周远问的时候,眉心愁苦

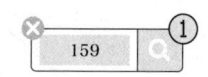

地蹙着。

周砚池看着爸爸眉间的那道深纹，很平静地说："我把电视机、电脑还有相机也卖了。"

周远握着儿子给的存折，只觉得自己的喉咙像是被堵上了棉花，头脑嗡嗡的。他想说点什么轻松的话，像以前一样跟儿子开一个没有回应的玩笑，比如夸夸他这么有经济头脑，但话到嘴边，只变成了一句沉重到难以负担的歉疚。

"爸爸对不起你，如果不是我太贪婪，太急着赚钱——"

周砚池垂着眼睛摇头："我知道，你都是为了我和妈妈。"

"我不怪你。"

他过了一会儿，才敢把那个盒子给周远。

周远打开盒子，一眼看到长命锁还有金手镯，自儿子出生以来，各路朋友亲戚送给他的金饰等东西都在里面……

"这些应该还能卖些钱，爸爸，你卖掉以后，还给那些人。"

周远看着儿子的金饰，过了一会儿，他放下盒子，故作轻松地问："你一直藏着的戒指，送出去了？怎么在里面没看到？"

周砚池闻言有些发怔。

周远解释："爸爸不是偷翻你的东西，是前阵子需要用墨水，来你这里找，不小心看到的。"

周砚池低着头没说话，半晌却说了一句："对不起，我……"

"傻孩子，这有什么对不起的？"周远仰起头，想把眼里的湿意倒回去。对不起的那个人是他，他把这个无忧无虑的家庭给毁了。

周远把存折放回儿子的手里："这些钱你自己收好。你和妈妈过得好，爸爸才能安心，这个道理不懂？爸爸会想到办法还钱的。"

周砚池摇头："钱给你还给他们。"

周远却握住儿子的肩膀："你是不相信爸爸？爸爸很快就会想到办法把那些人的钱还掉，到时候我就去北城找你们，不会很久的。你们母子俩身上多留些钱，不然我放心不下。"

见周砚池还是抿着嘴，周远才说："行，那爸爸把你的这些金饰拿着，这些绝对能卖不少钱，你可以放心了，存折的钱你跟妈妈留着，好吗？"

周砚池这一次没再说不，他喉地问："你不能……和我们一起走吗？"

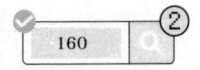

160

周远没有立刻回答，半晌才耷拉着眼皮说："那些人的钱，归根到底和我不是完全没关系，爸爸得还，不然，我怎么能睡得着？"

周砚池听到他这么说，点了点头。

"东西已经收拾好了是吗？"周远转移了话题。

"嗯。"

周远："明天我不能去车站送你们。记住，照顾好你妈妈，自己也要顾好，知不知道？"

他不敢再在这里耽误太久，又想去路上走走，看看能不能碰到许宜，电话里，他真的不知道可以对她说什么好。

周远最后拍了拍儿子的胳膊，转身就要走。

手却被抓住，周远转过身，叹了口气，心情复杂地看向眼前始终低着头不肯说话也不松开手的儿子。

"爸爸都没发现，砚池一下子已经长成那么高的男子汉了。"周远笑着说。

他上前一把搂住已经比自己高一点的儿子，拍了拍他的背："爸爸有没有和你说？你一直让爸爸骄傲。"

周砚池被周远抱着，从前他总是抵触亲人间一切需要靠肢体接触表达的爱意，这竟然是他记忆里和周远的第一个拥抱。

周砚池紧闭着双眼。

"没事的，都会过去的。"周远像是在宽慰儿子，又像是在宽慰自己，"放心，等爸爸找你们。"

"我知道。"

周砚池最终还是没有让自己流下眼泪，只是声音已经沙哑得听不清楚。

"我会照顾好妈妈，等你来找我们。"

005.明年下第一场雪的时候，我就回来看你

第二天早上，祝佳夕没有让祝玲给她做早饭，拿上钱说要在校门口吃，背着书包就出来。

她推开门，就看到屋外清瘦顾长的背影，周砚池背对着她站在他的自行车旁。

听到动静，周砚池转过头对她笑了一下。

"我送你。"

祝玲早早起来，总还有些话想和许宜说，她得把祝嘉的联系方式给她，万一用得着呢？

她站在门后望着，看到佳夕先是站在原地没动，后来直接擦过周砚池身边，就这样一声不吭地往前走。

祝玲皱着眉，想要叫住佳夕，就看到屋外的周砚池对她摇了摇头。

"没事的。"他声音淡淡的。

祝玲看着女儿的背影，心里也跟着难受，大人都承受不了的离别，又怎么好叫小孩子轻易接受呢？

周砚池推着车，慢慢地跟在祝佳夕身后。

他看到她走到大院的一盏灯下，脚步突然顿住，路灯这个时候自然不会亮。

周砚池不知道她在看什么，就见她突然回过头，又低着头走到他身边，还是什么也没说地坐上了他的后座。

周砚池脚踩在脚撑上，回头说："扶好了。"

县城的人早在六七点钟就开始了新一天的忙碌，一出大院，巷子里到处都是行人在各家店面外买早饭的声音。

晴空万里，车轮经过从前上学每天会路过的元宵铺、摆满蔬菜的街道还有石桥。

周砚池车骑得慢，祝佳夕的手始终只是攥着他蓝色衬衫的衣角，身体僵直着侧坐在后座上，和他保持着一点距离。

这是第一次，周砚池载着她，她从头到尾没有发出一点声音。

不，也不能说没有声音，当车从石桥上下来的时候，周砚池清楚地听到了她在后面压抑着的哭声。

一开始只是微不可闻的声音，再后来，周砚池的后背都能感觉到她在哭。

周砚池的喉头发痛，手跟着颤抖，车头歪了一下又被他扶正。

但他只是听着，任凭从他们身边经过的人一脸怪异地回头望向他们，再望向身后哭泣的佳夕。

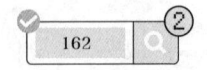

离校园最近的巷道里全是六年级的父母在送孩子上学，周砚池看着人群，不知怎么想起了佳夕上小学的第一天。

那时候，她因为自己不能和他一个班，哭得也很伤心，但是，很快就会过去了。

没关系，哭一哭就好了，哭泣是小孩子的权利。

越靠近校园门口，看向他们的人越多，周砚池停好车后，整个人挡在了佳夕的前面。

周砚池竭力将视线从她今早出来就肿得不行的眼睛上挪开，沉默了一会儿后，垂眸注视着佳夕，今天第二次笑了笑。

"没什么话和我说吗？"周砚池问。

祝佳夕听到他的声音，脸痛苦地皱着。

"你……是送完我就要走了吗？"

周砚池看了一眼表，又望向她："还有两个小时。"

阳光透过梧桐树叶间的缝隙照射下来，周砚池已经分不清佳夕脸上的是光斑还是眼泪。

"两个小时？"祝佳夕仰头看他，"所以，我中午放学回来就看不见你了，对不对？即使一打铃我就跑出来，也看不见你了对不对？"

周砚池只是无声地注视着她。

祝佳夕忽然想起昨晚妈妈来到她床边和她说的话，哥哥和许妈妈很难，如果不是发生了那样的事，他们不会走。

"那你跟许妈妈是坐飞机还是火车呢？"祝佳夕的声音发颤，喉咙发苦，眼泪还在掉，"火车要坐很久很久，你们会很累。"

"飞机，"周砚池目光闪烁了一下，"不用担心。"

校园里已经传来了上学的铃声，祝佳夕的身体瞬间紧绷起来。

"进去吧。"周砚池扬了扬下颔，"你的同学在等你。"

祝佳夕听着他的话，想起班级里，圆圆也已经不在了。

天好闷热，祝佳夕又开始喘不上气了。

"没有了。"她睫毛上沾着泪珠，哭着说，"现在你也要走了，我就再也没有哥哥，也没有好朋友了。"

周砚池努力克制着，让嗓音平稳："不会。"

祝佳夕小心翼翼地问："等你到了新地方，有了新朋友，会很快把我忘记吗？"

"不会。"周砚池看着她说。

"万一有，我怎么办？"

"不会有。"周砚池没看她的眼睛，第一次说，"在哪里，我都是你一个人的哥哥。"

祝佳夕口中小声重复着："永远吗？"她也以为他们永远不会分开。

周砚池看着她失魂落魄的模样，手伸进口袋，半晌将一个小小的方形布袋递到佳夕眼前。

"送给你。"周砚池手收紧又放松，轻声说。

佳夕泪眼蒙眬，路上越来越少的人还有耳边的铃声都在提醒她，周砚池要走了，这次是真的要走了。

她哭着推开他的手，断断续续地说："我不要礼物，什么都不要……我只想我们永远在一起，一起长大，不会分开……"

明明是布做的东西，落地却是"砰"的一声。

周砚池低垂着视线，盯着它看了一阵，才弯下腰将它捡起。

他把它握在手里，过了一会儿又重新放回了口袋。

"你以后是不是……不会再回来了？"祝佳夕终于问出这个她一直不敢问的问题。

周砚池看到校门口的门卫已经在看他们，他没有时间了。

"会回来，"他说，"你不是还在这里？"

祝佳夕却不敢再相信，她擦了擦眼泪，脆弱地说："你也说过，不会走，只要我需要你，你就会出现。"

"没有下一次了，以后都不会再骗你。"

周砚池低头看着她："现在是2007年初秋，我答应你，等明年这里下第一场雪的时候，我就会回来看你。"

祝佳夕眼睛眨着，眼泪还在不受控制地往外涌："万一，不会下雪呢？"

"一定会下的。"

她想说，半年好久，可还是说："好，可是如果那个时候你没有回来，我就再也不会等你，也不会原谅你。"

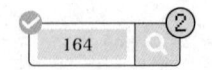

164

"这么严重?"周砚池笑着问。

祝佳夕又摇头,抽泣着说:"我、我可以等你到我的生日,你不要因为下第一场雪的时候没来得及回来,就再也不回来了好不好?"

周砚池点头,再开口时嗓音有些喑哑。

"别哭,你记不记得我送给你的那本《小王子》,它一共186页,你从今晚开始每天看一页,等到书看完,我就回来了。"

"好,从今晚开始,我会每天认真学习,认真看书,等你回来。"祝佳夕说。

"嗯。"周砚池最后一次揉了揉她因为哭泣而泛红的耳朵。

"现在,进去吧。"他说。

门卫已经在吹口哨叫人了。

祝佳夕只好往前走,她往前走一步,就要回头看一眼。

"你现在还不会走的,对吗?"

周砚池神色温柔地注视着她:"不会,我看着你进去。"

祝佳夕点点头,往前走到了门口,又忍不住回头看他。

门卫拎着她的书包,带着把她往里面推了一下。

"小朋友,都六年级了,不能像低年级的学生一样啊。"

说完,他又转头看向周砚池:"那边的是她哥哥吧?你赶紧走吧,再拖拉她就要迟到了。"

周砚池回神一般,说"好"。

他扶着车的把手,将车调转了一个方向,就听到佳夕着急的叫唤声。

"哥哥,你走了吗?你还在外面吗?"

祝佳夕站在校园里已经看不见他,她拉着门卫的手腕,央求道:"叔叔,不要关门。门外的是我哥哥,他要走了,我要送送他,我还有话没和他说完,真的,就几句话!"

门卫被她哭得为难:"回到家再和他说也不迟,你哥哥又不会跑了是不是?好了,别跟我们耍赖,快进去,有老师在看你呢。"

周砚池紧紧地握着车把,站在校门外的一棵梧桐树下,佳夕当时偷偷买了花栗鸭,好像就是站在这棵树下罚站一样等他。

周砚池听着她带着哭腔的声音忽远又忽近,仰起头望着身边的树,有什么

165

东西落了下来,他摸了摸脸颊,大概是树叶上的露水。

周砚池骑上车回了家,和妈妈一起拿上行李。
离开之前,他回望着那两扇门,再过三天,就整整十二年了。
时间过得真快,好像就是一眨眼的工夫。

大巴车厢内拥挤,空气不通畅,许宜买了两张位置临近的卧铺,周砚池递了一瓶在车站外买的冰水给她。
"你喝。"
"我有。还要坐很久,你拿着。"
车出发的时候,周砚池望向车窗外不断重合、走远的树木和房屋,发了很久的呆。
许久,周砚池收回目光,闭上了眼睛。
"佳夕,我走了。"他在心底说。

006.2008年的第一场雪

祝佳夕是在这一天里最为炎热的时刻回到家的。
她包里背着六年级的新书,慢吞吞地走进大院。
烈日当头,祝玲正在家里做午饭。祝佳夕听到家里的动静,但是并没有直接回家,而是停在了周砚池的窗口。
从小到大,她都很喜欢站在窗外,透过这扇窗跟他说话。
不过现在,这扇窗户没有了玻璃。
铁门没有上锁,看起来只是被房子的主人轻轻带上,就像是他们还会再回来一般。
祝佳夕推开门,没有在空荡荡的客厅停留,径直走进了周砚池的卧室。
房间里,只有哥哥的书桌上还摆放着两个纸箱。
祝佳夕拉开椅子坐下,好像从她上三年级开始,和周砚池坐在这个桌子上一起做作业偶尔会觉得拥挤。
现在,她双臂靠在书桌上,再也不会有人撞撞她的胳膊,让她往旁边挪一挪了。

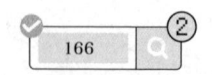

祝佳夕随手从纸箱里拿出最上面的一本。

好沉,原来是英语词典。

"我都有英语词典的,谁要你留哦。"她手摸着词典干净整洁的封面,自言自语地说道。

祝佳夕吸了吸鼻子,打算把周砚池留给她的两个纸箱搬回家,刚起身,她就发现书本的最上方有个信封。

她心跳加速,动作极快地将信封抽出来,看到厚厚的信封上面赫然写着三个字"小夕收"。

是许妈妈的信。

祝佳夕将信封撕开后,发现里面除了一张纸,还有一个厚信封。

她拿起信纸,从看到第一个字后,眼里的水汽又冒出来。

我最可爱的小夕:

  你好,在你看到这封信的时候,是不是已经成为六年级的学生了?许妈妈真为你感到高兴。

  小夕,你现在有没有在哭?有没有怪许妈妈走之前,都没有和你好好道别?

  原谅我,有些话只能在信里对你说。

  现在,许妈妈好像要去继续自己从前未完成的理想了。说给别人听,说不定会笑话许妈妈,笑我已经三十三岁,还在谈什么理想。但是我知道,小夕一定不会笑我的。

佳夕用力地捏着白色信纸,泪眼模糊地点头:"我不会笑的……"

  原谅许妈妈也带走了哥哥,不要生他的气。原本我不打算和你跟你妈妈道别,总是担心见面就放不下你们,想早早地离开这里。他不想走,我知道,哥哥他很想等你回来。他等了你很久。

泪水打在信纸上,祝佳夕擦掉信纸上的眼泪。

"我不生气,我就是害怕,害怕你们过得不开心……"她呜咽着说,"北

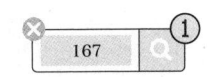

城好大,你们没有认识的人,觉得孤单了怎么办?"

自然不会有人回应她。

　　信封里的钱,记得帮我交还给你妈妈,告诉她,不要担心我,这些年,许妈妈还是存了一些钱的,倒是她要养育两个孩子,开销大不容易。
　　还有,小夕,你妈妈有没有告诉你,你出生的那天,我们这里下了雪。瑞雪兆丰年,所以许妈妈一直相信,你会健康快乐地长大。
　　一定会有再见的一天。
　　勿挂念。

许宜

2007年8月30日

日期那里的字迹已经被她的眼泪洇开,变得有些模糊,祝佳夕将信看了两遍后,无比小心地将信纸展平夹进词典中。

祝玲看着她昨天下午从银行提的八千块钱,好半天没说出一个字来。

其实昨晚许宜那么轻易地收下这笔钱,她也有点出乎意料,因为她原本已经做好要劝说许宜很久的打算,只是没想到,许宜到底还是没有要……

祝玲心里一阵感伤,只好将钱又放回包中,再看着面前蔫蔫的女儿,她伸手将她抱进怀里。

"别难过,总还是会见到的。"

祝佳夕在妈妈的怀里点头,半晌,她像是想到了什么才小声问:"妈妈,你说哥哥和许妈妈的飞机是不是已经要到了呢?"

祝玲听着女儿的话,欲言又止,最后也只是轻轻"嗯"了一声。

2008年元旦节当天,佳夕穿着厚厚的睡衣坐在自己房间的台式电脑前,将键盘敲得很大声音。

她太过投入,祝玲走到她身后,她都没有听见。

祝玲看着女儿窝在电脑前的背影,只觉得日历从去年下半年就撕得飞快。

时间好像在推着人走,最近报纸上总在报道,信号覆盖范围有限的小灵通用户开始锐减,按键手机将逐渐代替小灵通。

学校每个老师家里都有了电脑,祝玲想了想,也给女儿买了一台。

祝玲不知道女儿又在玩什么,凑近屏幕,看到网页搜索栏上的一行大字:南县今年一月会下雪吗?

祝玲在她身后笑出声:"我们家闺女现在真是家事国事天下事,事事关心啊。"

祝佳夕听到妈妈的声音,因为专注而紧皱的眉头骤然松了开来。

她回头对祝玲憨憨地笑,眼里是祝玲久没看见的光。

"妈妈,你说今年一月会下雪吗?"

"你妈是气象局的吗?"祝玲话是这样说,还是看向窗外,"但这天那么冷,肯定会下吧?我看快了。"

祝佳夕"耶"了一声,电脑同步响起了男人的咳嗽声"咳咳"。

祝玲先是愣了一下,很快才反应过来。

"你又在玩你的扣扣了?你们班主任一开家长会就提,不让你们玩的。"

祝佳夕摇头:"不是不是,我是帮圆圆挂着的,她想要快点升级。"

她熟练地打开QQ聊天页面,两根食指敲着键盘回了一句"不是本人"后,又把圆圆的状态改成了隐身。

祝玲半信半疑:"好,妈妈花钱给你买电脑是相信你啊。你早点把作业做完,老对着电脑不好。我回趟老家。"

"好。"祝佳夕知道,妈妈要回去看王辰轩了。

不过她也知道,爸爸妈妈这样来回跑的次数不会太多了,因为他们去年底为了能够早点把王辰轩接到身边照顾,在她的小学附近买了套三室一厅的房子,今年下半年就可以搬进去。

她一点也不想搬走。

祝佳夕再次看向电脑屏幕。即使圆圆四个月前去了南城,但佳夕和她并没有断了联系,她申请了QQ以后加的第一个好友就是圆圆。

有时候,佳夕看着自己的好友分组,总是忍不住想,从前周砚池在的时候,为什么从来没想起让他申请呢?至少这样,她还可以知道他跟许妈妈过得怎么样,只要早几个月……祝佳夕失落地想着,但是很快,她决定要乐观一点。

她伸手打开窗,冷风瞬间窜进了她的脖子,冻得她一个哆嗦。

她久违地对外面笑着喊道:"拜托再冷一点点!我不怕!求求你快快下雪吧!"

祝玲还在客厅收拾东西没走,她冲她那个心情一好就开始发疯的女儿说:"你不怕,你妈怕,赶紧把窗户给我关起来!"

2008年1月13日是个周日,祝佳夕在房间弹着古筝,休息的间隙就听到屋外,妈妈在和朱阿姨说话,她一下听到了"下雪"的字眼。

她起身就往外面冲:"下雪了吗?下雪了吗?"

朱阿姨本来在嗑着瓜子,被她吓了一大跳,瓜子仁差点卡在喉咙里没咽下去。

祝佳夕推开大门,就看到屋外枯败的落叶被寒风吹得从地面卷起来。

除此之外,什么也没有。

祝玲催促着她赶紧关门:"冻死了。你怎么了?妈妈和阿姨在说南城今早下雪了,我们这里没下。"

"哦。"祝佳夕沮丧地回到房间。

朱阿姨笑了:"还是小孩子呢,哪有小孩不喜欢雪的?"

不过,2008年南县的第一场雪并没有让佳夕等待太久。

1月14日下午五点,南县小学的楼道下面传来了此起彼伏的低年级的欢呼声。

"下雪咯!下雪咯!"

祝佳夕闻言几乎把脸贴到了窗户上,她看到白色的雪绒花不断从天空中飘落,只觉得欣喜得好想哭。

放学铃打了,偏偏班主任开班会课拖堂又拖了好久,等到她说了放学,祝佳夕也不管自己书有没有带齐,拎上包一路小跑到学校门口。

她气喘吁吁地看着校门外拥挤的人群,纠结着要不要坐三轮车回去,这样好像会快点。

刚走出校门,祝佳夕就碰见了同班的孟祺。

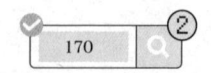

"你跑这么快,小心滑倒啊。"

"我得快点回家。"竟然有人比她还快出来?

孟祺拍了拍自己自行车后座:"顺路,我把你送到桥下面?"

"我明天把数学作业给你抄!"

祝佳夕坐上后座后,隐约听到有人在叫她的名字,她从风雪中回过头,看到是邻班的班长在跟她说话。祝佳夕打了个招呼,很快又难掩兴奋地收回目光。

她马上就要见到周砚池了。

这个傍晚,祝佳夕不顾祝玲劝阻,固执地搬个小板凳,怀里抱着已经翻来覆去看了几遍的《小王子》,像门神一样坐在家门口,这一坐就坐到了晚上十点。

临睡前,祝玲看到佳夕身体在发抖,鞋子一看就已经被雪浸湿透了,还一动不动地坐在那里往外看。

她来气地掸掉佳夕身上的雪:"你在这里演白雪公主呢?还赏雪?你是能写首诗出来还是怎么样啊?脸和手都冻成这样了,以后老了再得关节炎!赶紧给我进屋去!"

祝佳夕最后看了一眼大院门口,郁郁寡欢地回了卧室。

她的手脚已经冻僵到没有了知觉,费劲地从抽屉里找出周砚池走前那个晚上连带着英语语文错题集一起送给她的新日记本。

她失望地在日记本上写着:哥哥是大骗子,我再也不会相信你了!

祝佳夕没想到的是,一月下旬,南方的这场大雪竟然变成了旷日持久的雪灾……

她看着新闻里各地严重的灾情,只觉得后怕极了。

她用力地涂掉日记里的"大骗子",伤心地写:

雪好大,太危险了,你还是不要回来了,我不会生气。

而且我也有答应你但没做到的事情。说好一天只看一页《小王子》的,我好像一周就看完了……所以我不怪你。还有,哥哥你肯定不知道,后面那么多页都是我看不懂的英语版和法语版的!

　　嗯,我可以等到我生日,如果我生日还在下雪的话,我会一直等你到春天结束的那一天。你可以等天气好了,慢慢地回来。

　　哥哥,你还好吗?我很想你。

　　Good night!

只是,2008年南方的冰雪在二月底消融,佳夕十一周岁的那一天,没有等到周砚池。

直至春天彻底过去,祝佳夕都没能等到她想等的那个人。

第七章　北城

001. 我以前很可爱吗?

2008年8月30日,祝佳夕脚边放着四个包,手里握着两根水笔,站在周砚池家的大门前。

去年的今天,周砚池和许妈妈离开了这里。没想到一年过去了,也没有新的老师住进来,而他们也没有再出现过。

祝佳夕站在这里,仰起头望着头顶的路灯,心里不知道多少次发问:"你们还好吗?我有点担心。"

在等待周砚池回来看她的这段时间里,她的内心已经从最初对他失约的伤心失望转变成了担忧。

不过妈妈说,有时候没有消息就是好消息。

"你还站在那里干什么呢?你先是说住到北城奥运会开幕式就搬过去,妈妈答应了你,现在又一拖拖到今天,明天你就要开学了,马上都是初中生了,不能再和妈妈赖皮了啊。"

王平带着儿子上个月就已经搬进新家,祝玲不放心女儿,一直陪她在这里住着。见她呆呆地站在许宜家门口,祝玲不是不知道她在想什么。

从第一次和女儿说起要搬家的事,祝玲就看出来她满脸的不情愿。

祝玲知道她舍不得这里，但人总是要往前走，养成得再深入久远的习惯都会被时间改变。就像她从前每个不忙碌的晚上，都会和许宜坐在一起看两集电视剧，现在没有了她，日子不还是要过下去？

"妈妈，你再等我五分钟，不，就两分钟。"

祝玲看到女儿手里拿着一根红笔，不知道她准备对许宜家的大门干什么。

"你就算要写'到此一游'也在我们家门上写啊。"祝玲说。

祝佳夕没有说话，只是盯着这扇门上残留的突兀的红色油漆。

哥哥走了以后，她有次听妈妈跟朱阿姨聊天才知道，原来，有人来这里泼了漆啊……

即使这扇门后来被用更深的颜色盖住，但是，还是有一小块红色没有被遮住。

祝佳夕抬手，用红色的记号笔在上面涂了一圈又一圈后，又用黑色记号笔画出玫瑰花的花瓣、茎还有叶子。

画完以后，她注视着眼前的这朵玫瑰花，以后经过这里的人，应该不会误会这个房子的主人，也不会对他们留下不好的印象了。

走之前，祝佳夕在地上捡起一个小石子，不死心地在门边的墙上一笔一画地写下：QQ93×××××××。

祝佳夕想，只要哥哥回来的话，他就一定会看到，他也一定会懂。

这个时候，祝佳夕依然还是这样相信的。

2010年7月中旬，祝玲心血来潮在客厅整理书柜，祝佳夕躺在自己的卧室正准备午睡，就听到家里好像来了人。

房子隔音一般，她听见好像是二堂姑的声音。佳夕没见她几次，却一直没能忘记她，因为她的嗓门实在是太大了。二堂姑好像在和妈妈抱怨三堂叔和人赌钱又欠下了好多钱。

祝佳夕戴上耳机，不过她并没有听音乐，只是想要隔离掉一点噪声。自打搬进这里，她给自己找到了一个爱好：睡觉。

祝玲总爱叫她没事多出去转一转，晒晒太阳也好，但是王辰轩实在太能鬼叫，佳夕听得头疼，只想待在自己的房间里。

只是很偶尔的时候，佳夕还是会想到，她刚出生的时候是不是也这么爱哭爱闹，身边的人会不会也被自己吵得睡不着觉呢？

但是想这些，好像已经没什么意义了。

不过，祝玲自打发现佳夕爱睡觉以后，个子也随之蹿到将近一米六五，对她这个无伤大雅的爱好也就再不插手了。

天气闷热得人心浮气躁，即使窗户关着也阻隔不了热气，祝佳夕最后还是打开了空调。

就在她快要忽略屋外的谈话声，差不多就要睡着的时候，房门突然被人从外面打开。

"哎哟，现在的小孩多会享受啊，还开着空调睡觉。"

私密的空间骤然出现了别的声音，而且还是在她这么困的时候，祝佳夕有点生气，不开心地皱了皱鼻子。

她把身上的被子掀开，直起了身，就看到站在二堂姑身后的妈妈对她说："闺女，你二姑来看你，有没有叫人啊。"

祝佳夕没精打采地说："二姑好。"

"哎。"

王茹应完声后，并没有走，又打量了一圈佳夕的卧室。

"你爸你妈疼你哦，给你的卧室不小呢。"

祝佳夕闻言，不知道应该回什么话。

王茹一眼就看到摆在墙边的古筝："我到现在是不是都没听过你弹古筝啊？这古筝考到几级了？能不能给姑姑露一手？"

祝玲看女儿没说话，笑着回道："五年级的时候就过了十级了。"说完，她眼神示意佳夕把指甲戴上，给姑姑弹一首。

祝佳夕嘴巴扁起来，每次只要家里一来人，她就一定要像马戏团的猴子一样给人表演。

祝玲知道她不想弹，走近摸摸她的头，对她耳语："晚上妈妈带你出去唱歌。"

祝佳夕只好不情不愿地下床，戴上了指甲，应付地弹了一段《林冲夜奔》的开头，就停了下来。

"后面有点吵，再弹下去可能会把他，就是弟弟吵醒。他吃完饭，好不容易被妈妈哄睡着。"祝佳夕找了个借口。

王茹本来也就是听个新鲜，夸了夸佳夕。

"好，弹得不错。"

王茹说完，转身又往客厅走去。祝佳夕见门就这样半敞着，叹了一口气，起身去关门。

走到自己的房间门口，她听到二堂姑的声音还在奇怪，王辰轩睡得好死哦，怎么还没被她吵醒？

"哎，这些六年级的教材能不能给我带回去？你也知道，小华子明年就小升初了。"

祝玲声音很爽朗："行，这些你都带回去，反正也用不上了。等到辰轩再用，还有好多年呢，教材早就换了。"

"哈哈，谁说不是呢？哎，这个英语的笔记本，还有下面这几本我也拿走了啊，我儿子那个英语差得跟狗屎一样。"

祝佳夕本来没有在意，门已经关上了一半，但是她忽然想起了什么，推开门急步走出去。

她走到客厅摆满书的桌子，就看到二堂姑手上正拿着的那一本就是周砚池给她整理的英语错题集。

"这本不能给你，二姑。"祝佳夕说。

她对二堂姑伸手，神色看起来非常认真。

"对不起，我自己的都可以，但是，这几本我不能给你。"

王茹真是没想到自己会被十三岁的小辈这样不留情面地拒绝，她心里觉得没面子，又怪祝玲没教好小孩子，表情也变得不太好看。

"为什么啊？二姑拿回去也不是玩的，是想帮你弟弟提高学业的。再说了，你现在不是已经毕业了吗？这些都没用了，怎么不可以大方一点，帮帮你弟弟呢？"

祝玲整理东西的手早就顿住，一开始听到佳夕直接拒绝了王平的堂姐，自己还有点难为情，不知道女儿为什么这样。可是听王茹的话，祝玲不知道怎么回事，心里一阵不舒服，但是这不舒服又不能明晃晃地表现出来，毕竟大家都是亲戚，有些面子还是要顾及的。

她走到佳夕身边询问道："我们马上都上初三了，留着这些还有什么用吗？"

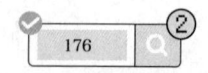

祝佳夕咬着嘴唇，半晌还是那句话："这些不可以。"

这是周砚池给她准备的，只留给她一个人的。

王茹见祝佳夕都要哭了，也觉得没劲，搞得她像在欺负小孩子一样。

她随手将手里的东西丢到一边，笑着对祝玲说："没事没事，我还能抢小孩子的东西不成？我就拿这些，这些反正就够了。"

祝玲尴尬地笑笑，轻拍了两下女儿的背，问王茹："二姐，我车库有不少好茶叶，你家喝不喝，我下去给你拿一点？"

王茹点点头："你家要是多的话，我可以拿点走，不过不要多啊。"

"好，你在这里坐着歇歇。"

祝玲出去以后，王茹在沙发上坐下。

她看到佳夕站在原地，怀里还抱着那个笔记本。

"还当宝贝呢？放心，姑姑不会拿走的。"她拿起茶几上的电视遥控器，打开了电视。

祝佳夕低着头，默不作声地在一堆书里找东西。

王茹瞟了她一眼，又望向电视。央视的农业农村频道正在播放扶贫纪录片，画面里十几岁的女孩正背着她的弟弟上山采药。

背景音正介绍着这个女孩为了照顾年幼的弟弟早早就辍学，每天走到哪里就把弟弟背到哪里。

王茹看到这里，颇为感动地说："这穷地方的小孩就是早当家，太懂事了。"

见佳夕还杵在那里，她问："嘿，看没看到电视上的这个姐姐，比你大不了几岁。长姐如母，以后你对你弟弟也能这么好吗？"

祝佳夕把找到的几本书摞到一起，这时才回神般出了声。

"我不能。"她的声音听起来很平静。

王茹听到她的回答，声音有些不屑："我看也是。"

她心里暗暗想着："现在的小孩啊，真的是一代不如一代。"

祝佳夕将本子抱起来，准备回自己的房间。

转身之前，她朝向王茹，心平气和地问："姑姑，您可以吗？"

王茹一愣："我可以什么？"

"我刚刚听您和妈妈说三堂叔赌钱欠了好多钱，既然您对弟弟那么好，会帮他还钱吗?"

王茹盯着佳夕,听她的语气像是带着气,又像是真的只是在好奇,但王茹还是因为她的这个问题来了火。

"你一个小孩子……"她皱着眉头。

祝佳夕继续说:"我一点也不觉得您应该帮他还,所以,我觉得别人也不应该要求我对我弟弟怎么样。"

王茹被她讲得脸都红了,不知道应该回什么,就看到佳夕指了指茶几。

"您慢慢看电视,水果在茶几下面,我进去了。"

王茹看着她的背影,忍不住感叹:"小时候从来没见你犟嘴,真是越大越不可爱了。"

祝佳夕的身影一滞,但是很快,她装作不在意地回了自己的房间。

她就这样,将拿进来的书一本一本放进自己的抽屉里。

不知道二堂姑一会儿会不会跟妈妈告状,希望妈妈不会骂她。

祝佳夕也不知道,自己这样做是对还是错。

她迷茫地摸着英语错题集的封面,上面积了一层灰,当初他送给她的时候,还是很崭新的。

"好多人都说我现在的性格没有以前可爱了,你说,我是不是真的变了很多哦?"

她拿纸巾擦掉书上的灰,不知道在问谁:"我小时候有很可爱吗?你还能记得吗?

"但是,我其实,好像已经快忘记了……"

002.最想见到的人在终点等你

2010年10月29日下午,祝佳夕忐忑地站在塑胶跑道上。

"上节课打过预防针了,今天体育课只做一件事:女生八百米,男生一千米测试。我去拿个秒表,体委组织做操拉伸一下。十分钟以后先测男生后测女生,测完大家就自由活动。"

体育吴老师语调生硬地宣告这节课的内容,擅长跑步的同学恨不能立刻跑完就去玩,但班级里绝大多数的人都像祝佳夕一样苦着一张脸,唉声叹气。

江淮省的教育局从去年开始突然重视起音、体、美这三科,甚至体育的成绩也计入中考升学总分，满分40分。

其中有一项占10分的必考项，就是女生八百米和男生一千米的中长跑。

这对于绝大多数把一天跳一次《舞动青春》当成锻炼的学生来说简直是一个噩耗。

去年佳夕学校体育的满分率只有不到80%，所以今年，体育老师提前半年就开始为明年四月的体测做起了准备。

吴老师担心这群学生不认真对待，故意唬他们，说这一次测试也会算进中考总分里，不过他是真的没想到这群学生都傻乎乎地相信了，一点怀疑都没有。

口哨声响起后，祝佳夕看着班里的男生窜天猴似的一窝蜂地飞了出去，她看着他们面目狰狞的样子，发愁地扭着脚脖子。

她倒不担心自己一会儿也像他们这样跑得难看，只是平常，她在跑道上跑半圈都气喘吁吁，像是要死了，让她跑完完整两圈，她真的想象不出来。

她这辈子还从来没有一口气地跑完八百米……

三分钟过后，班里已经有几个男生到达终点，吴老师对身后的三十个女生苦口婆心地交代：

"一会儿不要像开头那几个人一样没头没脑地往前跑，八百米不算短，考验的除了体力，就是耐力，前面稳住，最后两百米再冲刺，知道吗？"

祝佳夕有气无力地跟着大家一起回道："知道……"

五分钟过后，吴老师见站在里圈的几个人还没开始跑，脸已经白得跟墙一样，忍不住笑："好了，放松点，现在都在这条线后面站好。"

"算了，老师也不逗你们了，这次就是一次测试，不算进总分，一个个紧张的。"

"听口哨，三，二，一！"

随着哨声响起，祝佳夕一直在脑内重复着老师刚刚说的话，即使所有人都在最前面冲，她也要稳住，要把体力留到后半程。

只是，心里是这样想，但身体却不受她的控制。在越来越多的人超过自己以后，她还是受到了影响，也不由得加快了脚下的步伐……

不知过了多久，一圈还没有跑完，祝佳夕已经感觉口中出现了铁锈的血腥味，吸进了很多风以后，喉咙又干又疼。她看到视野里模糊的银杏树，觉得自己好像是树下泛黄失去水分的落叶。

腿部像是灌了铅，跑完一圈以后，祝佳夕已经跑不太动了。

好累，腿已经是在惯性地往前移动了，她好想不管不顾地躺在地上啊。

吴老师也怕这群从来不怎么运动的学生乍一跑这么远，体力不支受不了，一直在外圈跟着她们跑。

"把嘴巴都闭上，不要用嘴巴呼吸。"他用喇叭说道。

祝佳夕这时才闭上了嘴巴。

她费劲地喘息着，听到吴老师在不远处对她们叫着："离终点就还剩一半了，不要看脚下，往终点看。坚持不下去就想象一下，想着你们现在最想见到的人就站在跑道尽头等你们呢。"

不少坐在人工草坪里的男生闻言起哄地笑了起来，互相推搡着。

"哦——"

"你去啊！"

"你怎么不去！"

祝佳夕这时才抬起一直看地面的头，她努力地睁大眼睛往终点看过去，就好像此时此刻，老旧的篮球架下，真的有一个个子高高的、穿着蓝色衬衫的身影驻足在那里，很安静地等她……

佳夕没有想过，她人生第一次八百米，压线及格了。

周五轮到祝佳夕值日，等到她扫完地出了教学楼以后，整个校园里除了广播室的喇叭在播放着《烟花易冷》，基本上听不到什么其他声音，学生早就已经走得差不多。

祝佳夕看着地上自己的影子，心不在焉地往家的方向走。

走了一会儿，她觉得不太对劲，再抬起头，她看到了已经好久没有见到的元宵铺子。

原来，她走回大院了啊。

刚搬家的那阵，每天放学以后，她总是有意无意地往这里走。后来妈妈见她回家总是有点晚，还以为她早恋，每天放学之后和男生轧马路，扬言她再迟回家就每天接送她。

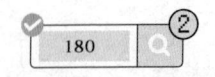

只是后来，没有妈妈要求，祝佳夕也很少再往这里走了。

本来就是完全相反的两个方向。

她看着眼前大门紧闭的元宵铺，门缝上还结着她很讨厌的蜘蛛网，有一阵恍惚。她上小学的时候，这里的生意很好的，现在也开不下去了吗？

祝佳夕收回视线，久违地往她住了十多年的地方走去，刚刚走近，她已经看到空气中飞扬的尘土。

她的脚步不自觉地放慢，心里有些近乡情怯，还有一种不好的预感。

等到她走进门口，远远地往里看过去，就看到一架黄色的挖掘机就在大院中心，"轰隆"一声，一个小角落就这样被移平。

她毫无心理准备地看着眼前的一切。她从前的家没有了，铁门上的红玫瑰没有了，记忆中的所有都幻化成了眼前的废墟……

她看着面前的残砖废瓦，只觉得时间好像慢了下来。

从前在这里长大的画面已经不再完整，祝佳夕竭尽全力地回忆，留在脑海里最清晰的画面还是周砚池临走前的那个晚上，他在超市的各种灯泡前徘徊了好久的侧影。

但是那几个昂贵而明亮的路灯，只陪伴了她一年，现在也只剩下头顶的一盏。

身边的施工工人拿着水站在一旁喝，见她呆呆地站在这里，随口搭腔，说这里以后会被建成县城最大的图书馆，外面那些卖早点的店铺很快都会被拆掉，会被建成美术馆。

祝佳夕听出他语气里的自豪，点了一下头。

"真厉害呀。"她说话的时候喉咙有点发酸，像是今天跑八百米的后遗症。

原来，房屋被推倒，敞开任人碾平是为了新的希望吗？好像它的美只为碎裂的一刻。

心里空落落的，祝佳夕转身逃走了。

003.他回来过

祝佳夕回到家的时候，祝玲和王辰轩已经在家。

王辰轩今年九月上了幼儿园，老师最近在教小孩子涂鸦，半小时前，祝玲刚把儿子接回家,他就拿着蜡笔在桌上画画。

祝玲看他能够静下来画画也很高兴,想着等他再大一点就给他报个美术班上着玩。

她就坐在他身边看他画了十分钟后,闲着没事玩手机。

之前她还不会用手机上网,暑假的时候被佳夕教会,现在也能使用一点简单的功能。

"今天回来晚了点啊?饿不饿?妈妈煮点水饺给你吃?"祝玲问。

祝佳夕摇了摇头:"今天值日的,我还不饿。"

祝玲说"好",看儿子又想把蜡笔头塞进嘴里,皱着眉头拍了一下他的手。

"姐姐。"王辰轩抬起头,叫了一声后又低下头继续画自己的画。

祝佳夕"嗯"了一声,换了鞋直接回了自己的房间。

进到房间,她在书架里翻箱倒柜地找东西,只是,祝佳夕已经把自己房间的角角落落都翻遍,还是没能找到她的书。

祝佳夕又走到客厅,站在客厅的书柜面前问祝玲:"妈,你有没有看到我的一本书,黄白色封面的《小王子》,我怎么也找不到了。"

祝佳夕只害怕家里人来人往,书被别人拿走了。

祝玲有点印象,但一时又没对上号,只怪家里的书实在太多了。

"你房间没有的话,应该就在书柜里,肯定没有别人拿。要不要我帮忙?"

祝佳夕神情紧张:"我先自己找找看。"

祝玲百无聊赖地在搜狐网刷着娱乐新闻,一眼就看到小图上是她这几年很喜欢的香港男演员。原来他拍了新电影,而且已经在内地上映好几天了,她都不知道。

"小乖?"

坐在她身边的王辰轩"哎"了一声。

祝玲笑:"妈妈喊的是姐姐。"

祝佳夕这时才"啊"了一声。

祝玲回过头,问女儿:"周末妈妈带你和弟弟出门看电影怎么样?"

说完,祝玲又担心这个电影万一全程都是讲情情爱爱的,不适合小孩子看怎么办。她准备去搜一下预告片看看再做决定，就听到女儿在背后松了一口气的声音。

祝佳夕终于在书柜二层的好几本书下找到了她的书，她露出笑容，将书抱在胸口回答说："好。"

祝玲听到她带笑的声音，也跟着轻松起来，笑着调高了手机的音量。不过等她点开视频，祝玲才发现这好像是电影的宣传曲。

祝佳夕神情专注地看着这本书，好像有一年没有再打开过它了。

有两次，她记叙文里引用过这本书里的话，作文罕见地拿了不低的分，平常，她只有写议论文，作文分数才能像话一点。

她动作温柔地打开书封，望向扉页。

祝佳夕记得这页上的每一个字，只是这一次，她再看过去，眼里只剩下错愕。

她沉默地站在原地，扉页正下方原先用铅笔写的两行字她找不到了，转而代替它们的是用蓝色圆珠笔写下的几个歪歪扭扭的大字：王辰轩小（2）班。

祝佳夕眼睛一眨不眨地盯着扉页里仅存的这行稚嫩的字，建设了许久的心理防线终于在这一刻崩塌。

祝佳夕的心揪了起来，她紧紧攥着书，激动地走到还在画画的王辰轩面前。

"谁让你在我的书上写你的名字的！"她用她从没用过的严厉语气质问道。

她听到自己的声音都在颤抖。

还在画画的王辰轩被祝佳夕的骤然变大的嗓音吓得在座位上抖了一下，他迟钝地抬起头，意识到她是在和自己说话后，手里的笔都掉了。

他缩了缩脖子，求助地看了一眼妈妈，又望向祝佳夕手里的书，支支吾吾地说："我……书，我的，不知道。"

一句完整的话还没说完，他的眼泪已经落下了。

祝玲本来还在看手机，这时也发现不对，连视频都没来得及关，赶忙把手机搁到一旁。

她站了起来，问道："怎么了？怎么了？别激动，有话跟弟弟好好讲。"

祝玲掌心覆在儿子的头上，走到女儿身边，看到她还是身体紧绷地站着，

183

就像是被踩了尾巴的猫。

"你知不知道这是我的书？谁同意你在上面写你的名字了？"佳夕像是根本听不到妈妈的话，她的大脑里一片空白。

祝玲看到儿子瑟瑟发抖的样子，心疼地把他搂进怀里："别哭，别哭。"

她再看向女儿，很想对她说，不要和这么小的孩子计较。放在以前，祝玲肯定早就训斥女儿了，可是现在的她没办法不多想。

祝玲只好努力耐下脾气，说："这是你的书？都怪妈妈不知道，上个月你弟弟的班主任要求买几本童话故事，我看家里有，就给他带上学校了，名字可能也是老师教着写的。辰轩，跟姐姐说，是不是？"

祝佳夕无助地站在原地，她再低头看着扉页，那两行铅笔字本来就在经年累月中，淡得看不清楚，现在上面被覆盖上了深深的蓝色，那些字就好像从来不曾存在过。

她突然崩溃地问："为什么总是这样？我的玩具、我的画笔、我的球拍，还有我的……我已经全部让给你了，因为我大，我不可以跟你计较，你要就全部拿去啊！可是为什么……"她受不了地蹲下身，这些话已经耗光了她所有力气，她已经讲不下去。

这是她六一儿童节的礼物，是她的最后一个儿童节礼物了……

为什么要这样呢？

祝玲左右为难，她叹着气弯下腰哄女儿。

"好了，别生气，别难受，一本书而已，妈妈明天就带你去书店买，买一本一模一样的，行不行？"

祝佳夕什么也没说。

空气里除了手机里还在浅吟低唱的女声，和男孩的抽泣声，什么也听不到了。

祝玲被这音乐唱得心里难受，想要关掉，又听到钥匙在门锁里转动的声响。祝玲惆怅地看着自己的两个孩子，前所未有的无力。

她往大门口看过去，看到王平手里提着一盒盐水鸭。

他关上门，把钥匙丢在玄关，神情轻快地对祝玲开口："哎，你听说没？许宜今年初还是去年好像带着砚池来学校把学籍转去北城了。"

祝玲一听到王平说的话，心道：坏了！

她忙对他使眼色摇头，只是王平低着头换鞋，根本没有看见。

他还在问："他们回来联没联系你啊？"

"啪嗒"，是书本砸到地面的声音。

听筒里的女声还在这静默无言的空间无情地流淌：

谁人谈"再见"再不见面，
谁人谈"永远"永不兑现……

祝佳夕终于抬起头，她听到自己的声音在问："他们回来过吗？"

004.以后，我不会再想你了

"他们肯定回来过啊，不然你周哥哥的学籍怎么转去的北城？看来他们以后就定居北城了。"王平回答女儿。

他换好鞋，拿上盐水鸭，正想问祝玲，许宜几几年出生的，如果还没有三十五岁，大概率就是进入了国企或者央企，靠积分落户北城。

不过王平没来得及问，就看到家里的两个孩子，不是蹲在地上，就是坐在椅子上哭。

"你们干吗呢？"王平目光投向祝玲，得到了她的一个白眼。

"一到家就废话那么多！做饭去！"

王平一猜，估计是儿子又犯了什么小错误。

"怎么蹲在地上？起来啊，明天带你们去逛超市，家里零食是不是都吃完了？"王平走过去，揉了揉女儿的头，又把儿子捞起来，抱进怀里。

"告诉爸爸，你又干什么坏事了啊，小坏蛋。"

祝玲看女儿神情呆滞，知道她听到这个消息一定会难受。她今年初听同事提起许宜回来过，却没联系自己，心里也埋怨了许宜好一阵。

祝玲轻声问佳夕："不饿的话，现在妈妈带你去买书？书店应该还没关门。"

祝佳夕这时才像睡梦中被人叫醒一般抬起了头。

"不用。"她说。

祝佳夕捡起地上的书，随手放到桌子上。

"他不是想要吗?"她平静地说,就好像几分钟前的爆发没有发生过,"给他好了,我不要了。"

说完,她没有看祝玲,转身回了自己的房间。

祝佳夕将门反锁后,把背靠在房门上。

祝玲不放心,又过来敲门。

"女儿,有没有什么想吃的?晚上想吃炒饭还是喝粥?"

祝佳夕摇头:"我不饿。"

"好,那妈妈把饭给你留着。"

祝佳夕听到妈妈在门外的叹息声。

"人往高处走,如果有机会,有这个能力,妈妈也想把你们送到北城上学,他们没来找我们,一定有他们的难处。别难受啊。"

祝佳夕没有说话,她看向凌乱的书桌。

刚刚因为找书,各种东西堆满了桌面,那个厚厚的日记本在里面是这么显眼。

祝佳夕走到桌前坐下,她最后一次写日记还是二堂姑王茹来她家的那一天。

她一页一页翻过去,最开始她总爱以"哥哥,我很想你。Good night"收尾,再后来,连"哥哥"都很少见,就只剩下"Good night"了。

她收回目光,拿起了笔,一个字一个字,非常端正地写:

好像很久没有写日记了。因为,每一天也没有什么特别的。今天下午,我们班级跑了八百米,明年中考要算进总分的,不知道北城是不是也这样?你知道的,我跑步好慢,跑一会儿就不行了,不过你也可能忘记了。体育老师为了激励我们就对我们说,想象心里最想见的那个人在终点等你。我其实已经有段时间没有想起你了,你不回来,总是想你的话,我会很难过。但是有一瞬间,我觉得自己好像真的看到你了,你还是穿着走之前穿的那件蓝衬衫,然后,我跑完了。等到跑到终点我才发现,那里除了一棵树,什么都没有。也没有任何人看到你。我好蠢,那么久过去了,我都已经长到一米六五啦,你怎么可能还是走之前的样子呢?

等到明天早上,你和许妈妈就已经离开这里三年又两个月了。2008年的雪灾以后,这里又下了十三场雪。我们以前住的房子被拆掉了,还有,你送给我的《小王子》上的字也不见了,但是这些,根本不重要的对吧,反正你也不会回来了。不对,听爸爸说,你和许妈妈回来转走了学籍,那我再也不用担心你们了。

  你回来过,只是不会回来看我了。我把我想得太重要了,对不对?其实我对谁来说,都没有那么重要的。

  你走的时候不应该骗我的,这样,我就不会一直等你了。你可能不知道,被等的人没有关系,可是在等的人一直一直等不到,是一件很伤心的事,以后不要再骗人了。

  以后,我也不会再想你了。

祝佳夕写完以后,擦了擦眼睛,合上了日记本。
她将它放进了抽屉的角落,祝佳夕知道,她不会再打开这个本子了。

初三这一年过得飞快,转眼已经是2011年的春天。
5月2日,祝玲让王平把儿子带出去转转,转到晚饭时间再回来。
"要让我知道你带他去看人打麻将,我让你死。"祝玲说。
王平厌烦地皱眉:"整天死不死的,我看个屁。"
祝玲把两人轰走以后,在客厅陪着祝佳夕复习。还有一个半月,女儿就要中考了。
好在地理、生物这两门弱项在初二已经考完,祝玲只用帮着女儿过一过语文、政治和历史。
祝佳夕在一旁背着文言文,祝玲手里拿着她这一年写的作文在研究,平常说话都是很有逻辑,文字也没大问题,就是这记叙文怎么总是走题呢?
她看女儿作文的开头,思索着说:"你以后想写世事变幻无常,不要老用'世事无常',可以换个稍微高级点的说法,比如说'白云苍狗'?我作为语文老师,看到会觉得这个学生水平不错,后面不仔细看,有可能会给你高分。"
她说完话后,看向女儿,就看到女儿一脸茫然地对着她。
"啊?什么……狗?"

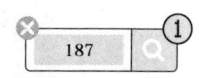

祝玲叹了口气："算了，你继续背文言文，当妈妈没说。"

下午三点钟，祝玲开始提默佳夕的文言文。

"'佳木秀而繁阴'上一句。"祝玲问。

祝佳夕"吭哧吭哧"地在本子上写，门铃突然响了。

"等等，我看看是谁。"

祝佳夕说"好"。

等祝玲一起身，她有点想去偷瞄一下书，又忍住了，是"野芳发而幽香"吧！

"哎哎哎，这谁来了？闺女，看看是哪个阿姨啊。真的，太久没见面了！"

祝佳夕一边默写，一边抬起头，她看到了很久没见面的朱阿姨。

"朱阿姨好。"她客气地打招呼。

"闺女好，都快十五岁了吧！有年头没见了，真是更漂亮啦。"

祝玲笑着把朱敏拉到客厅的沙发上坐，让女儿先自己再看看书。

"快坐，我去洗点水果给你吃。"祝玲热情地说。

"不用忙活，我就是顺路走到这里，给你打电话没人接，又问了王平，知道你在家，才上来看看你。"

自从2009年，祝玲因为各种原因申请调动到小学以后，两人已经快两年没见过面。

朱敏问："闺女去年地理和生物考得怎么样？"

祝玲把冰箱里切好的凤梨端出来，开玩笑地说："你这人怎么回事？一上来专门挑人弱项问呢。"

朱敏吃惊地说："那我真是没想到啊，你记不记得你以前老挂在嘴边的，闺女考语文，回答问题写什么'植物的向光性'，哈哈哈，我们当时不都说，这孩子以后生物一定是强项嘛。"

祝玲也跟着笑："哈哈，你记性真好，不提我都快忘了。"

祝玲又望向坐在不远处复习的女儿："你朱阿姨说的事情，你还记不记得？"

祝佳夕看向朱阿姨，不好意思地笑笑。

"不太记得了。"

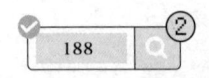

久未见面的两个人，除了聊聊共同认识的老师，最后还是聊起了自己的孩子。

"我们家小敦去年考得差死了，我又让他留了一年，和你们家佳夕现在变成了同届呢。"

祝玲安慰她："小孩子人品最重要，能学得开心最好，成绩都是次要的。"

朱敏不知道祝玲这两年是想开了，还是在说漂亮话。

"哎，话是那么说，但是我们江淮省竞争太大了，学生累，家长也累，你考不到一个好高中，就读不到好大学，往后工作都不好找。你们家佳夕高中打算报哪个？"

祝玲看向还在埋头复习的女儿，说出自己的想法。

"你刚刚也说了，我们这边，学生压力太大，而且你也知道，我家这个，语文一直上不来，政史地生也都一般，就算运气好考上了我们这里的重点高中，跟不上的话肯定更困难。"

朱敏听她这话，没懂她的意思："是啊，但你也不能害怕孩子压力大就报个差学校啊。"

"那怎么可能？"祝玲笑，"我就是想说，既然孩子在这里学得那么累，不如把她送到别的地方。"

朱敏问："哪里？南城吗？"

祝玲拍了她一下："你怎么想的？这南城不还是我们江淮的吗？能轻松到哪里去？"

朱敏这时候哪还能想到其他地方，她想不出有谁会放着江淮这样的教育大省不待，在高中把孩子转到别的地方读书的。

祝玲沉吟了一阵，才说："如果能找到关系的话，我想把佳夕送到北城借读。"

005.再见了，我的……

"送去北城借读？你可千万别！有听说其他地方的人来我们江淮借读，就没听说这儿的学生出去的！先不说你要交多少借读费，北城那边的人文氛围再好再轻松，但我们这边讲究应试教育，她就算在那里借读两年，学得开心，高考不还是要回来考试？到时候，你觉得她还能适应江淮高考的难度？你信不信，就算她在北城成绩中上，回来考二本都难！你一个当老师的可不能糊涂啊。"

朱敏一听到祝玲说的话，直摆手。

祝玲点头："你说的这些，我还能没考虑过？我妹妹的意思是，想去重点高中的话，择校费可能要交个三万块。回来高考那是肯定的，但我现在吧，对她的高考成绩已经没有那么多的要求了……能考得好谁都开心，但最后就是考得不好，她能多学点有用的东西，不只是为了应试，每天还学得高高兴兴，我就满足了。"

朱敏听她这样说，也不知道说什么劝她了。

"你变了不少，那她考大学，你怎么想的？"

祝玲故作轻松地说："考不上国内的好大学，那就送她出国读呗，太贵的去不起，一年三十万，努努力，三年后到时候还是能拿得出手的吧。"

朱敏听到这儿，压低了声音问："你把钱这样花，不考虑考虑你家小的？以后花钱的地方多了去了！还是，你想花点钱把她送出去，也好有精力照顾儿子？"

两年前，祝玲生二胎的事情不知道被谁举报，虽然她和王平考虑到这个，早已经拿了离婚证，儿子的户口也一直挂在王平姐姐的户口上，但最后计生办上门，还是发现了问题。好在祝玲最后托人疏通了关系，也只罚了一点钱，那之后，祝玲也就没再刻意瞒着儿子的存在了。

祝玲皱着眉摇头："他才多大，要花钱也早着呢，但是闺女……我不想苦着她。我唯一顾虑的就是，她到时候到了外地，离得这么远，有点事我也不可能立刻赶过去，到时候只有她二姨一个人。"

祝玲讲到这里，视线不自主地又落回女儿身上。

她想起两个月前，佳夕生日的那一天，一家人给她过完生日后，祝玲来到她房间，第一次跟女儿提起去北城上学的想法。

"在这里学得特别有压力的话，想不想到北城读高中？"祝玲问出这句话时，是希望能给女儿一个惊喜的。

祝玲看得出来，佳夕在家里过得不开心，她知道她的不快乐和学习压力关系不大，可是祝玲不知道该怎么做。

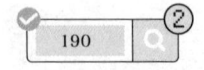

她还想说，到了那里，你可以发展自己的爱好，不用每天埋头学习，可以经常和二姨见面，而且，那里是许妈妈生活的城市，以后有缘分的话，兴许还能见上面。

但是祝玲的这些话，并没有说出口。

因为祝玲看到女儿在听到"北城"这两个字的时候，神色就如同听到中国任何一个城市一般，她的眼神里有一瞬间的迷茫，但是很快恢复如常。

"如果不花很多钱的话，可以的，妈妈你决定就好。"

祝玲对于女儿的平静，心里难免有点受伤。她追问道："你不喜欢北城吗？那可是我们的首都啊，而且我们以前去那里比赛过，你很喜欢的啊。"

"没有不喜欢，就是户口应该很难。"祝佳夕说。

祝玲听女儿像个大人一样说起户口，笑了一下。

"你还知道这个？北城的户口妈妈是办不到了。"

祝玲不是没想过把佳夕的户口转到祝嘉下面，这样高考还可以直接留在北城考，但佳夕根本不符合被收养的条件。

"不过你二姨说有认识的人，把你送到好的学校借读到高三是没问题的，她巴不得你现在就去北城呢，但你要是舍不得家，我们就算了。"

祝玲看着女儿，发觉自己有点讨好的心态，很像小孩子考了好成绩，期待家长快点开口，再多问一问。

祝佳夕神情有些别扭，过了一阵才说："还好，我长大了嘛，不过真的好久没见二姨了，有点想她了。"

祝玲无比惆怅地看着女儿。

6月底，佳夕中考结束没多久，成绩还没出来的时候，家里陆陆续续来了不少亲戚，大多是王平那头的。

大家寒暄以后，聊天的重点都是：听王平讲，你要花钱把佳夕送去北城读高中？

祝玲心里冷笑，她和王平说了这个决定以后，他嘴上倒是没说什么，只说："大事你决定，免得以后怪我舍不得给女儿花钱。"

结果，他找了不少说客嘛。

一众人听到祝玲的肯定答复后，又劝她，女儿长大结了婚就是泼出去的

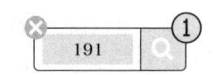

水，你早早把她送出去，以后相处变少就不亲了，等你们老了更不可能养你们！而且去北城，这开销多大啊！

不知道为什么，祝玲现在只要听到这些话，就烦得头皮发麻。

她一开始还愿意客客气气，听多了以后，就用开玩笑的口吻说："这钱也不是花你们的，你们怎么这么着急呢？"

"那不花王平的钱吗？"

祝玲笑得更乐了："那肯定花啊，闺女也不是我一个人生的，他应人一声'爸'，这钱总不能不出吧。"

她从前是缺头脑，总爱要一些没用的面子，但现在，她看起来还有"伟大无私"到准备独自一人负担孩子开销的程度吗？

"这……反正我们是关心你，你非要一意孤行听不进去，以后儿子长大没钱给他买房买车，找不到老婆的时候，都别赖我们！"

"慢走不送了啊。"

祝玲把这拨人送走没几天，自家的堂妹祝茵也来了。

她以为这位也是来劝她的，谁知道祝茵只关心佳夕什么时候走，走之前一定要请她吃个饭。

祝玲说："我还以为你也担心我把钱全给女儿花了，儿子捞不着呢。"

祝茵嗤笑一声，又望向她家卧室，确定没人才自然而然地说："我闲得慌？这是你的家事啊，我担心什么东西？而且佳夕好歹跟你姓，我要偏肯定也偏她啊。"

"这样吗？"

"对啊，不然呢？"祝茵理所当然地说。

祝玲愣了一阵，对近来的这些事，或者说很多事情，咂摸出点味道来。

这一段时间，祝玲一个人时总会想起这两年，王平时不时地和她说，既然款已经罚了，赶紧再去把结婚证领了，本来就是假离婚。

但她总是找各种借口搪塞他，一直拖着，难道她心底早有个念头，有一天她可能真的会和他离婚？

对王平的感情早已不剩多少，可是祝玲一直以来也没有真的想离婚，因为她想给两个孩子一个完整的家，再加上身边没有什么离异的人，她没有这个勇气,害怕被当成异类。

只是,她最近越来越疑惑,仅仅只是完整的家庭真的能给孩子带来什么吗?

祝玲也不知道自己最近为什么会突然想起离婚这个问题,这个念头就是倏地出现在她脑海中的,伴随着王平家人的到来,越发挥之不去了。

她迫切地需要有个人和她聊聊,她到底该不该离、什么时候离,这个时候,她唯独想到了许宜……

不过思来想去,女儿从小到大,王平就不曾管过什么,不论怎么说,佳夕去北城的费用,她是必然要王平付个大头。

申请学校的事都是祝嘉一手操办的,她最后综合学校的各项条件和要求,选择了海淀第一中学。

还有一个好消息,年级主任知道祝佳夕中考数学考了满分以后,连8月2号的分班考试都特批她不用参加,直接把她划进了新校区的实验一班。

祝玲知道的时候高兴得不得了,转而又紧张地问:"你有没有瞒着人家校长她的语文成绩啊?"

祝嘉:"嗨,多大事儿,当然知道了。校长一听她数学成绩,哪还关心语文?偏科那也是数学满分啊!"

8月28日,祝佳夕在妈妈的陪伴下坐上了从南城前往北城的高铁。

和女儿最后的独处时光,祝玲不想叫上王平。

"你不知道吧,这去北城的高铁才通车两个月。"南县没通动车,所以母女俩先坐车来了南城。

"怪不得这么干净。"祝佳夕想把行李箱放到上面,祝玲让她坐下,她来就好,不然堵着路。

等到高铁动了起来,佳夕饶有兴味地望向窗外。

祝玲看着女儿的侧脸,过了好久才问:"还记不记得四年前,我们从南县坐的还是绿皮火车呢,车里多热啊,现在高铁车厢都有空调了。"

佳夕回忆着说:"都过去好久啦。"

祝玲感慨地想,那时候,佳夕还会哭着问自己,如果她和弟弟同时掉进河里，自己会救谁呢。

后来再没听她问过这样的傻话。

"妈妈现在有点后悔，十天前就应该把你送过去的，人家同学们肯定都趁军训熟络了，你到了班级谁都不认识，怎么交到朋友呢。"

祝玲开始自责。她一看北城温度高得不行，又担心军训强度太大，害怕佳夕大热天中暑，硬是让祝嘉请了病假。

说到底，还是舍不得。

"没事的。"佳夕说。

"走之前，有没有跟你初中的小朋友们聚一聚？"

"跟圆圆见过了。"

"其他人呢？初中没有什么关系好的吗？"

祝佳夕歪着头："好像没有特别好的。"

祝玲着急地问："怎么能不交朋友呢？你以前人缘很好的啊。"

"再好以后还是会分开的嘛。"

祝玲听着女儿很想得开的一句话，久久地说不出话来……

"早上起来很早，困的话，就睡吧，到站了，妈妈叫你。"

祝玲试探着，拉住了女儿的手。

"好。"

祝佳夕注视着车厢外，天空澄澈，日光夺目，她知道自己并没有现在看起来那么平静。

她长到这么大，唯一一次真正意义上的出远门就是四年前和妈妈去北城，这一次，目的地一样，只是不会有人一直陪着她了。

空气中弥漫着冷气的味道，她望着车窗外根本看不清的风景。高铁真快，比几年前的绿皮火车快太多太多了，她越发真切地感觉到自己是真的离开自己长大的地方，离开妈妈了。

临出发前，佳夕都以为自己不会舍不得的，她不是小孩子了，已经不会再因为分别而痛哭了，可是时间一分一秒地过去，她的眼底再度有了热意。

此时此刻，她感受着手掌心的温度，妈妈就在她触手可及的地方，只要佳夕转身就可以拥抱妈妈，但是，她最后也只是轻轻地回握住妈妈的手。

她记忆里的那段无忧无虑的童年时光已经走远很久很久了。

高铁即将到站的时候，祝佳夕听到广播中温柔的女声。

"前方到站北城南站，请旅客带好自己的随身物品……"

祝佳夕压抑住内心的酸涩感，推了推妈妈。

"妈妈，到站啦。"

祝玲也抹了抹眼睛，起了身。

等到母女俩打车坐到了海淀一中的时候，已经是下午三点。

初秋的太阳光洒在佳夕的脸上，她看着街道上穿着白色校服的学生们还有阳光下的校匾：海淀第一中学。

内心怅惘的同时，感到一阵激动。

很小的时候，祝佳夕就在期待着长大，现在，她好像真的要迎来她生活的新篇章了。

-南方篇·完-

第八章 新篇章

001. 祁煦

祝佳夕没有想到，时隔四年再次来到北城的第一天，她跟妈妈就闹了个乌龙。

祝玲在海淀一中的门卫室做了登记以后，直接带着女儿去了校长办公室。

祝嘉跟她说，她已经提前打过招呼了，只是她周五跟朋友出去旅游，飞机晚点，可能两个小时后才能落地北城，没办法陪着她们一起去学校了。

祝玲觉得没事，她一个老师还能不知道怎么做嘛。只是等到祝玲到了办公室，这里根本没有哪个校长姓于，办公室的人也没有听说有江淮的学生今天来办理借读手续。

祝玲站在空调房里，一瞬间心都凉了半截，只以为祝嘉被人给骗了……

她六神无主，抖着手给妹妹打电话，问了几句后，祝嘉一问："你们是不是去了老校区？"

祝玲再问办公室里的人，才知道原来出租车司机把她们送到了同在海淀区、三条街道之隔的老校区，而佳夕就读的是新校区……

祝玲牵着女儿的手，走出教学楼的时候，才觉得自己活过来了。

"这一天天的真是……我刚刚都在想着是不是要买你的票一起回家了。"

祝玲松了口气，笑着说。

祝佳夕也跟着笑，往校门口走的时候，她远远地看到校园内的公告栏，里面贴着好多学生的照片。

"看什么呢？"祝玲问。

"那边有照片。"

"上面还能有你认识的人？哈哈，别看了，我们得赶紧去你的学校，五点前得到呢。"

"好。"

站在新校区的校门口时，祝佳夕发现，这校区的门匾确实要更大、更崭新。

有了上一次的乌龙作铺垫，这一次进校长办公室填写各种材料，佳夕反而没什么紧张的感觉了。

填写完所有东西后，祝玲送佳夕去教学楼后面的宿舍。

"你真的确定要住校？"祝玲知道自己这个时候再问那也是白问，毕竟刚刚住校费都交了。

"住校也很方便呀。"祝佳夕回道。

她知道妈妈和二姨都希望她能住在二姨家，但祝佳夕纠结了很久，还是觉得住校比较好。她再喜欢二姨，那也只是她的亲人，她总不可以一直麻烦人家的。

"你听没听刚刚人家说，你们班的女生不加上你正好有十二个住校的，已经住满两间房了，你只能一个人住。"祝玲面色担忧。

她是不介意女儿住校，这更方便她融入新环境，但如果一个房间只有女儿一个人，那可违背了她的初衷。

"没关系的。人家不是说了，等到别的班级有空床位，我害怕一个人住的话也可以住进去。"

祝佳夕看妈妈表情还是很凝重，安慰她说："校长刚刚是不是还说等到下学期，老校区的高一学生也会转到这边来？后面陆陆续续肯定还会有人住校的嘛，我不会孤单的。而且，说真的妈妈，我觉得一个人住大房间，还很自在呢。"

祝玲听她这样说，也只能先这么想了。

因为明天才算是正式开学，很多住校生都选择明早来学校，宿舍楼没什么人，也就没什么声音。

从宿管阿姨那里拿了钥匙以后，祝玲和佳夕搬着两个行李箱上了三楼。宿舍号315，在三楼的最里侧。

祝玲开了门，扫视了一圈后，对宿舍环境倒是很满意，上床下桌，平常回来还能看看书。

"竟然是四人间的，这条件真不错啊。"

她让佳夕在一边整理衣服，准备到上铺给女儿铺被子。

"妈妈给你弄这一次，以后你洗了被子和被单，就只能自己来了，到时候要是一个人不会套被套，就到隔壁宿舍找人，别不好意思，知不知道？"祝玲说。

祝佳夕"嗯"了一声。

"真是有几年没听见北城话了，明明也是普通话，刚刚那个阿姨跟我说话，我都要过一遍脑子才能听懂，她人也热情，还要帮我们提行李。"祝玲来回把床单铺好，笑着说。

"对。"

祝玲在上面看到女儿感兴趣地看着墙边的银灰色铁片。

"你小时候来北城就一直盯着那里的暖气片，人家一猜你就是南方人，当时还遗憾是夏天，没机会用上，再过几个月就能用了，开不开心啊？"

祝玲本来说的时候嘴角还带着笑意，说到最后，轻轻地叹了口气。

佳夕也在下面抬头看向上面的妈妈。

等到祝玲把佳夕的床全部铺好以后，慢慢从梯子上下来。

佳夕害怕她踩空，双手扶着她。

"妈妈好像老了，从这个上面下来，心跳都快了。"祝玲摸了摸女儿的脸，笑着说道。

祝佳夕听到这句话，只是觉得很难过。

"没有的。"她摇着头说道。

"哈哈，妈妈跟你开玩笑呢。走，带你充饭卡去，也来尝尝你们学校的食堂怎么样,你二姨可说不少人说这里食堂好吃的,不好吃我们就找她去。"

祝佳夕吸了吸鼻子,说:"好。"

祝佳夕站在祝玲身边,看着妈妈从包里拿出钱包,一边研究这个机器怎么用。

"这里这么高级,是直接这样充吗?充两千块能够吃多久呢?"祝玲自言自语。

说完,她又自嘲地一笑,望向佳夕。

"我这记性,不是给你办银行卡了吗?饭卡里的钱用完了,你立刻告诉我啊。"

"我吃不了多少的,"祝佳夕轻声说,"妈妈,你自己多留点钱。"这个暑假,她都没有看到妈妈给自己买新衣服了。

"你还怕你妈饿着自己?别多想,也不要去给我省钱。"

即使没过饭点,但因为学校里只有少部分的学生,所以食堂供应的晚餐有限。

两人坐在空无几人的食堂吃着各种肉饼,一开始还能笑着聊几句,吃到后面也没人说话了。

"吃饱了吗?"祝玲擦了擦嘴,又给女儿递了一张纸巾。

"饱了。"

"那就,送送妈妈。"

在往校门口走的路上,佳夕看着地面,傍晚的夕阳下,她跟妈妈的影子有时重叠在一起。她自己都不知道,从什么时候开始,她的影子已经比身边的人要长上那么一些了。

校园里的路灯一路看过去,像是看不到尽头。

北城的路真宽真大,妈妈一个人走会害怕吗?

走出校门之前,祝玲转过头,神色复杂地看向佳夕。

"妈妈要走了,还有什么话想跟妈妈说吗?"

祝佳夕听到这句话后,眼睛就开始发酸。

暖黄色的路灯下,她第一次看到了妈妈眼角的几条皱纹。以前她写作文的

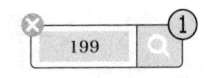

时候也曾学习过别人的高分作文,但她已经很久没有认真地看过妈妈的脸了。

她张了张嘴,喉咙又像是被什么东西堵住,只是喊了一句:"妈妈。"

心里有很强烈的慌乱感,妈妈真的要走了。

祝玲眼眶湿润地拉住女儿的手。

"手机给你放在枕头下了,但是答应妈妈,平常不要总拿着玩好吗?"

祝佳夕强忍着泪水,哽咽地说:"好,我会好好学习,不让你失望。"

"妈妈从来不对你失望,记住啊。好了,折腾一天了,早点回去休息,晚上睡觉前给妈妈打个电话。一定要和同学好好相处,吃点小亏没关系,吃亏是福,但是受委屈一定要告诉妈妈。"

祝佳夕不住地点头:"我每天一到宿舍就给你打,也会和大家好好相处的。"

祝玲笑着掉下了眼泪:"真乖,来,最后跟妈妈抱一下,就回去吧。"

祝佳夕终于伸出手抱住了祝玲。

"你今晚就走吗?现在很晚了,怎么回去呢?"

祝玲拍了拍女儿的背:"去你二姨家住一晚,她已经快到家了,妈妈买了明早的票。"

祝佳夕点点头,她想问"明早你还可以来看我吗",但话到嘴边,她还是没有问出口。

目送妈妈离开以后,祝佳夕蔫巴地往宿舍的方向走。

刚刚一直忍着没有哭,等到妈妈走了,她才流下了眼泪。祝佳夕不明白自己为什么在最亲近的人面前,还需要逞强,这个年纪的她还得不到答案。

夕阳笼罩着大地,她只是盯着地面。

身后传来一阵又一阵几个男生打闹的声音,他们笑得真开心。

祝佳夕用手背蹭掉眼泪,暗暗给自己打气。

"明天就是新的开始了。"

只是,天色转黑,这样的时刻,心情真的很难好起来,她闷不作声地往前走,只觉得吵嚷的声音离自己越来越近。

突然,一阵车铃铛声突兀地响起,祝佳夕刚想往边上退,右胳膊已经被一只手拽着大力地往后拉。

她被人拉得差点崴脚,下一秒,一辆山地车擦着她的左手边飞速地擦过

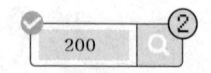

去，没有一点减速的意思。

祝佳夕被吓一跳，心跳都变快了。胳膊上的手放开了她后，祝佳夕看到一个篮球从自己的身后被狠狠地砸向了骑自行车的那个人的方向。

她转过头，就看到一个比自己高出一个头的男生在冲那个自行车男吼："找死吗？在学校里骑车？"

"哎哎，祁煦，你别气，我带了手机，已经把他的背影拍得清清楚楚了，明天就上告年级主任。"

被叫祁煦的男生听到同伴的话，面色才松动了一点，转过头没好气地说："走路就看路，知道不？"

祁煦刚刚和几个朋友打完篮球，大杀四方，心情正好着呢，眼见着一场"车祸"就要毁了他的好心情。

他这时再低头看向被自己拉住的女生，借着路灯才注意到她眼睛通红，像是水洗了一样。

她这是被他……说哭了？

祁煦长这么大，什么都不怕，最怕人在他面前流眼泪。他烦躁地踢了一脚地上的石子，伸手从身边朋友的口袋里找出一包纸巾。

"喂。"他拧起眉毛，将纸巾塞到她手里。

祝佳夕迟钝地接过来，说了一声："谢谢你。"

祁煦看了她一眼后，不耐烦地看向旁边几个在那里做作地咳嗽、眼里都是戏的朋友。

"看什么看，走啊。"

说完，一行人又浩浩荡荡地往校门口走去。

只是祁煦往前走了几步，忍不住又回过头。

刚刚帮他拍到自行车男的吴浩立刻捕捉到了他的这个小动作。

"哦，有意思赶紧问一下人家是几班的，你刚刚英雄救美，又长那么帅，赢面很大！"吴浩捡起不远处的篮球。

祁煦没理他，只是在脑海里回忆着。

"你们不觉得她有点眼熟？"

"眼熟，我看漂亮的女生都觉得眼熟。"吴浩故意开玩笑道。

祁煦想了半天没想到，最后不在意地收回目光，又恢复了一贯的玩世不恭。

"滚。"

祝佳夕看着手里的纸巾,第一个反应是,原来北城人也用清风面巾纸哦。

将纸巾放进口袋的时候,祝佳夕还没有想到,她和那个叫祁煦的男生会那么快地再次遇见。

002. 第一个走向她的人

2011年8月29日早上七点,祝佳夕是被宿管阿姨叫醒的。

她一路上问了几个人,才找到自己的班级高一(1)班,在教学楼中间那栋楼的四楼。

等到祝佳夕爬到四楼,看到走廊里稀稀拉拉的人群,她突然意识到一件很糟糕的事,所有学生都穿着校服,还没拿到校服的自己是那么显眼……

偶尔有几双眼睛飘到祝佳夕身上,她越发觉得自己长回去了,明明小时候从来不知道尴尬是什么意思。

祝佳夕试图想象自己现在正在菜园,周围都是她常吃的大白菜和小白菜,好像才能不那么紧张。

七点半钟,四楼的走道里已经站满了人。

有聚在一起聊天的,还有啃着糖油饼的。祝佳夕闻到饼的香味,觉得肚子也有点饿了,她早上起得有点迟,都没来得及去买早餐。

她往楼梯口挪了几步,犹豫着要不要飞快跑到楼下买点东西垫垫肚子,就看到楼道里又跑上来四个男生。

祝佳夕眼见着他们已经要上来,害怕堵住人家的路,立刻将背贴在墙上。

结果,他们站在下面,又不往上面走了。

祝佳夕一眼就看到走在最后面的那个高个子男生也没有穿校服。

一瞬间,她内心得到了安慰,她终于不是唯一一个没穿校服的人了。

谁知道下一秒钟,站在台阶上的人就从书包里掏出一件白色校服丢给了后面。

"你家洗衣液什么味儿啊?"那个男生接过校服,问了一句。

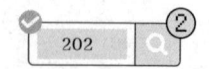

祝佳夕听到他的声音懒洋洋的。

"不好意思,是我们汰渍配不上祁哥了。"

"'哥'什么东西?一股土包子味。"

祁煦说着话,将耳机摘下来,直接在楼道里把身上穿着的白色运动服脱下,丢给前面的人,又迅速地把校服套在身上。

等到他穿上衣服,准备往楼上走,才看到墙边还站着一个人。

祝佳夕对上他的视线后,在原地站了几秒,觉得有点尴尬,又转身回到自己原来的地方站着。

祁煦一眼就认出她来,是昨晚那个走路不知道看路、差点被车撞的眼泪包。

他收回目光,若无其事地继续往前走。吴浩撞了一下他的肩膀,挤眉弄眼地说:"这个不会就是徐老师说的那个江淮来的转学生吧?"

祁煦:"可能。"那个肤色一看就是没被军训虐过。

身后的赵一程说:"那她在这里不是没有朋友嘛,祁煦。"

祁煦挑了挑眉:"她没朋友,也和我有关系?"

"你昨晚刚英雄救美,这多大的缘分啊,当然应该帮人帮到底。我看她刚刚站在那里肯定是因为没人和她说话,要不然你去跟人家聊聊?"

祁煦扯了扯嘴角,对于他朋友们的胡言乱语早就习以为常。

"我在马路上扶个老奶奶过完马路,是不是还得给她当孙子?"

"哈哈哈哈哈哈,也不是不行啊。"

"别发神经。"祁煦靠在墙上,嘴角微微上扬。

他今早睡到自然醒,心情自然不错,只不过他的好心情并没有维持多久。

五分钟以后,他低头看了一眼手表。

祁煦最烦等人,特别是这天的温度还降下来。

他往走廊走了两步,其他班的学生早都进教室了,只有他们班的学生还三五成群地聚在班级门口。

"再等十分钟,还没人开门,我们找几个人去打球?"吴浩站在他身后问。

祁煦点点头,又看到人群外,背靠在防护栏杆上站着的祝佳夕。

一天过去,他看到这张脸依然觉得熟悉异常,究竟是在哪里见过呢?难道是因为她大众脸？

很快，祝佳夕像是察觉了他的目光，也往这里看过来。

祁煦看出她眼底的迷茫，突然说："我有点事情要问她。"

他把包递给身后的吴浩，刚往前走了两步，就听到身后传来一个温和有力的女声：

"哎？我们班的班草今天知道穿校服了啊，看样子我后面肯定不会因为你不穿校服被扣钱了。"

祁煦闻言转过头，走廊里吵嚷的人群也像是被按上了终止符。

祁煦对"班草"这个称呼倒是没什么特别的反应，他从初一开始就听各个老师和同学这么叫，听了三年早就免疫。

"徐老师好。"

"挺好的，校服也没有掩盖你的帅气，以后都别忘了穿。"

一班班主任徐念和祁煦开了几句玩笑后，把身后女生手里的电脑接过来。

"江雪，你先去开门。"她说。

"好。"

祝佳夕跟着人群进了班级，只是她走进班级，完全不知道应该坐哪里，正茫然的时候，身边突然传来很清甜的女声。

"嘿，你是不是江淮过来的转学生哦？"

祝佳夕转过头，看到一个剪着平刘海的女生站在她面前，最重要的是，她也没有穿校服！

"对。"

"我们班军训只有我们两个人没来，我一看你没穿校服就猜到是你啦。我叫纪咏恩，你们那边高考满分是不是只有480分？"

祝佳夕从没想到开学第一天就有人主动和她搭话，还这么自然，她心里感动得不行，眼神都变得热切。

"对，但我还不知道北城这边满分是多少。"

"哈哈，没事，你这里没有认识的人，一会儿我们可以坐一起。"说完，纪咏恩又露出一个非常俏皮的笑容，"如果你不嫌我吵的话。"

祝佳夕连忙摇头："我想和你一起坐。"

讲台上，徐念的声音提高了一点。

"来，我们班两位没有参加军训的女孩，往老师这边看过来。"

祝佳夕和纪咏恩立刻闭上嘴巴，往前面看过去。

"座位军训的时候随便排了一下。"徐念往教室各个方位看了一圈，"祁煦，你和吴浩个子高，往后挪一排，让她们暂时坐在你们现在的位置行吧？座位一周以后还是会换的。"

祁煦无所谓，直接把自己的包放在了最后一排靠墙的位置。

"你是江淮哪里的呢？"

"南县你听说过吗？"

纪咏恩摇摇头："没有。"

祝佳夕决定换个说法："离南城很近的。"

"南城我知道！"纪咏恩看起来兴奋，"六朝古都对不对？我这次中考历史还是及格了的。"

祝佳夕点点头，听起来她同桌的历史也没有很好啊，那她们又有了一项共同话题，这真是太好了！

"都安静一下。分班考试那天就说了，今天下午起要进行为期三天的入学教育，下午两点钟我们班的体委和班长组织一下，去阶梯大教室啊，高一新生都必须参加。"

"老师，班长是江雪，但是体委还有其他班委还没选呢。"有人在下面说。

徐老师："哦，你不说，我差点把这事儿给忘了。有没有人自告奋勇，来当这个体委的？"

她的话音刚落，班级里好几个男生伸长了手往祁煦的方向指，不少女生也看向他，大家对这个人选好像都没有异议。

"众望所归啊。"徐老师笑着说，"祁煦，那还得你来了。"

"可以。"

祝佳夕也跟着众人的目光转头看过去，就看到祁煦整个背靠在椅背上，双手很酷地插在裤子口袋里。

离得这么近，祝佳夕这时才认出来他是昨晚的那个人。

003.完了，她的高中生活好像毁了

"还'可以'？心里乐死了吧，你又有出风头的机会了。"

祝佳夕刚把头转回来，就看到同桌的纪咏恩也往后看去。

祁煦听到她的话，姿势和表情都没变，只是眼神看起来有些不屑一顾。

"不然体委给你当？八百米跑五分钟的人。"

纪咏恩反驳："是四分三十秒，我谢谢你！"

祝佳夕见纪咏恩怏怏地回了头，小声说："我第一次跑八百米的时候，就比你快十秒钟。"

这个应该算安慰吧？

纪咏恩立刻笑了："我们是不是因为体育太烂了，所以才不来参加军训的？"

只是笑完，她又叹了口气："真倒霉，我爸我妈怎么这么执着让我跟他一个班啊？"

"你们认识吗？"佳夕问，不过她刚刚看得出来两个人好像很熟。

"我和他出生就住一个大院，从小看到大看得够够的，搬了家还得跟他同班……你说怎么会有那么多女生喜欢他啊，整天跩了吧唧的。"

祝佳夕想了一下昨晚，他好像真的有点跩。

不过她没有机会发表什么评价，因为讲台上的徐老师开始选语文课代表了。

"一会儿剩下几门学科的课代表，江雪你组织选一下。我马上还要去开会，我就来选一下我的课代表。"

坐在第三排的江雪点了点头。

"那我的语文课代表，有没有什么人毛遂自荐的？大家都勇敢点儿啊。"

这句话一出来，和刚刚选体委时的气氛截然不同，班里瞬间鸦雀无声。

祝佳夕本来为了以示尊敬，一直用一种很真诚的目光望向老师，只是很快，她在余光里发现前两排的学生都不着痕迹地低下了头。

"一个个的，怎么对语文一点也不积极呢？"

祝佳夕这才后知后觉地懂得大家逃避老师目光的理由，没人想做这个课代表哎。

好在老师还没往她这里望过来，她轻呼一口气，低下了头。

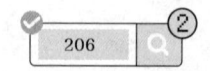

206

低完头，她又觉得自己行为多余。班主任肯定知道她偏科的事，她语文差得跟狗屎一样，老师又不疯，怎么可能会选到她？

"我们从江淮过来的新同学，是叫祝佳夕，对吗？"徐念低头看了一眼花名册上的名字，再抬起头时笑容温和。

被点到名字的祝佳夕身体瞬间紧绷起来，反正不可能是让她当语文课代表，那可能是要她做自我介绍？

"对。"祝佳夕犹豫着是不是要站起来，徐念又示意她坐下。

"我听说，你是有点儿偏科，对吧？"

祝佳夕感受到周遭很多道目光，脸因为羞愧已经红了起来。

她点点头，在心里说："不是有点。"

"语文比较擅长，是吧？"

祝佳夕张了张嘴，正想否认，就听到坐在她前边的男生的声音："肯定的，总不可能是数学强吧。"

她不知道出于什么心理，盯着那个人的后脑勺，闭上了嘴巴。

而徐念也完全没有给她解释的时间，她笑着说："很好，语文课代表就先由你来担任，这样也好让你更快地适应这里，但数学也要好好学，别让数学老师因为你偏科来找我啊。"

祝佳夕"啊"了一声，她惊惶地摇了摇头，举起了手。

"老师，我——"

徐老师安抚地对她笑："当我的课代表不可怕啊，别谦虚，江淮那边的教育力度我一直很欣赏，你正好可以给我们班级里其他同学做做榜样。"

徐念看向底下的同学："还有你们，对新同学照顾一点，展示一下我们北方人的热情啊，语文上面有什么能帮忙的，你们都尽量帮一帮，乐于助人点儿。"

前排几个学生纳闷："她语文那么好，我们能帮到吗？"

徐念顿了几秒，又看向江雪："我得去开会了，剩下的交给你了。一会儿选完班委，九点半的时候安排后面的几个男生到楼下去拿新书。"

祝佳夕就快把老师给盯穿了，她完全不敢相信几分钟的工夫，发生了这样的事。她这是……做了语文课代表了？说给她从前的语文老师听，会有人相信吗？

她看着老师即将离去的背影，整个人都蒙了。现在要不要追出去，求老师收回成命？

她的中考语文可是连县里的平均分都没到呢……

"我完了……"祝佳夕的脸上流露出她到北城以来最丰富的一个表情，喃喃道。

刚刚应该及时解释的，她干吗……

纪咏恩没听清她在说什么，只以为她不想当课代表，亲昵地挽住她的胳膊："你语文厉害真是太好了，我以后就可以抄你的作业了。"

祝佳夕苦着一张脸转向纪咏恩："如果你没有想不开的话，我希望你不要……"

她在北城的生活看起来已经毁了，谁来救救她？

纪咏恩想到自己坐在学霸身边，只觉得好幸福，莫名来了点学习的欲望。

她从包里拿出一本语文习题册，这是今早出门前，她妈让她闲着无聊课间拿来做一做的。

纪咏恩这一看，才发现她妈怎么给她拿了一套中考真题……

算了，反正高一的课还没开始上，她现在还是初中水平。

纪咏恩翻开到自己的幸运页数第八页，今天就在这一页里挑几道顺眼的题目做一做好了。

"怎么都没有选择题？'蜡炬成灰泪始干'表达了诗人什么样的感情？"

纪咏恩看完题目，问道："佳夕，蜡炬成灰你知道吗？"

"啊……"祝佳夕本来还沉浸在自己就这么成了语文课代表的恐怖思绪里，心不在焉的，听到纪咏恩的声音后，才回过了神。

蜡炬成灰？

她想了想说道："嗯，蜡烛受热融化成蜡油是只有状态发生变化的，属于物理反应，然后呢，蜡油受热变为蜡蒸气，和氧气发生反应生成水和二氧化碳，有新物质的产生，是氧化还原反应，属于化学反应，你怎么了？"

祝佳夕注意到纪咏恩的表情变得呆滞后，忍不住问："我……不对吗？"

纪咏恩本来一直低着头按照祝佳夕说的内容在写，只是，她听到"物理反应"两个字的时候终于忍不住抬起头。

"李商隐想表达的真是这样的感情吗？"她不确定地问。

毕竟纪咏恩只是一个常年倒数的学渣，对成绩好的人有一种天然的崇拜，她只会率先怀疑自己。

坐在祝佳夕身后的祁煦手里握着一瓶饮料，正想打开，就听到前座这么一场精彩绝伦的笑话。

他本来是不想多管纪咏恩的闲事，这时候都忍不住要为她们的勇气鼓掌了。

他悠悠地开口："你们真是一个敢说，一个敢写啊。"

纪咏恩回过头，目光不善地看向他。

祁煦左手翻了一页杂志，右手食指扣住易拉罐的拉环，打开了饮料。

他低头看着杂志，笑着说："别惹你妈生气了，改了吧，李商隐只是想表达情人之间的思念之情。"

004.你还在生我的气

祝佳夕将脸贴在桌子上，羞赧地说："我刚刚没听清，以为你问的是物理题，不过，我语文确实不是很好……"

纪咏恩摸了摸她的背，反应过来了一件事，徐老师好像搞错了，佳夕偏的是理科啊……

"没事儿，一个学期肯定就会换班委了，你坚持坚持，或者坚持到徐老师受不了的时候……看起来，应该不会太久的。"

祝佳夕苦涩地笑着："你的安慰好特别哦。"

"咏恩，外面有人找。"有人在门口叫纪咏恩。

"来啦。"纪咏恩站起来跟佳夕说，"我马上回来哦。"

"好。"

等纪咏恩走出去，祝佳夕还把脸趴在桌子上，试图让桌子的温度冰镇自己，好让自己冷静一下。

肯定是要和语文老师说的，要现在去问一下班长，语文老师办公室在哪里吗？但是老师刚刚说要去开会，现在是不是不方便啊？她好像懂了"骑虎难下"是什么意思了，这和天降横祸有什么区别？

祝佳夕的脸因为烦恼皱成了一团，身后突然传来一声："祝佳夕。"

祝佳夕一怔，回过头："有什么事吗？"

她看到祁煦一言不发地盯着她看,突然问:"你之前来过北城?"

祝佳夕一脸莫名,她不知道他为什么这么问,但还是说:"来过。"

祁煦语气淡淡的:"我就知道,我见过你。"

他得到了答案以后,对于自己对她感到眼熟的原因也就不再感兴趣,他刚低下头,就听到她困惑的声音。

"我2007年来北城参加过一个比赛,只在这里待了半个月就走了,但是我觉得我没有见过你。"

祁煦闻言眉头又拧起来:"篮球比赛?"

"……古筝比赛。"

"可是,你很眼熟。"祁煦看着她。

祝佳夕见他不像在开玩笑,只好说:"可能是我长了一张大众脸。"

说完话,她正准备转回头,就看到祁煦若有所思地点了点头,又低头看自己的杂志。

"我也是这么想的。"

祝佳夕眨了眨眼睛,怎么会有这么讨厌的人哦?她瞪了他一眼后,一句话也没说地回了头。

不会聊天就不要聊啊!

祝佳夕觉得三天的入学教育好漫长,整个高一年级的学生聚在一起听九个老师一个一个地给大家开会。

好在会议结束以后,她可以在校园里自由地活动,纪咏恩初中就在这里就读,对这里很熟悉。

9月1日,正式开课。

一班的学生相当兴奋,因为上午第四节课就是体育课。

体育老师姓祖,是一个很年轻的男老师。

"三天入学教育轻松吗?"他问。

"不轻松!"整齐划一的回答。

"行,那今天放你们自由活动。"

"好啊啊啊!"

"祁煦,走,打篮球啊!"几个男生立刻擦过女生,围到祁煦身边。

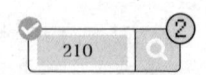

祝佳夕往后面退了一步，抬头就看到祁煦应接不暇的样子。

他真是走到哪里都是人群的中心，众星捧月的。

祝佳夕想到来这里第一个晚上遇见的他，看起来脾气有点坏，他当时吼的声音把校园里树下的小猫都吓跑了，好像狼狗一样。这些男生都不怕他吗？还是说都被他用篮球砸过呢？

祝佳夕闲着无聊胡思乱想，结果突然对上了他的视线。

她立刻心虚地收回目光，被纪咏恩带着跟好几个女生一起去羽毛球馆。

祝佳夕真是每到一个地方就要感叹一下，这里的运动设施好丰富。

"我觉得自己很像进了大观园的刘姥姥。"祝佳夕说。

纪咏恩思维发散地说："《红楼梦》是四大名著里唯一一部我能看下去的书了！"

"考你一个，作者是谁？"这几天，祝佳夕开始狂补语文常识。虽然一定会丢人，但是她希望不要丢得太过头。

"曹雪芹？"

祝佳夕："你真棒！"

几秒钟以后，她不确定地问："是的吧？我昨天才看到过，应该是的。"

"哈哈哈哈！"纪咏恩笑完，立刻又捂住她的嘴，"你小点声，你现在好歹还是语文课代表，别让他们现在就知道你语文很那什么！"

"不过，我没想到这里早上竟然有五节课，我们那里上午只有四节课。"祝佳夕说。

纪咏恩问："下节课是地理是吧？"

"我不擅长。"

"我也是。"

两个人又一起放声大笑。

体育课结束以后，祝佳夕和纪咏恩走到教学楼楼下，两人正准备一起去卫生间，班长江雪叫住了她们。

"你们今天可以去校务处领校服了，校务处在行政楼的二楼。"江雪只看着她一个人，指了一下行政楼。

"好。"

纪咏恩跟祝佳夕说:"你等我换个卫生巾,我们一起去拿。"

祝佳夕看她捂着肚子,摇头说:"没事的,我自己跑去拿,很快。我给你拿和我一样的码数,对吧?"

"对。"

祝佳夕说完,"噔噔"地往校务处跑。

她敲了半天门,校务处里面也没人应,祝佳夕又敲了敲隔壁的门,才知道自己就晚了两分钟,校务处的人刚刚肚子不太舒服,提前下班了,前脚刚走。

"你等到下午第一节课下课再来领校服。"

"好吧。"

等到祝佳夕出了行政楼,就听到上课铃声无情且干脆地响起。

完了,她的地理本来就不好,还第一节课就迟到,老师肯定会很讨厌她的。

要是在南县也就无所谓了,这里可是妈妈花了很多钱才让她进来的地方,她不想让妈妈失望啊。

祝佳夕用比跑八百米还要努力的步伐拼命往上跑,她一边上楼一边想着怎么和老师解释迟到的理由。

要是拿到校服还好解释……

祝佳夕气喘吁吁地站在班级后门口,脑海里飞速地组织语言,一会儿千万不能磕巴。

她正准备鼓起勇气抬手敲门,就听到几步之遥传来一个声音。

"站这里干吗?"

祝佳夕转头,就看到祁煦从楼道口走上来,他的秋季校服被挂在自己的臂弯,头发还在往下滴着水,看起来像是刚刚洗过头。

祝佳夕还没反应过来,就看到他走近她,倏地开口:"你因为我上次说的话还在生气?"

祝佳夕完全没反应过来,如果不是这里只有他和她两个人,她都在怀疑祁煦是在和别人说话了。

"我什么时候?"

祁煦目光审视着她的脸,几秒钟后,他不在意地揉了揉自己还在滴水的头发。

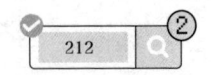

"事不过三啊。"

说完这句话,他没再看她,径直往前走。

祝佳夕满脸疑问,不知道他的"事不过三"是什么意思,也不明白他这是要去哪里,就看到他走到班级的前门停了下来。

接着,她看到祁煦伸手推开了门:"报告。"

祝佳夕惊诧地看着眼前的一切,再不懂她就是傻子了。

她立刻小幅度地推开后门,弯着腰,脚步飞快地回了自己的座位,紧张到连后门都忘记了关。

纪咏恩不关心祁煦,只是小声问佳夕:"校服没拿到哦?"

佳夕呼出一口气,把下巴靠在桌子上,生怕老师注意到她。

"嗯,说下午。"

地理吴老师是个年近五十的男老师,他扶了扶眼镜,望向站在门口头发凌乱、看起来痞里痞气的祁煦。

"进来吧,我们副科比不上主科,能来上就不错了,哪好意思要求你不迟到呢。"

谁都能听出他语气里的不满。

祁煦没说话,表情和平常没什么两样。大家看到他从前门步伐十分潇洒地绕到了最后一排,不忘随手关掉后门。

班里有几个人"扑哧"笑出声。

祝佳夕注意到地理老师的表情更难看了,他把书用力地在桌上磕了一下:"都看谁呢?注意力集中一点,看回书本。"

祝佳夕低下头,差一点,被老师反感的好像就是她了。

只不过她对身后的人愧疚的同时,心里感到一丝困惑。

那就是,祁煦为什么要帮她呢?

005.你喜欢什么,我都带给你

地理课一结束,纪咏恩几乎就要饿晕,她和佳夕说了一声就走了。

祝佳夕收拾好桌面上的东西,慢吞吞地转过头,发现祁煦还在。

"刚刚,谢谢你。"她对他说。

祁煦看着她起身,把桌上的空瓶子往后一抛,丢进了垃圾桶里。

"哦。"

祝佳夕忍不住还是把心里的好奇问出来:"你刚刚说的'事不过三'是什么意思啊?"

这个时候,班级门口有人叫祁煦的名字。

祁煦左手插进裤子口袋,弯下腰,在桌子里找了一会儿,找出来厚厚的一本书。

祝佳夕肚子也有点饿了,想赶紧去吃饭,就看到《新华字典》被祁煦推向自己这边。

祁煦看到窗外熟悉的人,他冲外面的人挑了挑眉,笑着说:"别催,马上。"

再望向佳夕时,祁煦嘴角依旧带着笑,只不过这个笑容看起来有些讥诮:"自己查字典。"

说完他就走了。

祝佳夕看了一眼他的背影,又低头看着桌面上那个红色封面的《新华字典》,她皱着眉头想,他在干吗?是在嘲笑她语文不好吗?

不过经过这件事以后,祝佳夕再看到祁煦,脑海里不会再浮现她被他的篮球砸倒的想象了……虽然她还是觉得祁煦是一个非常阴晴不定的人。

宿舍楼的住校生不像她是远地方来上学的,周五晚上几乎都回了家,一直到周日下午才回来。

周末两天,祝佳夕白天的大部分时间都在看语文书,提前预习后面的文言文,毕竟她现在身份不同了……

晚上,她躺在床上给妈妈打电话。但佳夕不敢聊太久,听到有人叫妈妈,她就很快收尾了。

妈妈肯定还要哄王辰轩睡觉呢。

开学第二周的周一,祝佳夕不知道是哪个好心同学在七点十分敲了她宿舍的门,把她叫醒了。

因为没有睡饱,祝佳夕往教学楼跑的时候,觉得自己好像一缕游魂。

她跑到花坛,突然停下了脚步,等等,他们班在哪栋楼来着……

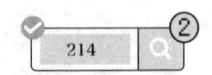

214

不少学生擦过她的身边离开，祝佳夕努力在这群人里寻找熟悉的面孔，一个女生轻轻推了她一下。

"在这边，跟我走。"

祝佳夕一看，是班长江雪，家人啊。

"好。"只是祝佳夕看到江雪的表情一如她对她最初的印象，好严肃啊，所以佳夕只是跟着她，也没有说什么话。

"我们班在最中间这栋楼，你看到大花坛就往南转。"江雪的语气很平淡。

祝佳夕刚想点头，又顿了顿："南？"

江雪爬楼的脚步一滞："就是右边。"

"好好好，这下真的记住了。"

等到爬上二楼以后，江雪没有要和她继续聊天的意思，快步去开了班级的门。

等到祝佳夕读了两遍《沁园春·长沙》，抬头再看班级，也根本没来多少人，她困得眼皮打架，就把书挡在脸前，决定闭目养神几分钟。

谁知道，这一闭就睡着了……

半睡半醒间，她感觉到脸上传来一阵热意。她梦到自己初中的时候偶尔赖床，怎么也叫不起来，妈妈就会去家附近的巷道给她买包子，馅儿是鱼香肉丝的，很好吃。

佳夕就坐在自行车的后座上啃包子，只是载她的人会不准她把沾油的手蹭到他衣服上……

祝佳夕在这段幸福的记忆里睁开眼睛，模糊的视线里，她看到纪咏恩在对她笑，她将手里的东西在她眼前晃了晃。

"佳夕，你快看这是什么？"

祝佳夕坐起来，揉了揉眼睛。

"是吃的？"

纪咏恩邀功地说："你们南方人不是喜欢吃米饭嘛，我今早找了半天，终于在一个旮旯找到了一家店，招牌上写'老南城饭团'，也不知道正不正宗。你是不是还没吃早饭？趁着老师还没来快点吃呀。"

说完，纪咏恩直接把带着热气的饭团塞到佳夕的手里。

祝佳夕感受着掌心里的温度，拿到鼻子间闻了一下："好香哦。"

她抬眼对纪咏恩笑了一下，感觉自己有点想哭了，可能是因为刚刚又做梦梦见妈妈了。

祝佳夕好想说，昨晚睡觉前她还有点担心，她们刚认识还没有几天，又两天没见到面，今天再见会不会变得生疏了呢。

纪咏恩看着佳夕可怜巴巴的眼神，凑近她问："香吧，你喜欢吃肉吗？我还在里面给你加了一根火腿肠，我其实喜欢玉米肠，但是师傅说没有玉米肠……"

祝佳夕咬了一大口，眨巴着眼睛说："好好吃，和我以前吃的味道很像。"

"我就说嘛，在我们北城，什么地方的特色小吃能找不到？就是不一定正宗哈哈……你以后想吃的话，我天天早上给你带，你就不用跑食堂吃了。"

祝佳夕闻言，伸出右手从笔袋里找钱，她有点不好意思地问："这个多少钱呀？"

纪咏恩摇头："才不用，又不贵，反正花的是我爸的钱，他的钱多得没地方花。而且上周五你不是也给我买水了？"

见佳夕还是很坚持，她才说："不然这样，你下次回家也给我带点你们那里的特产。"

祝佳夕立刻笑了："好，你喜欢什么，我下次都给你带。"

祝佳夕刚说完，椅子就被人晃了一下。

她回过头，就看到吴浩吃着汉堡，很好奇地瞧着她。

"新同学，有个问题想问你。"

"你问。"只要不是语文题。

"我在QQ上认识一网友，也是江淮的，不过她好像是南通人，她说她们那里的住校生，每天早上五点多就起床了，放学时间都在补课，别说初中生，小学生都学习到快十一点才睡觉。"吴浩说得眉飞色舞，最后问，"真这么可怕吗？"

祝佳夕被他问蒙了，她想了半天才说："确实挺多学生这样的，但是吧，我不是……"

纪咏恩立刻说："我有朋友在这儿中考以后回了户籍地河北保定，才开学

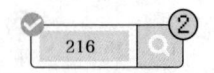

几天已经要被那儿的强度累疯了。"

祁煦进教室的时候，看到的就是两个女生回过头和吴浩有说有笑的画面。

他走到自己的座位上，垂下视线就看到祝佳夕像仓鼠一样嘴里咀嚼着什么。

见到他来了，她又不说话了。

"怎么不讲了？"祁煦站在原地把包放下，盯着她的眼睛问。

佳夕咽掉嘴里的米，仰头看着他说："因为，讲完了。"

就在祝佳夕快把饭团吃完的时候，一个影子压到了她面前。她以为是语文老师，心虚地抬起头，发现是江雪。

"我已经吃完了。"祝佳夕拿纸擦了擦嘴，狠狠心直接把还没嚼的米给咽了下去。

江雪看起来并不关心她此时是吃还是在喝，只是说："老师还没来，你来组织一下早读。"

祝佳夕一开始都没反应过来，直到纪咏恩低声说了一句："语文课代表。"

"对不起，我差点忘了。"她忘记了自己竟然是语文课代表，因为实在是太荒谬了。

祝佳夕眉头皱着，拿起语文书，手几乎颤抖着翻到即将要学的内容。

站在讲台的时候，她仍然觉得这是一场喜剧，因为自己是这部喜剧的主人公，所以她笑不出来呢。

"今天早上是语文早读课，大家可以预习一下两首诗，《雨巷》和《再别康桥》。"

祝佳夕眼睛一眨不眨地盯着课本，一个字一个字地念，生怕自己读错了诗名，成为全班的笑柄。

说完以后，她回忆着初中语文课代表在早读课的举动，拿着书在班级的走道慢慢走着。

走到纪咏恩身边时，她对她同情地笑笑："别紧张，这又不是考试，不会那么快现形的！"

祝佳夕无助地对她点点头，手里薄薄的一本语文书，从来没有那么沉重过，但纪咏恩说得对，这只是早读课而已，没什么可怕的！

又往后走了一步，祝佳夕发现祁煦背靠在椅背上看着她，读《雨巷》的课文。

见到她看过来，他神情没变，过了几秒又自然地收回目光。

祝佳夕还没走到教室另一边，就听到徐老师从前门进来的声音。

"不错啊，课代表很尽责，组织得很好。"徐念赞许地看向祝佳夕。

祝佳夕诚惶诚恐地回到座位，默默地想：好像也不能为徐老师你做很久了。

徐老师继续说："好了，现在把桌上文具以外的所有东西全部收进书包，放到地下，我们来个随堂测试。"

班级瞬间爆发出难以置信的声音："什么？"

"怎么这个反应？考试不是很正常吗？桌子不用拖了，大家全靠自觉。"

祝佳夕几乎呆滞地回头看向纪咏恩，而纪咏恩从她幽怨的目光里读出了绝望的意味。

"不是说北城的高中几个月才考一次试吗？"不是所有人都和她说，这里的教育很轻松很轻松的吗？

祝佳夕听到自己心态崩掉的声音，她的现形时刻来得这么快吗？

老天真是从不让她失望啊。

006.这个骗子

下课铃声响起的时候，祝佳夕正在给阅读理解每一题的末尾补上一个圆得很饱满的句号。

虽然答案可能是错的，但是至少要让阅卷老师看出她端正的态度啊。

"好了都停笔，试卷从最后往前传。"

祝佳夕神经紧绷地放下笔，目光还舍不得离开答卷纸上的古诗词。

她太伤心了，这份试卷考核范围还是中考的内容，可是祝佳夕这几天临时抱的是高一的佛脚，所以好像一点作用也没起到……

椅子被人用笔敲了两下，祝佳夕听到声音才想起来回头去接祁煦的试卷。

"课代表，帮我把试卷拿到办公室啊。"

"好。"

祝佳夕亦步亦趋地跟在徐老师身后，只觉得自己的双脚好像踩在云端上。

跟语文老师走在一起，不是因为考砸被批评教育，而是帮她拿作业，这应该是有生以来的第一次……

"试卷难度怎么样？"徐老师边下台阶边笑着问她。

祝佳夕斟酌着说："还可以。"

反正难或者简单她都感觉不到，根据以往的经验，就算她自我感觉良好到觉得试卷特别简单，最后出来的分数还是会教她做人。

"没事儿，本来就是随便考考，第一次嘛，别带压力。"

徐念在办公室坐下以后，让祝佳夕把打印好的作业带回去。

祝佳夕怀抱着烫手的作业，走之前小声问道："老师，这个卷子改得快吗？"

"这么期待成绩？那我今晚为了你加班加点快点改完？"

祝佳夕瞬间石化在原地，只会摇头了。

徐老师看她如临大敌的模样，立刻笑出了声。

"老师开个玩笑，老胳膊老腿，熬不了夜了。"

祝佳夕踌躇了半天，还是决定现在就告知老师真相，不然等成绩出来，那场面只会更难看……

"老师，我想和你说件事，就是，我其实语文不是很好，不对，是有点差，做语文课代表不合适，会给你丢脸的……"

祝佳夕说这句话的时候，一直低着头。但是她半天没听到徐老师的反应，只觉得心里没有底，又抬眼看老师。

这一看，佳夕发现老师听完她的话，竟然没有一丝一毫的惊讶。

徐念看到佳夕脸上露出小动物即将被猎人抓住的胆怯神情，想了想说："这样的吗？看来老师误解了。"

祝佳夕说完以后，心里觉得松了口气。她点点头，准备听老师怎么安排课代表的事。

只是，徐念像是全然没当回事儿。

"但你肯定听过'木已成舟'吧？你既然都当了，我现在再把你换掉，是不是显得我们都很三分钟热度？而且，你是对我没信心吗？"

祝佳夕没想到老师会是这个反应："啊？"

徐念看起来十分平静，语气温和得像是在哄小孩。

"你语文就算再差，还能在语文试卷上写数学题还是物理题？小丫头别想那么多，在我手里，就没有扶不起来的学生，除非你不想学。"

"我想学的。"佳夕讷讷地说。

徐念视线在办公室扫了一圈，又把佳夕往自己跟前拉了拉。

"我和你妈妈交流过。你有一个好妈妈，可以给你创造很好的条件，我也知道你只是在这里借读，高考还是会回江淮，所以我对你的要求和其他人会有点不同。"

祝佳夕听到老师提起妈妈，心情很复杂。她本来还在想，如果老师和妈妈交流过，妈妈怎么没和老师说她语文的情况呢？但她看出老师的认真，就没有再想这些细节，连忙说"好"。

徐念说："我这个人很相信感觉，总觉得你大老远地来了北城，又成为我的学生是一种缘分。你可能会觉得，反正你到时候要回去高考，考得好也算不到这儿的老师头上，考不好你妈妈还可以把你送出国，我就可以放低对你的要求，你也在这里过得舒舒服服的。但是我直接说了，不可能，除非你现在告诉我，你对你的现状很满意，不打算有更多的进步了。但是，语文是什么很难的东西吗？你就不会有这种想法？凭什么别人可以学得好，你就不可以？我很相信我能把你教好，你愿不愿意跟上我的脚步？"

祝佳夕听得热血沸腾，心里产生了一种前所未有的激动："愿意的。"

徐念点点头，正想继续说，隔壁班的数学老师从窗口路过，笑着打趣："你们这才高一就开始做高考动员大会啦？"

徐念也笑笑，打开水杯喝了一口水，这鸡汤不能一下子灌下去，得徐徐图之。

她又看向佳夕："总之记住我今天和你说的话，要相信自己，也要相信老师。这语文课代表才做几天就不想干了，我这儿没有这么容易甩掉的差事，之后有任何问题，不好意思问同学，就立刻来办公室找我，知道吗？"

祝佳夕捣蒜一般地点头。

走出办公室前，她发自内心地说："老师，可能我不会立刻就考得很好，但是我真的会努力的，努力不让你丢人的……"

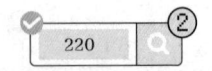

"这样才乖，去吧，下午还要考数学，好好发挥。"

数学试卷改得很快，祝佳夕没想到第二天下午的数学课，成绩已经出来了。

因为教育局很早就提倡学校不要给学生成绩排名，所以数学陈老师只是把成绩用Excel列出来。最后，他出于个人喜好，不经意地选择将分数从高往下排列，美其名曰方便分析问题。

祝佳夕看到自己成绩的时候，简直不敢相信自己的眼睛。

她其实对待数学一向平常心，因为只要正常发挥，数学从来是没有问题的。

昨天考完以后，纪咏恩问她考得怎么样，她说："好像没什么问题。"

因为卷子不难，祝佳夕一直觉得自己只要没粗心，应该可以拿满分。

可是她看得很清楚，她只考了130分。

而满分是150分。

等到老师读到她的成绩，坐在祝佳夕前座的那个男生朱越回过头，看起来很真诚："可以啊，考得不错啊，十八名呢。"

祝佳夕一言不发。

纪咏恩没注意到他的分数，随口问："你考多少？"

"我这次有两题选择题粗心填错了，只考了135分。"朱越说。

纪咏恩看出他面上的自得，很嫌弃地说："你还能再做作一点吗？"

等对方回过头去，纪咏恩将下巴靠在佳夕的胳膊上，小声安慰她："没什么的，你可能只是不习惯我们这里的题型，下次就好了。"

祝佳夕心里很低落，本来语文就差，现在引以为傲的数学也这样。

她摇了摇头说："是我太眼高手低了。"

她又听到身后吴浩的声音："厉害啊祁煦，138分！"

祁煦："大惊小怪。"

祝佳夕低下头，就听到老师报完所有人的分数以后，话音一转："分班考试的时候就说过，通过这次考试，我发现我还是要再强调一下答题规范的问题。我们班有一位同学，解答题的四道题，十个小问，每道题都是对的，可是都存在跳步骤、答题不够规范的情况。阅卷老师在改卷之前就开了会达成一

221

致,为了你们以后考试不再吃不规范的亏,这一次改卷会非常严格,只要有一点问题都会扣分。"

"祝佳夕啊。"陈老师说到这里顿了顿,目光投向了祝佳夕。刚开学的时候,祝佳夕一直没有穿校服,所以他很快就记住了她的名字。

他单独叫她的名字,所以不少学生也跟着回头看她。

祝佳夕茫然地抬起头,望向老师。

陈老师遗憾地看着她:"你分班考试没有来,所以这些要求你都不知道,情有可原,但以后再简单也不能养成跳步骤的坏习惯,最后的总结也要写明白,知道吗?你扣的二十分全是因为这个,你本来应该是满分的。"

"哇……"

"太牛了吧!她不是语文好吗?"

"满分?江雪也才考148分啊。"

一时间,班里所有人的目光都聚焦在祝佳夕身上,前座的朱越也不可置信地回过头,纪咏恩比自己及格了还开心,笑着推了推祝佳夕的胳膊。

"你看,是满分!"

而佳夕还因为这大起大落的状况蒙蒙的。

陈老师看着她说:"我没办法给你开特例,帮你把分数要回来,你就把这一次的教训记在心里。但是已经很棒了,以后注意细节,知不知道?"

祝佳夕害羞地点点头:"知道的。"

数学课之后,是课外活动的时间。

不过可能因为刚刚发了试卷,不少人都在聊错题还有成绩。

班里有几个人来问佳夕解答题的最后一个题怎么做,纪咏恩对数学提不起兴趣,非常善良地把位置让给了别人。

等到祝佳夕给她们讲完题目以后,正想喝口水,椅子又被人从后面用笔敲了一下。

祝佳夕没多想地直接转过头,看到祁煦皱着眉头在看她,对上视线以后,他神情有些愣怔。

"你也有什么问题吗?"祝佳夕不知道他是不是也想问哪道题目,她其实觉得不像,但是,她并不了解他,虽然他们最近开始偶尔也会讲几句话。

她这样想着，就听到祁煦倏地开口。

"我在想，你那天傍晚为什么哭。"

祁煦问出这句话的时候，自己都没有反应过来。

注意到佳夕眼神里的不解以后，他掩饰住那几秒钟的慌乱，又恢复了从前的从容。

"别误会，我不是关心你，"祁煦笑了一下，"只是，想不到答案的感觉，不是很好。"

说完这句话以后，他又收起了笑容，低头看桌面上的东西："不用管我。"

佳夕本来想说，她没有误会什么啊。不过听了他的话以后，她有点明白他的意思。

"啊，我好像懂，就是明明会做一道题目，但是想不起来解法，在电视里明明见过这个明星，但是怎么也想不起来名字的感觉？"

祁煦抬眸："可能？"

可能是因为刚刚教了几个人题目，祝佳夕的心情很好，而且祁煦帮过她。她想了一下，于是说："你是说开学前一天吗？我那天是送我妈妈出校门的。"

"你舍不得你妈妈，害怕在这里不适应，所以哭了？"

祝佳夕听他的语气，不知道他是不是在笑她，但是又不像。

她蹙着眉头："不能叫害怕……大家都是北城人，只有我是别的地方来的。你要是也去外地上学就会懂了。"

"谁告诉你的？"祁煦很快地打断她的思绪，"我也是外地来的。"

祝佳夕听他这么说，不太相信，她又试图从他的表情分辨出真伪，但是失败了……

她狐疑地问："外地，哪里呢？"

祁煦说："广州，你知不知道？"

"我当然知道！"祝佳夕皱眉，"如果你是广州来的，肯定会讲粤语咯？"

"会啊，"祁煦不加思索地点头，"你要听什么？"

祝佳夕是看过几部香港电视剧，但让她现在想一句听得懂的话，她脑海里又一片空白。

她正想说算了,就听到祁煦用一种比他寻常声音还要低的声音,一字一顿地说:

"祝——佳——夕(zuk1——gaai1——zik6)。"

说完,他又将背靠在椅背上,用一种略带压迫感的眼神直直地注视着佳夕:"现在信了吗?"

祝佳夕回忆着祁煦刚刚的发音,注意力完全被这个吸引走,她很感兴趣地问:"我的名字原来这样读的?'夕'原来发'直'的音吗?我还以为应该读'嘿'。"

祁煦点头:"我是对的。"

"好吧。"祝佳夕见他不再说话,过了几秒,又回过了头。

只是等到她看到纪咏恩空着的座位,突然想起来一件事,她忽地又转回头望向祁煦。

"可是,咏恩说她和你从出生就住在一个大院?"

祁煦看着她一脸被骗的样子,突然笑了。

"她告诉你了?OK。"

见佳夕瞪着他,他身子不自觉地往前倾了一点,笑得更开怀:"眼睛瞪这么大,不酸吗?"

"不酸!"这个骗子!

"哈哈!"

坐在祁煦旁边的吴浩从三分钟前就看得一愣一愣的,他见鬼一般将目光在这两个人之间流连,还是不能理解。明明是他敲的祝佳夕的凳子,他难得有了学习的欲望想问题目,怎么这两个人就这样当他不存在地聊起来了啊?

007.朋友

改完语文试卷,已经是周三下午。

高一语文办公室里,几个老师在座位上捶着肩膀。

"改这个真是要了我的命,我去美容院做身体,人家一直让我注意注意肩周,但哪能啊?这学校什么时候安排今年的体检啊?"三班的语文老师赵晓楠问。

徐念随手翻着手里密封的试卷，笑着叹了口气："我觉得我比较需要心理疏通。"

"哈哈哈，收试卷的时候，我一看那一个个贼眉鼠眼不敢跟我对视的样子，我就知道考得什么德行了。"

为了方便老师了解班里学生的问题，语文试卷是各班老师改自己班的。

试卷的左上角被订书机封了口，徐老师熟练地拆着订书针："哈哈哈，别说，每一秒都想不到下一张会出现什么离奇的答案，这是不是就是做语文老师的乐趣啊？"

徐老师看了一眼第一张，通篇的字迹就像是Word文档里的圆幼体，虽然是鬼画符版，她好歹也改了几天作业，一猜就知道是纪咏恩。

再往后面翻翻，字迹倒是人模人样的，就是答案吧……

赵晓楠这时也走到她身边，想看看这个实验班学生的质量，她把头低下来，看了一眼阅读理解的答案。

"这个小孩字好看，每题还都写满了，你不知道我刚刚改得气死，好几个人的阅读理解连一行都没写到，我一分都不想给。"

徐念的笑容有些微妙，她不知道自己现在挡住这张试卷，还来不来得及。

"但你怎么哪题都扣人家——"

赵晓楠本来还想问，结果看到这个学生写的内容，"扑哧"一声笑了。

她又看了一眼题目："文章节选中，儿时父亲在'我'因为被训斥而哭泣时，保持沉默地吃完了剩饭，最后对'我'说：'春种一粒粟，秋收万颗子。'父亲是怎么样的心情？这句话表达了他对'我'有怎样的期待？"

说句实话，办公室每个老师在看到阅读理解的题目时，第一反应都是：出卷老师太善良了，尽出一些送分的弱智题。

"哈哈哈哈哈哈哈哈，你拿的真的是你们实验班的试卷？我怎么不信呢？她这第一行虽然也拿不到满分，但答案也算靠一点边，这后面……"赵晓楠忍俊不禁，"'这句话也体现了父亲虽然没条件上学，在家务农，但知道很多古诗，对达尔文提出的过度繁殖有一定的了解，是一个好学的人，值得尊重和学习。'这啥玩意儿哟？"

"噗！现在的学生，搞笑起来真是一套接一套的啊。"

"过度繁殖这词我还是第一次听说，真是达尔文提出来的？但是说句公道话，这思路也不是没道理啊哈哈哈哈哈哈！"

徐老师看着答案，她一眼就能看出答题的人绞尽脑汁想把横线填满的努力模样，虽然完全没用对地方……

她也跟着象征性地笑了两下："我记得我分班前有去雍和宫拜过啊。"

赵晓楠安慰她："哪个班没点不靠谱的学生啊，你还是教的实验班，也就一个两个啦，不过这是不是那个姓纪的孩子。"她记得徐念班里有个家里条件很好，靠关系塞进来的学生。

徐念摇了摇头，显然已经认命："一会儿还得把分数录了，我得找我的课代表——"

话说到这里戛然而止。

赵晓楠顺口问道："你课代表是江淮过来的吧，听人说水平挺厉害，就是偏科严重，哪门不行啊？"

徐念在"祝佳夕"那三个工整到虔诚的名字上看了许久，露出一个一言难尽的笑容："发挥一下你的想象力。"

"英语？"

徐念说："不好意思，是语文。"

下午四点半，祝佳夕牵着纪咏恩的手一起到语文办公室来拿作业和试卷。

离办公室门口还有几步，纪咏恩就自觉地停下，躲在门口小声说："我就不进去了，在这里等你噢。"她站在老师办公室门口一直非常有妖怪站在寺庙门口的觉悟，那就是最好不要走进去。

祝佳夕太懂这种心情了："好，我马上。"

她敲了敲办公室的门，叫了一声"徐老师"，有几个正在休息的老师目光也转向她。

不知道是不是祝佳夕敏感，她总觉得每个老师看起来都很开心。

"达尔文的代言人来了？"

"哈哈哈哈哈哈哈！"

徐念站在原地，见她脚步有些凝滞，手向她招了招。

祝佳夕立马小碎步跑到她跟前。

"试卷改完了，下节课有什么事吗？"徐念伸手摸了摸她的头。

因为脑袋还在老师的手下,祝佳夕没有敢动,只是嘴巴回道:"没什么事,就是课外活动。"

"那老师借用你的时间,在这儿录一下分,不过之前录过分吗?"

祝佳夕立刻点头:"录过的,录过数学。"

徐老师笑了一秒,又收住笑:"我怎么就笑出来了?"

祝佳夕不明所以地也跟着笑了一下。

徐念手又向门口探头探脑的那位招了招:"咏恩,你也进来,跟你同桌一起把分录了。一会儿老师给你们俩买饭,算是借用你们时间的报酬。"

纪咏恩只好在佳夕身边站定,受宠若惊地问:"老师,你真的要我吗?"

徐老师看着眼前两个眼睛晶亮的小女孩,多好的孩子啊,怎么语文就如此呢?

"要啊,怎么不要?好好录啊,你们俩可是我们实验班语文的希望啊。"

纪咏恩惊恐万分地听着老师的这个评价,她忍不住幻想,是不是自己这次超常发挥了。

她第一时间去翻自己的试卷,看到分数的时候,她垂下了眼帘,用她自以为只有佳夕听得到的声音说:"竟然只有56分,差点就及格了……"

祝佳夕立刻晃了晃她的胳膊,轻声安慰她:"这次没有作文,满分九十,你及格啦!"

"真的吗?"纪咏恩算了一下,好像是真的。

很快,祝佳夕又心跳加快地去翻自己的试卷,她没翻几张就看到了自己的,纪咏恩也看到了上面的分数。

"嗯……就差两分就及格了,没关系,我们还是很有进步空间的。"

祝佳夕有一点丧气:"下次考我复习过的内容,我不会再考成这样的。"

"对,你看你给画线字注音的这里,一看就是后鼻音,你这次肯定是粗心,下次一定能拿分,是不是?"

徐念看着互相打气的两个孩子,苦涩而不失欣慰地想:"我们班的语文倒数第二在辅导倒数第一呢,多感人的画面啊。"

九月中旬,祝佳夕做完课间操回来,就在座位上订正错误的古诗。

她现在对待语文,用纪咏恩的话来说,积极得就像是推磨的驴。

不过她在桌肚里找了半天，发现语文书好像被她昨晚带回宿舍，忘带过来了。

她拍了一下脑门，好在下午第一节才是语文课。

纪咏恩和外班的人在后门口聊天，祝佳夕自然而然地回过头问吴浩和祁煦：

"你们语文书能不能借我用一下？三分钟就好。"

吴浩一边调侃，一边从包里找书："语文课代表，竟然不以身作则？"

祁煦视线还集中在摊开的杂志上，手已经从桌上抽出一本，头抬也没抬地把书往前面丢过去。

祝佳夕没注意到吴浩发出的"啧啧"声，接过书："谢谢啦，你的书好新。"

纪咏恩站在班级门口，正想回班级，又被她小学时很要好的朋友钱安拉住。

"咏恩，你帮我一个忙嘛。"

纪咏恩一听这个娇嗔的语气，就知道她是要做什么。

"你不会不开眼地看上我们班哪个男生了吧？要我帮忙借书？"这样的事，她从初三就做得太多，一眼就已经看透。

"你们班还没有？你见过我们班的歪瓜裂枣没？每个都丑得难以下眼……"

纪咏恩回忆了一下，笑着说："好像确实，那你要我借谁的书？"

钱安的目光定格在一班的最后，纪咏恩顺着她的眼神看过去，立刻嫌弃地说："你别告诉我，你看上祁煦了？"

钱安"嘘"一声，红着脸说："你小声点，昨天你们班和我们班的篮球赛，啊！你不觉得他好帅吗？全场我就只看到他了。他有喜欢的女生吗？没有吧！我想借他的语文书，书上一定有很多他的字。"

钱安还陷在自己的少女情愫中。

纪咏恩鸡皮疙瘩都起来了。

"我的天……你不觉得他昨天那场篮球赛就像只开屏的公孔雀？他小时候还没那么离谱，昨天夸张到我都为和他一个班感到羞耻了，你竟然还喜欢上了？你是认真的？"纪咏恩真的不想相信,她回想起昨天篮球场上,祁煦全程耍帅的样子就觉得尴尬到想死,她当时都怀疑场下是不是有他喜欢的女生了,不然他怎么这么用力?

然而情窦初开的少女根本听不见别的声音,钱安还在说:"你们之前不是还住在一起吗?肯定很熟吧,我太羡慕你了,从小就和他一起长大,近水楼台,你对着他竟然都没有喜欢上吗?"

"你再说下去,我就要把我吃的早饭吐出来了。"纪咏恩忍不住打断她,"他那种爱出风头的就不是我的类型。还有,你可能不太清楚,不是所有一起长大的人感情都会特别好。"

纪咏恩觉得与其用苍白的语言解释,不如直接用行为证明。

她挡住钱安,冲祁煦喊道:"祁煦,你语文书借我用一下。"

"不借。"毫不犹豫的男声。

国庆节当天,祝嘉开车来学校送祝佳夕去高铁站。

一路上,两个人聊个没完。

"妈妈还说二姨你说的,北城教育都特别轻松的,结果一开学就考试了……"

"哈哈,我中秋节的时候不是和你讲了,那就是开学意思一下。"

祝佳夕说:"才不是,昨天老师还说,放假回来还会考的!"

祝嘉听出她语气中的抱怨,心里想笑,面上还装作委屈地说:"我是费尽心机替你在好学校里找了一所学习氛围最浓郁、教学管理最严格的,方便你多学点知识,好以后能稍微适应点江淮高考的强度,你都不感激我?"

最后一句话是半假半真,毕竟祝嘉知道姐姐已经做好了两手准备,大不了就送佳夕出国。

佳夕只好说:"好吧。"二姨说得很有道理。

"所以,你同学是不是已经知道你语文惨不忍睹了?"

"早就知道了,不过没有人笑我,而且我最近学得很认真,我觉得我国庆回来的考试应该不会很惨了。"

"有志气,不愧是我的外甥女。"

等绿灯的间隙,祝嘉问:"在班里交到什么朋友没?"

"有的。"祝佳夕第一个说出纪咏恩的名字。

"还有呢？你上次就说的这个女孩子。"

祝佳夕又说了几个女生的名字。

"你们班没男的？你都不和男生说话的？"祝嘉关心地问。

"说呀。"

"那没个关系比较好的？"

祝佳夕犹豫了一会儿，想到了一个人，半晌，她用一种自己都不确定的语气说："好像有？"

她突然想起昨天的课间，她和纪咏恩在前面闲聊，怎么才能更加融入北城。

等到咏恩被数学老师喊去办公室讲错题，祁煦在后面叫她。

"我教你一个方法。"他说。

祝佳夕回头，看到他心情很愉悦的样子，不知道是不是今天又赢了球。

"儿化音会读吗？"祁煦手托着下颌，问她。

他们最近已经变得挺熟了，至少佳夕是这么觉得的，虽然她有时候还是看不出他到底是在认真还是在开玩笑，就像现在。

"会，就是我还不知道哪些字后面可以加。"佳夕说，而且她想说，她其实觉得他平常说话也没有太多北城味道的。

"试试看啊。"祁煦目光如炬地盯着她。

祝佳夕不想拒绝他的好意，只好试探地说："校园——儿？"

"继续。"

"花园儿？"

祁煦勾了勾嘴角："然后？"

"颐和园儿？"佳夕说完这个词，也不太确定了。

祁煦听出她最后发飘的声音，倏地笑了。

"这个不可以。"

祝佳夕看着他不带嘲弄的笑容，也跟着笑。

"是因为是地名吗？"她手臂轻松地搭在他的桌面上。

祁煦收起笑容，注视着她的眼睛，像是在思考怎么表达："大的建筑，重要的地方不可以加。"

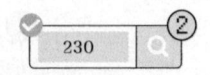

祝佳夕听到汽车鸣笛的声音,往车窗外看过去,估计又要堵一阵了。她在玻璃上哈了一口气,想起祝嘉刚刚的问题,她想了想,回答道:"祁煦好像也是朋友。"

第九章 2012年

001.她已经完全记不得他

11月初,祝佳夕眼见着校园各处银杏树的叶子从边缘泛黄到枯黄着落了一地,秋天逐渐落下帷幕。

她第一次感知到,北方的秋天真是好短啊。

终于,在11月15日这一天,祝佳夕终于如愿地感受到了北方的暖气。

自打这一天起,只要进入室内,哪里都是暖气,祝佳夕再也没感受到冻脚的痛苦了。

只是又过了一段时间,祝佳夕不知道是不是心理作用,她觉得自己的身体变得干燥起来,她后知后觉地发现自己好像是被班级还有宿舍的暖气烘得缺水了……

12月30日,周五下午。

"你国庆回家的时候,我不是让你带个加湿器的吗?"纪咏恩说。

祝佳夕拍了一下自己的头,懊恼地说:"我还让妈妈给我买了,就是走的时候忘记带了……元旦放假的时候,我让我二姨带我去买。"

"没事儿,你别浪费钱了,你等我明天给你带一个,我们家好几个。"

"好消息好消息!你们听没听说,我们这次元旦节放六天!"吴浩从后门

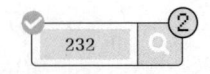

蹿进来，公布了一个已经传了好多天的消息。

本来班里的人都正准备出去排队上体育课，这句话一落下，几乎全班的人都回头看向他，除了班长江雪。

纪咏恩兴奋地转过头："真的？我们学校4号到6号真被用作会考考场了，我们真不用来上学了？"

吴浩打了个特别不干脆的响指："之前还不信，结果隔壁班已经布置元旦的假期作业了，那试卷的数量绝对是六天的量……"

祝佳夕蒙蒙地问："现在不是12月底吗？什么考试呀？"

纪咏恩回她："会考，你们江淮没有吗？"

祝佳夕："可能不太一样，我们高二考的叫小高考，不过没那么早的。"

"高二下学期也有的。"纪咏恩正在这里给祝佳夕进行北城高考相关知识的科普，徐老师教的五班的语文课代表就出现在班级门口叫祝佳夕去办公室领假期作业。

"我们班也现在就拿？"祝佳夕拉着纪咏恩的手起身。

"明天下午就元旦晚会了，今天音乐楼那边还有活动，老师好像都要去，可能怕忘了？忘了就便宜我们了哈哈哈。"纪咏恩说。

两个人一走出门，齐刷刷地被迎面而来的冷风刮得瑟缩了一下。

"每天走几步就有暖气，所以我都没有再穿秋裤了，可是一出来室外，还是有点冷呢。"祝佳夕低着头，声音都不怎么清楚。

纪咏恩在北方长大，这个温度对她来说不算什么，很快就适应了。她在秋季校服里又穿了很厚的毛线衣，手很暖和，于是把佳夕的手也揣进自己的口袋里。

"我暖和，我来给你捂。"

两人往楼梯口走，纪咏恩靠着防护栏杆这边，听到楼下的动静，忍不住往下看。

"今天不是几个高中联合举办的高一地理知识竞赛嘛。"纪咏恩说。

"我知道，但是我们班是不是没人参加哦？"

"对，我已经看到好多不在一个校区的学生在借机偷偷谈恋爱。"

她笑着握了一下佳夕的手："你快看，那两个站在一起的肯定是。"

祝佳夕也踮着脚，把头凑过去。

"你怎么看出来的？他们不就是站在一起讲话吗？"

纪咏恩说："因为我认识他们啊，我们初中一个学校的，但是他们俩高中被分到两个校区了。"

"好可怜哦。"

纪咏恩笑："有什么可怜的，下个学期就合并了嘛。"

"也对。"

"哎，你看，那边那个男的，长得好像不错！"

祝佳夕看得不是很清楚。楼下的学生太多，她都不知道咏恩指的是哪个，她刚想开口问，目光忽然在楼下的某个角落定住，再也没办法挪开。

她难以置信地盯着某处，下意识地想立刻跑到楼下，想叫住对方，心里有无数个冲动，但还是站在原地没有动。

"你看到什么啦？"纪咏恩不知道佳夕怎么了，顺着她的目光也看过去，就看到校园的一条小道旁的雪松下站着五六个人。纪咏恩一眼就看到站在圈外的男生，又高又瘦，只看到后脑勺也觉得是个帅哥。

不过他站在一群人身边，可是和所有人都没有交流，气场太冷酷了……隔着那么远的距离，纪咏恩都觉得他透着一股拒人于千里之外的气质……

而祝佳夕双手攀在冰冷的不带一丝温度的栏杆上，怔怔地看着那个身影。

倏地，楼下那个穿着白色校服的男生也在这一刻抬起头，远远地往上面望过来。

祝佳夕心一颤，不知所措地站在原地。

纪咏恩不知怎么竟然有点心虚地弯下了腰，小声说："我们偷看人家被发现了。"

没过一会儿，她听到佳夕自嘲地笑了一下。

"没关系，他走了。"

纪咏恩抬起头，再往下看，刚刚站在那里的几个学生果然都已经往音乐楼的方向走去。

最后那个男生的背影可真潇洒啊。

"走吧，拿作业。"祝佳夕故作轻快地说。

纪咏恩仔细地观察祝佳夕的表情："我可不可以问，你刚刚怎么了哦？"

祝佳夕低头看着颜色不均匀的瓷砖，声音透着一阵沮丧。

"我又认错人了。"

祝佳夕沉默了一阵，还是不死心地问："咏恩，你说你认识那么多学生，那你有听说过一个人吗？"

"叫什么名字？"

"周砚池。"祝佳夕开口的时候，只觉得艰涩无比。她已经太久没有叫出过这个名字了，不对，她从前也从没这样叫过他，那时候她一直是"哥哥哥哥"地叫，她总以为他们感情好得和别人家的亲兄妹一般。

纪咏恩绞尽脑汁地想，最后还是说："没有听过，我其实只听过周星驰。"

她想开个玩笑让佳夕开心一点，虽然佳夕确实笑了，不过纪咏恩并没有觉得她的心情有变好。

祝佳夕很快就释怀地耸了耸肩，其实这一次连失望的感觉都不剩多少，她只觉得自己蠢得可怕。

"我搞错了，他现在已经上高二了，这里都是高一的学生，他根本不可能出现在这里。"

祝佳夕越想越觉得自己莫名其妙，刚刚那个人看起来实在是太冷了，周砚池从前虽然也并不热情，但一定不是这样的。

而且，她心情复杂地想，就算他是个不守承诺的骗子，他看到了她，也不会认不出来她吧。

祝佳夕看着校园里光秃秃的树，原来时间一晃已经来到2011年的末尾了，她终于直面一个事实，她好像已经完全记不得他的样子了。

拿完作业以后，纪咏恩和祝佳夕把作业放下后直接去了操场。

体育老师正站在沙坑旁边，指导女生跳远。

祝佳夕记忆里唯一一次跳远，是以把自己的两只鞋子给甩了出去告终。

她无精打采地靠在沙坑后面一米五的双杠上，听老师说话，咏恩看起来很感兴趣的样子，真好。

虽然祝佳夕完全不想承认，但是刚刚认错人这件事多少还是影响到了她的情绪。

她快快不乐地把双手靠在双杠上，想给自己找点事情来做，于是试着把脚往上面翘,但不知道是不是衣服穿得太多了,她翘得很艰难,好不容易才把右脚的脚跟放到上面。

她还想把另一条腿也抬上去,她小时候好像上过杠啊,那时候是怎么上去的呢?

她胡思乱想着,忽然听到头顶传来一声很短促的轻笑。

"想上去?"

祝佳夕一转头,就看到祁煦不知道什么时候也站到了双杠旁。

他一如往常地右手插在校服裤子口袋里,整个人看起来落拓又闲适。

祝佳夕收回目光,狡辩地说:"我只是在这里压压腿。"

"你不想上去?"祁煦问。

祝佳夕心情不好,不知道他为什么还要在这里追着问自己无聊的问题,平常是没关系,但现在她没精神敷衍任何人。

"你不要管我好不好?"

祝佳夕以为她这么说,祁煦这么骄傲的人肯定会生气走了。谁知道他好像一点也没生气,还站在她身边。

"这就算管你了?"他视线紧紧盯着她,语气听不出来是什么情绪。

祝佳夕没说话,没过几秒,余光就看到他转身离开。

祝佳夕将脸靠在杠上,不知道自己是什么心情,结果下一秒,毫无防备地,一双手隔着厚厚的衣服忽然握住她的腰。祝佳夕都不知道发生了什么,等到她反应过来,自己已经惊魂未定地坐在了杠上……

她低低叫了一声,周围几个同学都朝祝佳夕看过来:"可以啊,竟然上去了。"

佳夕只好闭上嘴巴。

她条件反射地双手握住杠,偏过头,就看到祁煦已经走到一旁,逆着光看着她。

"开心吗?"他问。

"我怎么下去啊?"她小声质问他。

祁煦闻言却恶劣地往后退步,离她越来越远,揶揄地笑。

"不然等我下课再来接你?"

祝佳夕被他激出了自尊心:"我才不用,我自己就可以下来!"

不过她说完这句话,并没有真的急着要下去的意思,这个突发事故好像把她心里的那点不开心都带走了。

祁煦往篮球场跑了几步,迎面撞上了正在捡篮球的吴浩。

他瞬间收起笑容,吴浩却对着他挤眉弄眼。

"我轻轻地尝一口你说的爱我,还在回味你给过的温柔,我轻轻——"

祁煦一把将他推开:"别唱了,说真的,很难听。"

吴浩躲闪:"这是重点吗?重点是你……有问题啊有问题,你就不打算说点什么?"

"说什么?"祁煦看起来很平静。

但吴浩早就把他最近的行为看在了眼里:"呵呵,你不要跟我说,因为人家是外地来的,所以你要展现我们老北城人的热情,替人家实现上杠的梦想。"

祁煦闻言笑出了声:"你不是都知道,就是你说的这样,还问我?"

吴浩真想用篮球砸祁煦,但他眼睛一转,突然指了指沙坑的位置,故作严肃地说:"哎哎,我们班那个谁,他好像要把祝佳夕从杠上抱下来啊?"

祁煦一听到他的话,脸色瞬间变了,他冷着一张脸就回过头。

只是等他转过身,就看到不远处祝佳夕扶着纪咏恩,小心翼翼地从杠上下来了……

站在身后的吴浩"哈哈哈"地笑个没完,像是要笑死过去,祁煦听到吴浩像是断了气的声音。

"这你也信?你真是完了!你刚刚脸臭得好像一个妒夫啊哈哈哈!"

002.有了喜欢的男生

"承认吧,你对我们语文课代表有意思。"

"你比较有意思。"

"你绝对喜欢她。"

"听你鬼扯。"

体育课结束后,吴浩和祁煦把篮球送回器材室。

去器材室的路上,吴浩的嘴巴还叭叭个没完,毕竟这样的事,怎么能轻松放过啊。

"你还不承认,你不喜欢她,那我说有男的抱她,你干吗那么不爽?"

"白痴,"祁煦过了几秒嗤笑了一声,"很难理解?是我抱她上去的。"

吴浩一听他这个解释,只觉得他好像小学还没毕业,笑得更加肆意。

"你抱上去的,所以别人就不能把她抱下来?"

"不能。"祁煦收敛起面上的不正经。

"凭啥啊?"

"不凭什么。"祁煦说完,脚往前一伸,推开了器材室的门。

吴浩跟在他后面进去:"没看出来,原来你在恋爱里是这副模样啊,太霸道,太可怕了!"

祁煦弯腰放篮球,被吴浩装神弄鬼的声音逗笑,拿篮球轻飘飘地砸了他一下:"差不多得了。"

吴浩接过篮球:"你干吗,想逃避现实?你觉得你逃得过我的法眼吗?天网恢恢,疏而不漏!"

祁煦懒得听他废话,直接出了器材室。

吴浩还锲而不舍地跟着,嘴里振振有词:"我说呢,你最近怎么开始隔三岔五从家里带各种零食了,以前还爱使唤我下去买东西,现在都亲自去买,买一堆回来还装作是不小心买多了,假好心地给前面的人分……你吧,平常是总爱摆阔,但什么时候对女生这么大方了?一听你刚刚说的话,我才恍然大悟,那敢情是只给我们语文课代表吃你亲自买的东西哈。"

祁煦本身只想当作有一只苍蝇在他耳边"嗡嗡"地叫,但这只冬天的苍蝇实在是太过顽强。他听着吴浩的话,脚步突然顿住,有那么一瞬间不知道自己在想什么,但很快又继续往前走。

"祁煦,你就没看到纪咏恩那活见鬼的表情,她估计心里都纳闷死了,你什么时候对她这么善良过。"

祁煦加快了脚步,不忘讥诮地说:"你想象力这么丰富,怎么语文就考那点分?"

吴浩也不是第一次被祁煦这样羞辱了,但是他这一次笑得异常鸡贼,像是逮到了机会。

"哈哈哈哈,你说我语文再差,那怎么还是要比你家那位要强吧!哎哎?

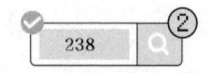

238

你怎么不说话了？没话可说了是吧！祁煦，你跑什么啊？"

……

　　元旦过后，高一年级的学习氛围远远不如放假前，学生再度变得散漫，但老师早已习惯，每一个长假之后总会有这么一个过程。

　　纪咏恩过了几天才知道祝佳夕元旦待在北城，并没有回家。

　　"你元旦节怎么没回家？"纪咏恩假期跟妈妈去了哈尔滨，在那里差点被冻成雪人。

　　祝佳夕说："因为距离上次国庆回家也没过很久嘛，而且马上又要过年了。"

　　"但是这次，六天假期啊！"

　　祝佳夕本来还在低头看语文书，这时候看向纪咏恩："我就是……一旦回家待了几天以后，再回来就又会觉得有点不适应。"

　　纪咏恩受伤地说："难道这里有我陪你，还会让你想家吗？"

　　祝佳夕看到她的表情，忍不住笑着将头倚到她肩膀上，不过咏恩的肩膀有点窄呢。

　　"哈哈，你演得真像，我都要当真了，但是真的，就是我回一趟家后再回来，就会很想很想我妈妈，所以我想我不回去的话，是不是就不会那么想她了……"

　　"为什么要这样呢？"

　　祝佳夕有点苦恼地说："因为，我不希望自己总是特别想她。"

　　纪咏恩依旧不解，她低头捏佳夕的手指，软软的，好好玩。

　　"想妈妈又有什么关系？那可是你妈妈哎，你当然可以想她！"

　　过了好久，祝佳夕才："我这样说，你一定会觉得我是一个奇怪的人……就是有时候，我会特别害怕自己很想她很依赖她。"

　　"为什么呢？"

　　"因为如果她最喜欢的那个人不是我的话，怎么办呢？那样太不公平了，我很奇怪对吧，那可是我妈妈啊。"

　　纪咏恩听了佳夕的话，一时不知道说什么来安慰她。她知道佳夕有个弟弟的事情。

239

"嗯,这样,我带你去个地方吧!"

说完这句话,纪咏恩没有给祝佳夕反应的时间,双手把佳夕薅萝卜一般拔起来就走。

祁煦走到后门正要进来的时候,就看到祝佳夕被纪咏恩拉着往外跑。

"去哪儿?"他下意识地拉住祝佳夕加绒卫衣的帽子。

祝佳夕回过头还没来得及说话,他已经松开了手。

纪咏恩对于他最近的"关心"深感莫名:"你是皇帝吗?怎么什么都要管?"

说完,她就拉着祝佳夕一路小跑下楼。

外面温度低,两个人一边跑都能看到面前呼出的白气。

祝佳夕一开始以为纪咏恩要带她去操场,但很快,她发现这个方向是直奔校门口了。

"咏恩,我们是要出校门吗?可是没有假条……"

两个体能弱者在离门卫室还有十多米的时候终于停下了脚步,因为已经有一个门卫叔叔从门卫室探出头来看她们。

纪咏恩的喉咙又干又疼,跑太快,好像岔气了。

她指着几步之遥的校门,喘着气问祝佳夕:"你还记不记得之前,你有一次问我,为什么开学第一天刚进班级,我就主动和你做朋友?"

祝佳夕不解地点头:"记得,你说因为我可爱,而且你从来没有交过江淮的朋友。"

纪咏恩听到她的话,忍不住笑了。笑完后,她难得认真地说:"我跟你说,其实是因为,那一天我在校门口碰到你妈妈了。"

纪咏恩到现在还很清楚地记得,开学那个早上发生的事情。

她和朋友一起吃早餐吃得有点晚,因为学校门口容易拥堵,她就让司机停在十字路口。

往学校走的路上,她和朋友随意地抱怨,不知道实验班会不会很辛苦。

她说完这句话,一个站在校园墙外往里看的阿姨忽然转过身,面带犹豫地站到她面前。

"打扰一下,小同学,阿姨听你说你是实验班的,请问你是高一(1)班吗?"

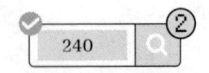

"对。"

"不知道阿姨方不方便麻烦你一件事呢?"她不好意思地笑笑,"就是阿姨的女儿也和你一个班,她不是本地人,性格又有些内向,你到时候进了班级,看到她一个人的话,能不能主动和她说几句话呢?"

纪咏恩想也没想,很热情地回应:"当然可以啦,但是她叫什么名字,长什么样子呢?我怕我进了班级认不出来。"

祝佳夕从听到纪咏恩说第一句话的时候,就一直很惊讶地看着她。

纪咏恩对佳夕说:"然后你妈妈和我说,你叫佳夕,我一定一进班级就能一眼认出你,因为你长得很可爱。我看得出来你妈妈说这句话的时候很自豪。"

"我妈妈真的有让你和我说话吗?"祝佳夕眨着眼睛,掩饰情绪地揉了揉鼻子,"但是,我哪里内向嘛。"

"是真的,我没有骗你。"

祝佳夕闻言扇了扇睫毛,想把眼底的湿意扇走,故意说:"啊,我还以为你当时真的是想和我做朋友,才跟我说话的!"

"哈哈,就算没有阿姨,我觉得我们也还是会成为好朋友的,但是阿姨直接给了我一个很好的借口,所以我们连弯路都不用走啦。"

祝佳夕从没想到,原来,她在北城的第一个朋友也是妈妈替她找到的。

"你现在哭的话,不知道眼泪会不会结成冰哈哈?"纪咏恩开玩笑地说。

"我没有那么脆弱,才不会哭呢。"

纪咏恩想了想,又说:"佳夕,你也知道我是独生子女,没有弟弟妹妹,说这个话会不会有点站着说话不腰疼啊?但我就是觉得,你不应该因为害怕你妈妈有可能更爱你弟弟而偷偷难受。你想她就告诉她,想她来看你就让她来看你,不要去想你弟弟怎么办?谁来照顾?那是家长需要考虑的事情,你懂吧!而且,说不定你妈妈会很希望你对她提要求呢。我不骗你,每次我有段时间没找我爸要钱,突然要一下,他给钱的时候看起来很满足哎!"

祝佳夕听到这里,才真的笑出来。

"哈哈,你说得好对哦,我听你的。"

"这样才对!反正呢,如果以后你发现你妈妈确实更偏爱你弟弟,对你不公平,那你到那时候再慢慢不要那么爱她,但是现在,不要去担心还没发生的事嘛，那个词怎么说的，就是害怕吃饭撑死，就连饭都不吃了，你知道吗？"纪咏恩眉头紧锁，但怎么也想不到那个词。

祝佳夕也跟着苦思冥想起来："好像听过，是不是'因'开头的？我也不确定……想不起来好痛苦。"

纪咏恩问："不然我们现在去拿语文作业，一会儿回去查查成语词典？"

"好。"

两人一拍即合。

语文老师的办公室不在教学楼，等到她们拿完学生的习题册子，外面不知道怎么又刮起了风，地上的枯叶也被风卷起朝她们打过来。

祝佳夕抱在怀里的习题本都被狂风粗暴地刮起来，纪咏恩笑嘻嘻地从一堆册子里翻到祁煦的。

"让这个倒霉鬼的本子替其他人挡灰吧哈哈。"

祝佳夕也跟着笑。

两个人低着头往教学楼走，纪咏恩搂着佳夕的胳膊。

"我在想，就是不管怎么样，你在这里肯定还是会有想家的时候，即使你已经有了我完美的友情，有时候也还是不能填补全部，所以，我想到了一个很棒的主意！"

她这时候看起来十分像一个睿智的大人，祝佳夕也对她期待起来，她低着头看最上面的册子被风刮起来一页又一页，问道："什么主意呢？"

纪咏恩睃了一圈周围，发现没有老师在后，才凑到祝佳夕耳边小声说："喜欢谁？"

祝佳夕听了她的话，一时还没反应过来。她试图用下巴把正在作乱的纸压下去，她用拇指压住最上面的这本册子，但封面太滑，还是被风吹开。

祝佳夕不想灰尘进到眼里，于是垂下眼帘，耳边是纪咏恩几乎真挚的声音。

"对啊！你想想看啊，如果你在这里有了喜欢的人，再加上还有我一直陪你，一定就会对我们北城有归属感了，有没有道理？"

祝佳夕清楚地看到扉页正中间洋洋洒洒的两个字：祁煦。

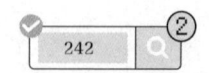

003.喜欢

祝佳夕和纪咏恩回到班级的时候,教室里正在放《那些年,我们一起追过的女孩》,两个人前段时间已经看过,坐下以后,小声地说话。

纪咏恩:"你之前喜欢的男生都是什么类型?"

祝佳夕拿纸巾擦了擦祁煦的语文习题册,发现好像并没有什么灰啊。

"《王子变青蛙》你看过吗?我超级喜欢单均昊,还有《溏心风暴之家好月圆》,你看没看过?我小时候也很喜欢管家仔哎。"祝佳夕说着回过头,把祁煦的册子放到他的桌面上,她这才发现他不在座位上,明明刚刚她们出去的时候,他才回来的。

她回过头,才看到他在讲台那边,被坐在前面看电影的同学堵着没办法动,大概是被叫去讲台上帮着弄电影的投屏?

祝佳夕收回目光,就看到纪咏恩目瞪口呆,难得有一种被祝佳夕噎到的感觉。

"我说的是现实生活里,跟我们同龄的男生!你没有吗?"

"你不知道,我们学校初中管得可严了,你有吗?"

"小瞧我了,你应该问我有多少。"纪咏恩很骄傲地说。

当然,纪咏恩没有说,她所谓的那些像过家家一样。

"你没骗我?"祝佳夕的眼睛因为吃惊而睁大,"你都没和我说过!"

"你之前没问我嘛。"

"那,几个呢?"祝佳夕好奇地问。其实平常,她对班级同学聊的八卦一点也不感兴趣,但好朋友的八卦那可就不一样了。

纪咏恩凑到她耳边说出一个数字。

"这么多!五个!"

纪咏恩哈哈笑:"我突然发现,我从小就见一个爱一个。我小时候看台剧,从明道爱上贺军翔又爱上郑元畅的,这是不是我的天性啊?"

祝佳夕也跟着笑:"那你开心吗?"

"有喜欢的人的时候还挺开心耶。"虽然,他们通常没办法让她喜欢很久……

纪咏恩不忘怂恿她:"我们学校那么多人,找个人来喜欢应该不会太难吧。最好找一个语文学得好的,这样还能带动你进步。"

"但是，万一我找到了喜欢的，他不喜欢我，我不就不开心了？"

"你是不是傻？"纪咏恩很认真地说，"你发没发现，我们班很多男生桌上或者桌肚里都有一个小镜子，而且他们平常一见到能反光的地方就在那里臭美，照个不停。"

祝佳夕不知道她怎么说起这个，也有点嫌弃地说："他们确实很爱照。"

"所以咯，他们整天照镜子，对自己是什么货色还能没数嘛。你能喜欢他们简直是天上掉馅儿饼哎，他们怎么可能还拒绝你？"

祝佳夕弯了弯嘴角，忍住没笑出声。她最近学语文学得有点魔怔，顺口就回："我知道，你这是使用了夸张的修辞手法。"

"哈哈，但这是事实。不过我还没问你，你喜欢什么类型的男生呢？现实生活啊！"

祝佳夕第一次思考起这个问题："首先要长得帅？"

电影里的台湾腔很快影响到了纪咏恩，她故意学着他们的发音说："废话啦。"

"嘿嘿，个子也要高高的。"

"我也喜欢高个子，还有呢？"

被堵了半天的祁煦终于从过道里脱身，往座位这边走。祝佳夕余光看到他以后，声音变得小了一点，聊这些事，被其他人听见就不好了。

"跟他在一起就很开心，总是陪在我身边，对我很好的？"祝佳夕摸了摸自己的头发，"其实我也不知道哎。"

纪咏恩决定把事情简单化，替好朋友张罗这种事就是让她好有热情。

"这样，你学语文学得累的时候，可以先勉强勉强，从我们班的这二十多个男生里挑挑拣拣看看，看他们这群人身上哪些性格是你反感的，我们排除一下，也好让我知道你喜欢什么类型。"

"真的要这样吗？"祝佳夕不确定地问。

"要！"

祝佳夕发觉，她自从上了高中以后，假期比初中的时候还要多。

元旦过去还没到一周，不少学生就开始传，说今年1月14日开始放寒假。

"放多久呢？"祝佳夕问吴浩。

"一个月吧，基本都是一个月。"吴浩说。

"这么久？我们那里很多学校，寒假只放两周的……"

她说完话，刚回过身就听到背后吴浩用一种异常做作的音调说："那还是放两周好啊，放一个月，得多久见不到我们亲爱的……同学们啊？是不是，祁煦？"

祁煦依旧低着头看杂志："关我什么事。"

祝佳夕问纪咏恩："你最近想一想，有什么想让我带给你吃的东西，我列张表记下来，免得到时候忘了。"

"我们还有QQ啊，但我现在就想说，我要吃长鼻王！咪咪！上次吃好好吃啊，我在我们这里的超市都没看到过……"纪咏恩上完一节政治课，哈欠打个没完。

"我肯定给你带很多很多。"

吴浩一听有吃的，很感兴趣地往前凑："我也想吃。"

祝佳夕回头问他："上次我带的那些，你想吃哪个？"

祝佳夕问出这句话，突然发现自己跟班级里好多人熟起来，好像都是因为吃东西……

吴浩嬉皮笑脸地说："我嘛，有啥吃啥，不挑！"

"哈哈，可以。"

说完，祝佳夕犹豫了几秒钟后，又侧了侧身体，望向对面的祁煦。只是还没等她开口，吴浩已经抢先说："他嘛，你把你人带回来就行，啊……痛！你踩我……"

吴浩瞪向坐在自己旁边的祁煦，就看到祁煦没事人一样，终于舍得把目光从杂志上挪开。

"不要理他。"祁煦看着眼前还在望着自己的祝佳夕，忽地出声问，"你要给我带什么？"

祝佳夕被他灼灼的目光盯着，他怎么总爱这么看人？她又想起最近吴浩频繁到夸张的打趣，虽然他之前就很爱开玩笑，但最近好像更多了。

"你也没说你想吃什么。"祝佳夕说。

祁煦依旧强势地盯着她："好像没什么。"

"好吧。"祝佳夕瞬间松了口气，回过了头。

几秒钟过后,一包牛肉干从后面被丢到她的桌面上。

"吃不下了,给你。"祁煦很酷的声音从后面传过来。

紧接着的是吴浩的"哎——哟"声。

祝佳夕看着桌上没被打开的大袋牛肉干,这是她和纪咏恩每次去小卖部最爱买的零食,因为上课的时候嚼起来不会发出声音……

"谢谢。"祝佳夕撕开包装袋,从里面拿了一长条递到咏恩嘴边,才发现咏恩已经在睡觉了,她都没注意到。

放寒假前的最后一节体育课。

纪咏恩和祝佳夕打了十分钟羽毛球后,找到座位坐下,她突然想起来她前几天和佳夕说的大事件,心血来潮地决定验收一下阶段性的成果。

"怎么样?你最近有关注这群男的吗?"纪咏恩扬了扬下巴,指着不远处正在打篮球的那群人。

"有,我怕我忘了,还记在小本子上。"祝佳夕从口袋里掏出一个巴掌大的粉色小本子,这个本子本来是她为了方便背英语单词准备的。

以前每次她一买本子,妈妈就会说"差生工具多",因为佳夕从前不管买什么好看的本子,最后都只用前面几页就会放到一边。

纪咏恩真是要被她笑死:"我来看看。"

"人名都是英文缩写吗?"她根本看不懂。

"我怕被人发现,那不是很尴尬吗?我总觉得我们在做一件显得我们脑子很不好的事情……"

"哈哈哈,什么脑子不好啊!这个写的是朱越吗?你肯定不喜欢他对吧?"

祝佳夕连忙点头:"嗯,我觉得他假假的,还有点爱瞧不起人。"

"是的,那这个'太喜欢和女生说话'的是谁?LZ,李政?"

"对。"

"他好像是有点妇女之友。"纪咏恩又把小本子送回佳夕手上,"那赵一程呢?怎么样?"

"哈哈哈,我们这是在干吗?但是说真的,我也不是很喜欢他。我是不是很挑剔?"

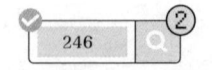

纪咏恩看着不远处的篮球场，有几个男生像窜天猴似的逮着篮球追。

"这哪里挑剔了？不过我觉得他还凑合呢。"

祝佳夕将下巴垫到纪咏恩的肩膀上，小声说："我好几次听到他打篮球的时候讲脏话。"

"哎，我发现了，男生打篮球好像都爱说脏话。"

祝佳夕先是认同地点了一下头，很快视线落在球场不远处的某个修长的身影上。

过了几秒钟，她才开口："好像也不是都说吧。"

纪咏恩随口问："谁这么不错，不说脏话？"

祝佳夕又低头，伸手去揪校服裤子上的线头："祁煦好像就不说呢。"

纪咏恩一听到这个名字，眉毛比嘴的反应还快，已经蹙了起来。

她刚想反问，他这么有素质？毕竟她都没注意过。

但是很快，她突然想到了什么，一脸大事不妙地望着祝佳夕。

"你怎么会注意到他啊？"

祝佳夕低头开始看小本子上的单词，一页一页地翻过去："嗯，因为他打篮球最厉害吧。"

"就这个原因？"纪咏恩很想相信，但是她可做不到。

祝佳夕迟疑了几秒，说："应该是的。"

"我刚刚差点忘了问你，"纪咏恩不死心地问，"你觉得祁煦这个人怎么样啊？"

祝佳夕半晌没说话。

纪咏恩因为她迟疑的几秒钟感到难过，她已经开始担忧自己可爱的小白菜是不是就要被跟自己一起长大的臭猪偷走了！

"你不觉得他跩跩的，每天都多有优越感似的吗？"

祝佳夕闻言轻笑了一下："好像是有点跩。"

纪咏恩因为没能在她的脸上看出反感，有点失望。

"你竟然喜欢他这种类型的吗？怎么会这样？"

"喜欢吗？"祝佳夕的神情因为这个问题变得有些迷茫，而且她知道咏恩是很不喜欢祁煦的，她不可以背叛朋友，"没有吧？"

"真的？"纪咏恩看得出来，是假的……

247

"嗯，他太喜欢逗我了。"祝佳夕把眼前的头发丝捋到耳后，目光又不经意地往球场望过去，看到祁煦正背靠着篮球架下喝水。

"那他逗你，你有生气吗？"

祝佳夕沉默了一会儿，有点不知所措地说："我……不知道。"

纪咏恩的心变凉了，不知道那就是不生气啊。

"那他跟你说话的时候，你会觉得开心吗？"

"咏恩，我跟你说，你不可以笑我。"

纪咏恩立刻竖起两根手指："肯定不笑。"

"之前一直不知道他干吗这样，"祝佳夕说话的时候面露困惑，"但是现在呢，有时候好像又会有点开心。"

004.寒假

"咏恩，你怎么不说话了？"

祝佳夕讲完那句话以后，有一瞬间的懊悔，再望向纪咏恩，佳夕很有看对方脸色的意思。

纪咏恩没说话，又把祝佳夕那个粉色小本子拿过来看。

她看半天，终于在一堆中文里找到"老是逗我，扣十分"。

只是，这个"十分"又被轻轻地划掉，改成了"五分"。

而，这串文字前面果然是讨人厌的两个字母：QX。

纪咏恩瞪向不远处还在那里耍酷打篮球的祁煦，忍不住对着空气打了一套拳。

祝佳夕注意到已经有几个人都往这里看过来，连忙用手包住她的两个拳头。

"但是，我保证，只有一点点开心，而且也不是总开心的！"

纪咏恩看着佳夕，哀叹道："他凭什么让你也喜欢他啊，他不配！"

祝佳夕听到"喜欢"这两个字，下意识地反驳："没……没到喜欢的程度啦。"

纪咏恩问她："你说，不是喜欢是什么呢？"

祝佳夕再次变得有些苦恼："就是，好奇？因为，我经常会搞不懂他。"

"悲痛万分！对一个人好奇那就是喜欢的开始了……反正，你现在肯定是对他有好感了,那这个死人如果一直这样对你,你以后就会越来越喜欢他。"

祝佳夕被她情真意切的"死人"给逗笑,但还是说:"应该不会吧。"

"怎么不会?他还坐在你后面,你每天对着他,想忽视都很难啊!我都想调座位了……"

"你想得太远了,他又不一定喜欢我。"祝佳夕说,"我觉得我肯定不会去喜欢不喜欢我的人的。"

"他敢?"纪咏恩气鼓鼓地说。

纪咏恩脑子里已经控制不住地开始分析祁煦对佳夕的态度,她越想越发现有一点不对劲。

"不过说实话,我仔细回忆了一下,他最近确实越来越像个人了啊?你不知道,他以前活得像个目中无人的王子一样,理都不理我的,但最近还每天给我们递吃的,说不定我是沾了你的光啊……而且,他好像确实总爱跟你没话找话讲,我一直以为他有病,闲着无聊想逗逗你这个外地人找乐子,但是他怎么可能是单纯的有病啊?"

纪咏恩越想越觉得自己前段时间蠢得吓人,因为她压根就没把祁煦和"会喜欢女生"这件事联想到一起去。

"嗯,我觉得他喜欢你。"纪咏恩放出她的结论。

祝佳夕眨了眨眼睛,忍了半天还是问出声:"真的吗?可是我又觉得,可能是因为我是外地人,所以他会偶尔照顾我。其实他人挺好的。"她来北城第一天,他就帮过她哎。

纪咏恩闻言觉得自己听了2011年最重量级的笑话。

"他?照顾人?你见过他什么时候照顾过我?照顾过我们班其他的女生?"

"你这样问,我也说不上来了,"祝佳夕回忆了一阵,但很快又想起来一件事,"啊,还有一件事,我没跟你说过,就是他有说过我很眼熟,他觉得他以前见过我,所以我觉得是因为我让他很有熟悉感,而且我就坐在他附近,所以他会和我说话,我以前和坐在附近的同学都很熟悉的。"

她说到这里,又小声对纪咏恩讲了一个祁煦应该不喜欢自己的理由:"他还说我大众脸呢!"

"什么?这个死人还说你大众脸?他还跟你说你很眼熟?他以为自己演

249

《红楼梦》呢?'这个妹妹我曾见过的?'他竟然使用这么老土的说辞,我真想立刻冲去球场质问他!"纪咏恩又开始不愉快了。

"不行不行,不能去问啊。"祝佳夕攥住她的袖子,拜托道。

"我才不说呢,让他知道你对他有感觉,绝对把他嘚瑟死,我才不要!"

纪咏恩苦苦地思索了一番:"哎,好烦,这是不是命运?你怎么会看上他这么个大少爷脾气的呢?他就算喜欢你,肯定还会欺负你的。"

下课铃声响起,祝佳夕看到打篮球的那几个男生好像已经打完,连忙拉起纪咏恩。

"我们回班级啊,而且你不要太紧张,我觉得,可能我也没有喜欢他。"祝佳夕看到走近的同学,生怕自己的话被人听见,慌乱地说。

而纪咏恩盯着好友这张无法说谎的脸,心里想着一件事:即使你现在没有,看起来也不远了。

祁煦这个死人,竟然连她的好朋友都要抢走!

1月13日六点,祝佳夕在宿舍收拾好了行李。本来纪咏恩是想帮她一起收拾的,但是她妈妈今天过生日。

临放假前,纪咏恩还想拉着佳夕一起回去吃饭,等第二天再送她去高铁站,只是佳夕已经提前买好了票。

祝佳夕背上背着书包,双手各拎着一个包还有行李箱往楼下走。

她害怕摔倒,所以靠着扶梯走得很慢,没走几步,旁边传来一个冷淡的女声。

"我帮你。"江雪向佳夕伸出手,示意要帮她拿行李箱。

祝佳夕见到是班长,手忙脚乱地将比较轻的装衣服的袋子递给她:"谢谢你哦。"

祝佳夕发觉自己特别奇怪,每一次只要江雪和她讲句话,或者站到她身边,她都会变得紧张,身子都会绷直一点。

这可是他们学校最厉害的女生,祝佳夕特别害怕自己在她面前做出什么蠢事。

"不用谢,你走得太慢,堵住我的路了。"江雪很平静地说。

祝佳夕"啊"了一声,在原地愣了一秒,班长是在开玩笑吗?好像又不是

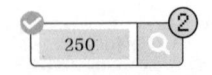

啊,那她也不知道该接什么话了。

真糟糕,冷场了……

等到下了楼,走到平地上,祝佳夕立刻伸出手:"来,给我吧,也不重。"

江雪问:"要我帮你拿到校门口吗?"

祝佳夕摇头,感觉自己头都被摇晕了。

"没事的,我可以!"

"那给你。"

祝佳夕不知道自己笑起来会不会有点谄媚:"谢谢你,江雪,提前跟你说新年快乐。"

江雪顿了几秒,才不冷不热地说:"嗯,你也是。"

祝佳夕得到了她的回应,一直到走到校门口,她的心情都很好。

她拖着行李箱走到校门口的时候已经是傍晚,夕阳西下,天空是浓重的绯红色,风把街道旁的树吹得呼啦啦的。

祝佳夕只感觉手冷,她站在校门口张望着,想看有没有出租车。

二姨说要送她,但是佳夕觉得这太麻烦了,而且只是打车到高铁站这么简单的事情,她一个人就可以了,于是给二姨发了短信,让她不用来了。

行李箱被她在柏油马路上拖出很突兀的声音,祝佳夕有些抱歉地扫了一眼周围的人,不知道这个噪声会不会吵到大家。

忽然间,她一个没注意,手里的箱子瞬间被人抽走,祝佳夕后背都冒冷汗了,只觉得抢劫这种事情,不会就这样发生吧。

她紧张地回头,就看到落日的余晖下,祁煦背着包,手里轻轻松松地提着她的行李箱,正在看着她。

祝佳夕只觉得松了口气,但是心跳又变快了。

"你要回家了?"他的脸在路灯下看起来没那么冷,语气也很随意。

祝佳夕点了一下头:"嗯。"

"要去南站吗?"祁煦自然而然地和她一起往前走。

走到停在报刊亭旁边的一堆车前时,他说:"我送你?"

祝佳夕看着他找车的背影,小声说:"不用吧,我打车就好。"

结果下一秒,她就看到祁煦从那堆车里推出了一辆红白相间的山地车,根本没有人可以坐的座位……

他这时回过头,祝佳夕借着昏黄的路灯,又看到他脸上的笑。

她问他:"你怎么送我?我坐前面的这个杠吗?"

祁煦看到她这样,像是觉得很有趣似的。

"我可以推着车,或者,"他又走近她,在这寒冷的风里说,"我把车丢在这里怎么样?"

祝佳夕被他看得又开始不好意思起来。

"你真无聊,不要逗我玩了。"

"OK,是要打车吗?站这里。"祁煦收起脸上的玩世不恭,让她站在路边,他往前看了看有没有出租车。

十字路口后面,乌泱泱的车里有两三辆出租车,不过这里的红绿灯很漫长。

祁煦走回来的时候,再次站在她的面前。

"你确定不用我送你去车站?"他说完这句话,像是觉得别扭似的,又打量着她,"虽然……"

祝佳夕一对上他的表情,就知道他是什么意思了。

她拧着眉头:"干吗?'虽然'什么?虽然我长得很安全吗?"

祁煦看着她这副小女孩的样子,忽地笑了:"你很了解我吗?"

"我才不了解你。"祝佳夕又觉得自己不想理他了,谁想了解他啊?她拿过他手里的行李箱,往巷口走去。

书包的带子又被从后面拉住。

"生气了?"

祝佳夕腾不出手扯回自己的书包带子,只好走快一点:"我才没有那么小气。"

"我开玩笑的。"祁煦的声音听起来依旧轻松。

祝佳夕又开始思考,他到底为什么这样呢?

她回过头,刚想问出口,就看到祁煦不知道从哪里拿出一支圆珠笔。

"干什么?"她不解地看着他。

"纪咏恩有你的联系方式吗?"他定定地注视着她,问道。

祝佳夕隐约猜到了什么,她轻轻地点了一下头:"有的。"

他站在她面前，迫使她对着他的视线："我没有。"

祝佳夕在他的目光中接过笔，发现自己的手心也开始变烫了。

005.新的一年

"你不是说要给我带吃的？"祁煦神情自然，没有半点不好意思，"我想到的时候联系你，可以不？"

"好吧。"祝佳夕真是难得听他跟她这么客气，"但我写在哪里？你得给我张纸吧。"

祁煦皱了皱眉，像是觉得有点麻烦，很快地对她摊开了左手手心。

"写这里。"

祝佳夕抬眼瞪了他一眼，很快又低下头。她第一次看到祁煦掌心的纹路，和她的不太一样，而且他的手掌心真大。

"你好懒，都不能找张纸。"

"要纸干吗？"他不以为意地回道。

祝佳夕第一次在别人的手上做这种事，想了想还是没有用左手稳住他的手，只是她右手的小指不可避免地挨着他的手心。

她在上面刚写下第一个数字，就感觉到祁煦的掌心因为痒往下退了退。

"好冷的，你这样，都不好写了！"

祁煦轻笑了一声，不再动弹了："OK，我的错。"

等到祝佳夕终于写完九个数字，祁煦又在她头顶上方说："还有手机号。"

"你怎么知道我有手机？"

"就是知道啊。"

祝佳夕飞快地抬头看了他一眼，最后犹豫了几秒后，还是把她的手机号码写上去了。

在北城，她的号码只有二姨和咏恩知道。

"好了。"

祝佳夕看着祁煦收回了手，像是还要说什么，而口袋的手机又开始响动，她拿出来一看，才发现是二姨。

祝佳夕下意识地将食指竖在嘴边，示意祁煦不要说话。

"喂，二姨。"

祁煦依旧站在她面前打量着她。

"等着我啊？我车快到你校门口了。"祝嘉在听筒里回道。

"啊？我不是给你发短信说我自己去车站吗？你过来好麻烦的。"祝佳夕往十字路口的红绿灯看，试图找到二姨那辆非常酷炫的白色越野车。

"小孩子家家的想太多，你的短信我根本没看到。往路边站站啊，十五秒就到。"

祝佳夕对着空气点了点头。

街上的路灯不是很稳定，校园外的不少店铺因为学生放假已经不再营业，祝佳夕发现天也开始有些黑了。

她提起行李箱还有包，对祁煦说："我家里有人接我了，我得走了。"

她不知道为什么，想到祁煦有可能会被二姨看到，心里会有点心虚。希望祁煦不要突然又好心地说，他可以帮她把行李送到她二姨的车上。

"嗯。"祁煦站在原地点了点头。

"拜拜。"祝佳夕松了口气。

"喂，"祁煦在她身后说，"跑慢点。"

等到祝佳夕把行李放到后备厢，坐上副驾驶座后，和二姨说着话，过了一会儿她偷偷地看了一眼驾驶座的二姨，才忍不住往后视镜望过去。

视线里，祁煦已经骑着他的山地车离她越来越远了。

除夕当晚，祝佳夕穿着棉拖鞋坐在客厅，头靠着妈妈的肩膀看着春晚。

祝玲剥了一个开心果递到女儿嘴边，喜悦之情溢于言表。

"怎么一到家就整天贴着我，家里冷啊？"

祝佳夕嚼着开心果，搂着妈妈的脖子说："有一点。我在宿舍都可以穿着短袖呢，你不知道，北城的暖气有多暖和啊。"

"看起来应该早点把你送过去了，是不是？"祝玲笑着说，很快她又皱眉，"穿短袖？你别冻着啊。还有，你现在还一个人住一个宿舍？"

"对的，但是下学期肯定就要搬进来人了，因为有老校区的高一生也会过来了。"

"那就好。"

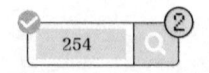

十点钟整，客厅的电视机里，王菲和陈奕迅正唱着《因为爱情》。

祝玲一直盯着屏幕里的脸："前几天有人让我去美容院办卡，我没想法，现在一看王菲这张脸，真是年轻啊。"

王平一个人躺在沙发的一角："去什么美容院，瞎花冤枉钱。"

祝玲只当没听见，祝佳夕头靠着妈妈，正想拿颗话梅味的瓜子嚼一嚼，就听到从房间传来的QQ消息的声音。

她的心动了一下，但是身体还是没有动，大约过了十秒钟，才状似不经意地说了一句："好像有人找我。"

说完，她起了身，慢慢往书房走去。

知女莫若母，祝玲故意问："不会是高中的哪个小男生吧？"

"才不是呢。"

祝玲想起女儿刚回家的那几天，出乎寻常的黏人，她只以为女儿在那里交了什么好朋友，所以心情变得很好。

佳夕嘴巴不停地跟她分享，她的好朋友纪咏恩对她有多好，她们每天都特别开心。

祝玲听着女儿语气里的形容，总觉得如果佳夕能一直像小时候那样长大，现在是不是就是她的朋友纪咏恩那样呢。

不过，女儿已经很久没有拉着她说个不停了，祝玲好心情地问："怎么一直说女同学，那个男同学呢？"其实她完全是开玩笑，谁知道女儿立刻闭上嘴巴，半晌才偷偷地看了她一眼，像是想知道妈妈有没有不高兴似的。

"二姨怎么偷偷和你说啊？"

这下换祝玲惊讶了："原来真的有？"

…………

祝玲从不久前的记忆里回过神，她倒是不担心女儿喜欢上什么小男生，上学期间的春心萌动是很美好的事情，大家都有过。

"做做好朋友可以，别让你的班主任找我谈话就行啊。"

房间里传来佳夕略显羞涩的声音："妈妈你想太多了……不会的。"

不过等祝佳夕坐到电脑桌前，才发现跳动的头像是闭眼微笑的阿狸，这是咏恩的头像。

因为是咏恩，所以她完全没有任何失落。

255

纪咏恩：新年快乐，八天没见面了，有没有想我？没想我会生气！

祝佳夕：超级想哒。

纪咏恩：话说，那个东西要了你的联系方式，到现在还没找你吗？

祝佳夕撇了撇嘴，回了两个字：没有。

她刚从北城回到家，就把傍晚在校园门口的事情告诉了纪咏恩。

纪咏恩：太讨厌了，这个臭人，不联系还要干吗？

祝佳夕：看来就是顺手要了一下，班里很多同学都会交换QQ号的，我们好像误会了。

纪咏恩：好想立刻给他妈打电话，痛骂他啊啊啊啊！但是为了你，我会忍住，嗯！

祝佳夕只是通过上面的文字，好像都能感觉到纪咏恩情绪丰富的脸就在自己眼前。

她笑了一会儿，发过去一行字：如果今晚过去，他还没有找我的话，那就说明他不喜欢我。

纪咏恩：你会伤心吗？

祝佳夕看到"伤心"这两个字，手上敲字的动作迟疑了一点，但是她很快就确定地回道：不知道呢，但是只可以不开心一天，因为马上又是新的一年啦。

祝佳夕和纪咏恩聊完天以后，又给圆圆打了电话，祝佳夕靠在窗边望着玻璃窗外绚烂的烟火。

因为隔得很远，所以并不会闻到硫磺、木炭和硝酸钾发生化合反应的味道。

圆圆听她这么说，在听筒里咯咯笑了半天，问她怎么一天到晚想到一些奇怪的形容。

祝佳夕也跟着笑，对啊哈哈，她也不知道。

只是，2012年的农历新年到来之际，那个要了祝佳夕QQ号和手机号码的男生依然没有联系她。

在这说不清道不明的淡淡失落里，祝佳夕第一次真切地体味到自己好像人生第一次对一个男生心动了。

她听到客厅的电视里似乎早已经开始唱起了《难忘今宵》。祝佳夕推开窗，万家灯火，她感受着细密雨丝里飞着雪，划过自己的脸颊，这让她打了个寒战。

祝佳夕倏地想起好像是从2010年那部名叫《2012》的电影上映，就开始了2012年世界将会走向末日的传言，她和大多数的同学一样对此半信半疑。

没有鞭炮烟花声响的屋外变得肃穆无比，祝佳夕仰头望向天空，迎来新年的第一个小时。

门外妈妈在轻轻地敲她的门，问她饿不饿，要不要煮饺子给她吃。

祝佳夕应了妈妈一声后，关上了窗。再过不久就要立春了，春天到了，就不会这么冷了。

祝佳夕走向最爱自己的人，至少现在，她对"2012"这一年依旧充满期待。

第十章　重逢

001.再也不会忘记了

祝佳夕回学校那天带的东西有些多，等到把行李放回宿舍的时候，才发现她对面的那张床上果然已经铺上了被子。

祝佳夕看着被单上那个叠得好像豆腐块一样的被子，心里瞬间紧张起来，真希望室友是个好相处的人。

她背着书包往班级走，刚走到楼道，就听到整个四楼都吵吵嚷嚷的，祝佳夕轻轻推开了班级的后门。

祝佳夕其实没有刻意去注意班里的谁，但还是一进门就看到坐在最后一排的祁煦。

他手里握着一支笔在漫无目的地转着，目光始终看着前门的方向，腿不知道是不是因为太长，所以已经把脚放到了过道靠前排的位置。

门被推开以后，寒风也跟着灌进来。祝佳夕把门关上以后，回过头就对上了祁煦的目光。

他沉默地看着她，看得祝佳夕好想问他到底在看什么。

她神情自然地回到自己的座位上，差点被座位旁他的脚给绊倒。

"嘿，我来啦。"她对在座位上偷偷拿MP4看剧的咏恩说。

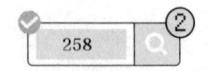

"你终于来了！"纪咏恩一看到佳夕来了，立刻把MP4塞进桌肚里，接过她的包放到椅子上，"你知不知道你来晚了！你有没有发现，楼上也跟我们一样吵？"

祝佳夕摇摇头："我没注意，怎么了？"

"我们这边的高二已经到隔壁那栋楼了，老校区的高一生过来了。刚刚老师让我们给楼上的哪个班帮忙送椅子什么的，我感受了一下，怎么感觉比我们班男生的素质好呢。"

祝佳夕弯了弯嘴角，她一听就知道咏恩是故意埋汰周围的男生。

吴浩立刻在后面推了一下纪咏恩的椅子："干啥呢？还没到万圣节怎么已经开始说起鬼话了？谁素质不好？"

纪咏恩目的达到，也没理后面的人，从口袋掏出好几块巧克力给祝佳夕。

"你快看，我过完年有变胖吗？我过年期间过得好像头猪啊，每天都吃了睡，睡了吃。"

祝佳夕盯着她看了一会儿，发现那句"你没胖"好像有点说不出口，于是立刻转移了话题："快看，我给你带了好多长鼻王！"

祝佳夕拿了一整包揣进纪咏恩的书包里。

她又拆了一包，给前后每个人都发了两个，虽然她有点不想给祁煦……

祁煦接过她的东西后，神色很复杂地看了她几秒。在吴浩问她还有没有其他东西可以吃的时候，他不知道自己发什么疯，也跟着问了一句："有吗？"

一个寒假没有见面，没有任何交流，祁煦对祝佳夕问出这两个字的时候，内心并不如自己表面看起来的那么平静。他注意着祝佳夕的表情，像是人在做完一件惹人不快的事情后，一边很在意，一边又很幼稚地等待对方能给他一点反应，哪怕是对他摆个脸色。

谁知道祝佳夕好脾气地说："我来看看包里。"

祁煦一瞬间竟然有些失望。他都不知道自己什么时候心理出了毛病，竟然希望别人对他发脾气。

吴浩很快就吃掉了自己的两根，又伸手摸到祁煦这里。

祁煦直接把他的手拍开。

"你又不爱吃这个！"

"别烦，不行。"

"行吧,行吧。"

等到了吃晚饭的时间,祝佳夕因为到了班级以后,嘴巴就没停下来过,一点也不饿,所以并没有下楼,还是坐在座位上。

没过一会儿,祝佳夕突然感觉后背好像被什么纸片一样的东西戳了一下。

她回过头,发现祁煦手里拿着一张照片大小的东西。

"在广东的时候,从亲戚那里拿到的。"他面上的表情比刚刚找她要吃的东西的时候正经了许多。

祝佳夕一听他提起广东,一脸"又来了"的表情,她不明所以地接过照片,发现是林峯的签名照。

她的眼睛瞬间亮了,笑着问他:"这真的是林峯的签名照吗?"

祁煦没有想过,她变脸会这么迅速。

"我从来不给人假的东西。"

纪咏恩一听到林峯,很兴奋地凑过来:"肯定是真的吧,我的呢?我也要!"

祁煦不耐烦地看了她一眼,想说的话在看到祝佳夕的表情后又咽了回去。

他只好又从书包里的夹层找出来一张:"猪八戒的签名照,你要吗?"

纪咏恩瞪了他一眼,接过来照片一看:"啊?这个是黎耀祥吗?你这死猪,谁要猪八戒的啊!我要黄宗泽或者吴卓羲的!"

"别做梦了,醒醒吧。"祁煦直接地说。

谁知道祝佳夕一听到黎耀祥,先是反应了一下,很快比刚刚更加激动,她立刻把手里林峯的照片递给纪咏恩作为交换。

"我要!"

这下连祁煦都神情有些崩坏了。

"你确定?"

祝佳夕望向他的眼神亮亮的,表情熟稔地好像这个假期就没存在过,他们昨天还在一起上学。

"祁煦,你不知道真的好巧哦,我寒假在家里跟我妈一起看了《巾帼枭雄之义海豪情》好好看。我好喜欢女主角,我妈妈特别喜欢他,我可以把他的签名照送给我妈妈吗?"

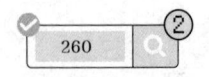

260

祁煦从没听说过她说的这部剧,只是对着她的眼睛,他点了点头。

"当然可以。"

"谢谢你啊,祁煦。"祝佳夕低头望向照片,看起来很开心。

少年看着她的脸,突然出声:"我寒假的时候没有联系你。"

祝佳夕因为他的这句话,神情有一刹那的窘迫。

"嗯,"祝佳夕用手背蹭了蹭脸,"但是没什么的。"

她希望祁煦不要对自己说什么,因为回到家的时候发现手心的数字已经看不清了,所以没有联系的理由。

他这样说的话,她是一定会相信的,甚至祝佳夕和纪咏恩第一时间都想到了这个理由。但是,他如果真的想联系她的话,可以找咏恩的。

祁煦对上她的视线后,半晌还是什么也没有说。

他直接从口袋拿出手机,递给祝佳夕。

祝佳夕下意识地看了一眼窗口,还好没有老师经过,但祁煦像是完全不在意一般。

"你说得没错,那天我应该找张纸给你。"

祝佳夕接过手机:"我新建联系人吗?"

祁煦回答:"已经有了。"

祝佳夕一翻,发现他的联系人里除了"爸爸"还有"妈妈",就剩下一个"语文课代表"。

她的手指蜷缩了一下,忍住没有去看祁煦,再一点进这个联系人,号码果然是空的。

"你是不是在故意讽刺我?"祝佳夕问他。

祁煦轻笑了一下:"别忘了把QQ号填在电话号码那栏。"

祝佳夕说不清楚,自己的心情好像因为一张签名照还有"语文课代表"这五个字好转了好多。

她手指动作很快地输着号码,生怕迟一秒手机就被老师发现:"你要求好多,手机被没收不要怪我。"

"你在想什么?"祁煦又转起了笔,"当然不会。"

吴浩忍不住又开始犯贱了,今天的份额显然还没完成。

"我也还没有语文课代表你的QQ号呢。"

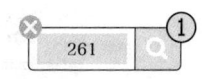

祝佳夕"啊"了一声："要吗？"反正一个QQ号而已，而且她不想表现得好像对祁煦很特别啊。

吴浩意味深长地笑："算了，我不敢，我还是不要了，有什么事我可以让祁煦转达嘛。"

祝佳夕如果这时候还不懂吴浩想表达什么，那她就是个傻瓜了。

她把手机还给祁煦的时候，以为祁煦会像从前一样反驳吴浩的，至少会让他不要胡扯，但是这一次，他只是盯着他手机上的数字，什么也没说。

就在祝佳夕要回过头的时候，祁煦抬起头，她很少在他脸上看到这么认真的表情。

"这次就算手机丢了，也不会忘记了。"

祝佳夕怔怔地看着他，不知道该说什么，她想说忘记也没关系的，但是最后，她只说了"好"。

她回过头，就看到纪咏恩一直倚着墙看着这一切，她拿着照片给自己扇风。祝佳夕觉得，如果咏恩的眼睛里可以播放字幕，里头一定会闪着这几个字：他对你有意思。

她努力抑制住自己的心跳，不敢忽略一个事实，祁煦可能确实是对自己有好感？但是大概也真的只有一点，因为很喜欢的话，他寒假是会联系自己的。

她低下头，决定有这个时间胡思乱想，不如多背一首古诗词，毕竟新的学期，她还没有摆脱语文课代表这个殊荣。

002.他吃醋了

有件事情是祝佳夕想破头也没有想到的，那就是她的新室友竟然是江雪。

坐在自己宿舍椅子上的时候，佳夕还是难以置信。

"江雪，你之前不是一直住在隔壁吗？"祝佳夕紧张地问。

江雪一边叠自己的衣服，一边简单总结："你的宿舍要进别的班级的人，徐老师问我们宿舍有没有人自愿住进来。"

祝佳夕从她的寥寥几句话里立刻明白过来，徐老师是害怕她一个人住了半个学期，突然和外班人住，会很不适应，所以让本班的人跟她一起住。

祝佳夕一时间感动得不知道说什么好，她怎么这么幸运，可以遇到徐老师这么好的老师？

不过祝佳夕怎么也没想过的事是江雪居然会主动来跟她住。

"江雪，我真没有想到——"

"你不用想到，"江雪立刻打断了她的遐思，"我只是考虑这里比较方便学习，希望我们做室友的这段时间可以互相尊重、互不打扰。"

祝佳夕听了她的话，才觉得回到了现实，因为是意料之中的事情，佳夕完全没有失落。

只是因为宿舍多了一个人以后，祝佳夕进出不敢再像之前那样无所顾忌了。

她蹑手蹑脚地出门，又脚尖点地地进来，连翻书都不敢太大声。因为妈妈说过，住在一起不能太随心所欲，要考虑别人的感受。

在她又一次轻得像是电影里的慢动作一般地翻页以后，坐在对面的江雪像是无法忍受她的过度小心翼翼。

"我是魔鬼吗？"她问。

祝佳夕一开始都不确定江雪是不是在和自己说话，但很快，她听到江雪叹了一口气。

"你动静正常点就好，不用这么小心，我有耳机。"说完，江雪动作很干脆地戴上了耳机。

祝佳夕对着她的背影点头，江雪还是很善解人意的。

学饿了的时候，祝佳夕想起了带的长鼻王，于是拿出一根。

她在吃独食还是厚着脸皮去跟室友分享这件事中纠结了很久，还是决定最后去贴一次江雪的冷屁股吧，她都被自己对女生的耐心打动了。

祝佳夕拿着一根长鼻王，走到江雪桌前。

"江雪，这个很好吃的，你要尝尝吗？"她本来还想说咏恩特别喜欢吃，但是她想到了什么，忍住了。

江雪把耳机摘下来，看了她手里的东西一眼，立刻回绝："不用，我不吃含反式脂肪酸的食物。"

"好有原则，是好事呢……"祝佳夕握着含反式脂肪酸的长鼻王站在原地，做人好难。

江雪又看了她一眼，像是不想浪费更多的时间，直接接过佳夕手里的东西，放到了自己的桌面上。

"谢谢,没事我继续看书了。"

祝佳夕听得出来她说"谢谢"的语气很生硬,但是让自己离开的态度很明显。

不过现下,祝佳夕觉得自己还有一件更为严峻的问题需要思考,她好像一直忽视长鼻王也是垃圾食品,她不能再这么喂咏恩了啊!

这一夜相安无事地过去,甚至祝佳夕第二天会没有睡到迟到,都是被江雪给推醒的。

"祝佳夕。"

"不要,我好困呢。"

"今天早上语文早读。"

祝佳夕的意识能够瞬间从美好的睡眠中苏醒过来,就是依靠耳边这句没有温度的提醒。

她皱巴着一张脸,从温暖的被窝里爬起来,江雪已经洗漱完走了。

等到语文早自习结束以后,祝佳夕问纪咏恩:"班里好像有两个人还没来上学哎。"

"对,每个实验班都有几个人去参加生物竞赛的培训了,是生物吧?"

祝佳夕一听,有点疑惑班里生物最好的江雪怎么没去呢。她想了想,还是把和江雪分到一个宿舍的事情告诉了纪咏恩。

纪咏恩听到这件事后,一直一脸便秘地看着她。

"怎么会这样?"

祝佳夕说:"我就猜到你会是这个反应。"

说完这句话以后,纪咏恩从祝佳夕的口中听到了一句令她大吃一惊的话:"咏恩,你跟班长是有过什么矛盾吗?"

纪咏恩闻言,望向她的神情竟然还有点惊喜。

"哈哈,你可以啊。"

"啊?好笑吗?"

"佳夕,你比我想得聪明点呢,我以为你根本看不出来。"

"我又不瞎的好不好!一个班,我从来没见过你们说话哎,而且她每次和我们两个人说话时,都只看着我一个人……我早就觉得怪怪的,可是你没说,我就没有问。"

纪咏恩笑完才揉了揉自己的头发:"哎,不知道怎么讲啊,我和她初中的时候,关系是很好,形影不离的那种,但是后来就……绝交了。"

"怎么就绝交了呢?"祝佳夕不知道为什么,已经开始为别人错过的友情伤怀了。

"你猜?"

"嗯,难道是你喜欢她,她不接受所以绝交了?"

"祝佳夕你这个……"纪咏恩真是要被她气死了,"我想掐你了!凭什么不是她喜欢我,被我拒绝啊?"

"哈哈哈,那是因为她会喜欢人,我好难想象哦。"

"别人都猜我跟她喜欢上同一个男生所以绝交了,你厉害了。"

祝佳夕瞬间一脸嫌弃,她摇着头说:"你才不会呢。"

"是这样啦没错,不过三言两语说不清楚。总之就是我以为我和她是最好的朋友,但非常狗血的是,我听到她爸爸让她不要跟我这种不学无术的富二代玩的时候,她说了好。她爸就是我们学校的历史老师,有次我们还碰见过的。"

已经是两年前发生的事情,纪咏恩说起来的时候,已经可以不带太多的个人情绪了,但她也不知道自己心里是不是真的不难过了。

祝佳夕"哎"了一声,最后还是把那句"我觉得她人好像还不错呢"给收了回去。

"会不会有什么误会啊?"祝佳夕有点执着。

纪咏恩耸了耸肩:"这还能有什么误会?后来我没有和她说话,她也没有再理过我啊,算了不聊她了,你和她一个宿舍挺好的,跟她讲话也可以,她是你的室友。如果你在这里能多一个可以说话的同学,我想我是会为你高兴的,佳夕,但我一定要是最重要的哦,不然我会很受伤。"

"我保证,哎呀,我用保证吗?你以为我是什么唐僧肉吗?香香的,谁都要过来贴一贴。"

祝佳夕觉得咏恩想太多了,她就是倒贴送上门,江雪看起来也不想和她做朋友的。

2月已经接近尾声，北城的温度依旧没有什么回升，好在有暖气，祝佳夕并不觉得难熬。

上完下午的三节课以后，六点半到八点半是住校生上晚自习的时间，走读生一直都是自愿选择的。

纪咏恩为了陪她，一向是用这两节课来补觉。但是祝佳夕很快发现，从这个学期开始，祁煦也留在班级里上晚自习了，不对，应该说也在班级里睡觉……

3月1日的第一节晚自习，祝佳夕本来在做自己买的数学真题集。

没过一会儿，身边有了一片阴影。

"你做的什么，这上面竟然没有选择题。"

祝佳夕一抬头，发现是班里的一个没怎么说过话的男生程洲，不过晚自习有人来和她讨论数学题是常有的事情，只是之前女生多一点。

"对，这是江淮那边的习题。"祝佳夕说。

程洲对她笑了笑："我有个数学题一直找不到解法，是下学期要学的，我想到你应该会，你有时间给我看看吗？"

"我看看，我也不确定我会不会做。"

程洲自然而然地坐在了纪咏恩的位置上，祝佳夕不知道咏恩去哪里了，一往右边看，才发现她坐在自己隔个过道的位置，正对她使眼色。

祝佳夕没懂她的意思，还是打算先看题目："啊，双曲线的渐近线方程，我先看一下。"

"可以的。"程洲很有耐心地回答。

从这道题目开始，祝佳夕发觉自己这一堂自习课好像就只在做一件事，那就是和同学一起研究数学题，再来探讨这道题怎么做。本来她是有学习英语的计划的，但做出一道数学题的感觉实在是太有成就感了……

只是，她正听程洲在讲一道函数题的解题思路的时候，后面传来不耐烦的一声。

"能安静一点吗？"

祝佳夕条件反射地转过头。周围不少人都回头了，她看到祁煦的表情比他的声音还要差，他的起床气太大了，明明他们很小声的。

266

祝佳夕已经很久没看到他这么凶的样子，这段时间都快要误以为他是个脾气不错的人了。

程洲显然没意识到自己的声音吵到了后面的人，他看祁煦脸色臭臭的，随时会发作的样子，连忙息事宁人地说了一句"不好意思啊"。

他说完，又看向祝佳夕。

"不然我们往前面坐一下，把这道题讲完？那边没人。"

祝佳夕收回目光，轻声说："讲完这道题，我得学语文了。"

"可以的。"

他们动作很轻地站起来。只是祝佳夕还没走出座位，就听到身后座椅"哗"一下被推开，祁煦穿着单薄的毛衣，厚外套被他拿在手里，穿都没穿上就直接拉开后门出去了。

祝佳夕皱着眉头回过头，不知道他在干吗，就听到纪咏恩压抑下的狂喜的声音。

"天啊，狗东西吃醋啦！"

003.你的生日

祁煦离开班级以后，班级里不少住校生都回过头来，每个人脸上的神情各异，但都透露出一种意思，他们真的很想看戏。

祝佳夕没听清是哪个男生在说话："程洲，你算了，别跟体委抢人，你抢不过的。"

"哈哈哈哈哈！"

祝佳夕心里不好意思，嘴上还是说："你们别乱讲了，他是起床气。"

"哎呀，连他是起床气都看得出来，我们都不知道呢……"

祝佳夕见他们是怎么都能看出一朵花来，干脆认命不解释了。

不过，班里不少人虽然在开祁煦和佳夕的玩笑，倒不是真的觉得他们之间有点什么，只是临近放学，大家心早已经散了，能有件事情让他们放松一下心情，他们自然很热衷。并且，只要是没事干的时候，但凡班里哪个男生和女生多讲上两句话，他们都闲得像苍蝇一样，一定要来叮一下。

程洲因为众人的调侃，也不好意思再让她给他讲题了。

祝佳夕坐回自己的位置，低下头想看语文书，但脑子又忍不住去想咏恩说

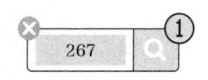

的话。

很快,纪咏恩也回到了自己的位置上。

祝佳夕随口问道:"你刚刚怎么坐到旁边去了?"

"我就是闲着无聊,想看看有男生坐你旁边,祁煦是啥反应,谁知道他真的是让我开眼了。"

祝佳夕翻开字典,准备给不久以后要学的《诗经》两首的生僻字注一下音,不过她有点看不进去……

纪咏恩支着下巴说:"这家伙脾气太差劲,我就说,他就算喜欢你还是会欺负你。"

祝佳夕半晌才说:"你又来了。"

"本来就是嘛。"

"2月14日的时候,你不是这么说的!你那天说他不一定喜欢我。"

纪咏恩闭了一会儿嘴,想起情人节那天,祁煦竟然一点表示都没有,连块巧克力都没送!

"那……他这么装的人,我现在想想也觉得他不会给你送礼物的,他送了不就是表白了?"纪咏恩象不出来那个场景。

祝佳夕一脸怀疑地盯着她,纪咏恩讪讪地问:"我可不可以采访一下,刚刚他那样,你什么感觉?"

祝佳夕想了想说:"有一点点尴尬,因为大家都在看。"

"那他如果不是因为起床气,是嫉妒呢?嫉妒你跟别的男生说话?"

"你把他想得也太幼稚了……"和同学正常讨论题目有什么好嫉妒的呢?祝佳夕想不通。

"我想得很有道理啊,就是我们家的狗每次只要看到我要摸别人的小狗,都恨不得冲上去咬人家呢。"

祝佳夕想象那个画面,"扑哧"笑了:"可是他又不是狗狗。"

过了一会儿,祝佳夕偏着头说:"好吧,如果他是嫉妒的话,我可能有一点点开心吧,但我还是觉得他这样很不好,下次我就会真的生气了。"

一直到第二节课晚自习结束的铃声响起,又过了一分钟,后门才再度被推开。

风吹动着窗帘,祝佳夕正侧身站着收拾桌上的书,纪咏恩盯着她身后,她也跟着转过头,正好看到了回到位置的祁煦。

他看起来比出去的时候正常许多,虽然面部的表情还有点冷硬。

祝佳夕瞟了他一眼,两个人都没说话,等到她准备出门走到他身边的时候,他突然对她伸出手。

"给你。"他看着她说。

祝佳夕垂眼看过去,发现是一瓶西柚味的水溶C100。

纪咏恩头靠在佳夕的肩膀上,故作惊讶地问:"这不是我们佳夕最爱喝的饮料吗?"

祝佳夕回头看班里的其他人有没有走光,发现只剩下江雪以后,她才松了口气。

"给我这个干什么?"不会是用这个道歉吧。

"你刚刚讲那么多话,"祁煦看着她,明明在示好,但是表情又有些别扭,"我觉得你应该会很渴。"

祝佳夕不知道是不是她多想了,她总觉得他这句话在阴阳怪气。

"我讲话声音很小,一点都不渴。"

她说完话,见祁煦还是固执地对她伸着手,只好接过来。

饮料是常温的,不过佳夕不经意地碰到他的指尖,只觉得好凉。

她把饮料抱在怀里,抬头看了他一眼:"外面这么冷吗?"

说着话,三个人一起往后门走。

"很冷。"祁煦走在祝佳夕旁边。

纪咏恩听了只想说他装神弄鬼,敞怀穿着外套,不冷才怪。

天黑黢黢的,楼道已经没有几个学生,这还是祝佳夕第一次晚上放学以后和祁煦一起走。

不过因为身边还有咏恩在,所以祝佳夕觉得和祁煦说话就算被什么人看到也没什么关系吧。好像本来就没关系,他们是同学和朋友啊。

祝佳夕这样想着,便转头问:"你刚刚出去干吗了啊?"

祁煦看着她,她的眼睛在夜晚看起来很亮。他顿了顿,回道:"透气。"

"不冷吗?"祝佳夕一出来就被三月的寒风冻到了,她因为拿着饮料,手还露在外面。

"不冷。"祁煦又很自然地把她手里的水给拿过去。

祝佳夕没注意他手上的动作,因为他前后矛盾的话瞬间笑了,只不过她的笑声立刻被纪咏恩更狂的嗤笑声盖住,下一秒,纪咏恩笑的回声就回荡在整个楼道里。

"女鬼啊啊啊啊啊啊啊!"五楼传来一声尖叫,祝佳夕感觉楼上有人在跑,那个震动的动静好夸张……

祝佳夕立刻捂住纪咏恩的嘴:"咏恩,有回声,好吓人的……"

纪咏恩抓着佳夕的手,笑够了才说:"祁煦,你真活脱脱一个神经病啊。"

3月2日周五,一个平平无奇的中午。

纪咏恩上完上午的第五节课,回头看到祁煦,虽然她还是觉得他很讨厌,一天比一天脑残,但是她忍不住想要为了佳夕做一次好人。

她眼睛一转,突然很亲昵地问佳夕:"佳夕,你今天生日打算怎么过呢?"

祝佳夕一脸迷惑,她生日是明天啊,明明今早才和咏恩说过,她妈妈明天会来陪她过生日的,而且咏恩不是也要来吗?

只是看到咏恩用刘海挡住脸,不停对她使眼色,祝佳夕只好硬着头皮配合她:"那个……正常过啊?"

纪咏恩戏瘾大发:"哎,那你这样多可怜啊?"

祝佳夕叹了口气。周围几个女生听到她要过生日,立刻围住她对她说生日快乐,中文英文都出来了,还有人问她有什么想吃的,一会儿要去食堂买小蛋糕给她。

祝佳夕只觉得她们好好,骗人好难……

等到一群人散去,祝佳夕拍了一下纪咏恩:"快讲,你怎么回事?"

纪咏恩回头发现祁煦已经不在班级了,她才说:"你生日是周六嘛,他就没机会了啊,我就是想知道给他创造一下机会,他会不会把握住?如果他下午什么表示都没有的话,那你就不要再喜欢他了。"

祝佳夕发现自己真是败给她了。

坦诚地说，祝佳夕本来对祁煦没有任何期待。

因为她很早就明白一件事，对一个人产生期待的瞬间，那就是失望的开始。希望落空的过程并不好受啊。

但是，不知道是不是因为咏恩一直在她耳边暗示，她好像真的开始期待了。

只不过，从下午到班级，到第二节课结束，祁煦都没有任何表示，他偶尔还是会找自己说话，但统统和生日无关。

祝佳夕觉得自己不能再相信咏恩的话了，毕竟在咏恩的眼里，可能全班的男生都喜欢她，哪怕是班里随便哪个男生在她回答问题的时候看她一下，等到她坐下来后，咏恩就会说"我觉得，他喜欢你啊"。

想清楚这件事以后，祝佳夕决定忘记这个假生日，她的情绪才不会受影响，本来就是假的，是咏恩心血来潮的试探而已。

但她的心情还是受到了小小的影响。

第二节课语文下课后，坐在后面的吴浩推了一下她的椅子，祝佳夕回头："干吗？"

吴浩粗线条地问："今天语文作业是啥啊？"

"老师还没说，我现在怎么知道呢？你很想知道的话，自己去办公室问吧。"

祝佳夕说完话，立刻就回过身，只是她很快又开始懊恼。

没过一会儿，她身后的椅子又被什么东西敲了几下，声音很轻，不像是笔。

祝佳夕觉得有些烦躁，她没什么表情地回过头，对向祁煦："你有什么事吗？"

祁煦像是看不出她的情绪似的，笑着看着她，很随意地从桌肚掏出一包蜡烛丢到她桌上。

"今天不是你的生日嘛，"他说，"这个送你。"

祝佳夕盯着桌上那包彩色蜡烛，不明白为什么蜡烛还没点上，她已经感到有些上火了呢？

"我不要，你自己留着用吧。"

004.再度出现的故人

祝佳夕把那包蜡烛丢还给祁煦以后,听到他对她说:"说不定会用上。"

祝佳夕都懒得搭理他。

他太讨厌了,祝佳夕是这个时候才明白,可能她想要的只是一句很真诚的生日祝福。不管怎么样,她都以为他们算是朋友的。

到了吃晚饭的时间,班级一下子走了大半,纪咏恩也被隔壁班的朋友叫了出去。祝佳夕因为下午一直被各种投喂,根本没有饥饿感,她打算背一会儿英语单词,还有不到十天就要月考了!她才没有工夫把时间浪费在这些小情绪上。

"value, valuable……"祝佳夕用从江雪那里偷师学到的方法,一边读着单词,一边在白纸上写,就看到一个身影从自己身侧走过去。

祝佳夕无意识地蹙起了眉头,继续看自己的书,没过一会儿,就听到坐在第一排的张致远的声音。

"祁煦,你在讲台底下找什么呢?不会准备偷老师东西吧?"

"这都被你看出来了?"

祝佳夕听到他散漫的声音只觉得他有点恶劣,她纠结着要不要去小卖部对面树下的亭子背单词,一起身,碰上了已经从讲台那边走过来的祁煦。

先进入祝佳夕视线的是祁煦手里提着的生日蛋糕。

祝佳夕脸上的表情本来有些严肃,在看到蛋糕以后,都不知道做什么反应了。

"我是不是说过,蜡烛可能会用上?"祁煦笑着看着她。

祝佳夕不懂他搞这么一出是在干吗,只是说话的时候,终于忍不住翘起了嘴角。

"你太无聊了,但是……谢谢啊。"

"一个蛋糕而已。"祁煦说。

班级里没去吃饭的人都凑了过来,想分蛋糕吃。

"祁煦,你不可能只对语文课代表那么偏心吧,我下个月生日,你也会给我买个生日蛋糕吗?"

"会啊。"梦里吧。

祁煦表现得这么大方,他们反倒不好意思明面上八卦了,毕竟关系好的同学之间送个生日蛋糕并不是什么奇怪的事情。

祁煦不想被他们打岔,问祝佳夕:"十六岁,插六根蜡烛?"

他看起来镇定,实际上也有些手忙脚乱。

祝佳夕站在祁煦身边摇头:"五根,我97年的……"

祁煦往蛋糕上插蜡烛的手有些顿住:"你上学这么早?"

"祁煦,别问了,你们还有那么长的时间做同学,什么时候关心来不及?现在快点切蛋糕,这个草莓蛋糕看起来太好吃了。"

祁煦皱着眉用胳膊肘隔开身边两个挤过来的人,饿死鬼投胎一样。

很快,纪咏恩也回来了,非要给佳夕唱《生日快乐》。

就在班里的人起哄地准备开嗓给佳夕唱歌的时候,年级主任手背在身后,像巡视员一般出现在窗外,一切的美好都不复存在。

几个人瞬间熄火,低着头安安静静地吃了蛋糕。

不过,虽然只是一个名不副实的假生日,祝佳夕望着周遭的小伙伴,还是匆匆地许了一个愿望。

"那就,希望我在北城遇到的所有人都可以拥有美好的现在和未来吧。"

3月14日,气温逐渐回升,天空放晴。

纪咏恩被邻班的人拉走,祝佳夕吃完晚饭,一个人去办公室拿改完的月考试卷时,被徐老师拉着手夸了快五分钟。

起初,佳夕对自己的小进步是感到一丝开心的,但是在办公室里越来越多的老师往她看过来的时候,她又开始发窘。

"老师,我才考了倒数第十六名,您把我夸得……"

徐念立刻不赞成地打断她:"你看,你看东西的角度就不对,什么倒数啊?你现在的成绩可以正着数,已经可以擦边进我们班前三十名了!"

这一刻,祝佳夕好想捂住自己的脸,明明她刚来这里考班级倒数第一的时候都没有这么尴尬。

"哎呀。"她听着对面十班语文老师的笑声,都不知道该说什么好。

徐念还没完:"你看你才花了半年时间,就进步了十五名!我们班可是实验班,这真的太了不起了,你不信现在随便问问哪个老师,是不是都得承认这一点?"

祝佳夕立刻说:"不用!老师,我相信的。"

"很好,看来让你每天滚雪球式地过古诗词默写,是对的,和江雪住一个宿舍,是不是也学到了不少?"

祝佳夕想了想,还是点头。至少她晚上学习的效率好像比从前一个人住的时候高多了。

"作文还是慢慢来,你这次考试的作文算扣题了,就是写得乱,不急,多写写就好,别忘记看我给你们发的高分作文,也别忘记做做江淮那边的题目。"

"好。"

祝佳夕抱着试卷脚步轻松地回教室,就听到班里的女生在说小卖部的巧克力全部被买光了。祝佳夕一边发着试卷,顺口问了一句:"为什么啊?"

"今天是白色情人节啊,不只是礼盒巧克力,就普通装的都没有了。"

祝佳夕笑:"怎么那么多情人节?"

她完全没听说这个事情,自从两天前的月考结束以后,她一直紧张地等待成绩的公布,妈妈不久前专门来北城陪她过生日,她真的很希望这次能比以往再进步一点,这样妈妈一定会很开心的。

祝佳夕这次语文比第一学期的期末考试进步了六名,数学和江雪并列第一,没什么变化,英语稳定在中等偏上,只不过,这次她英语听力扣了好几分。

之前祝佳夕和纪咏恩一样,MP4里全是下载的各种电视剧,不过上周受到江雪的影响,她也把英语听力下载进了MP4里,虽然她大多数时候都是把它当作睡前催眠。

她打算趁现在天没有黑透,去楼下呼吸一下新鲜空气,顺便拿上她的MP4去听一下听力。经验之谈,一定要抓住每一个想学习的瞬间,因为这样的冲动,很可能下一秒就不复存在了。

她出教室的时候没忘记跟祁煦说:"祁煦,如果咏恩回来找我,就说我在小卖部对面的亭子那里听英语。"

祁煦还没说话,吴浩已经抢先说:"可以可以,你太努力了,语文课代表当不了的话还能当英语课代表。"

祝佳夕笑着说:"你不要咒我好不好,我语文课代表当得好好的。"

祁煦跟她说好,别忘了晚自习回来。

祝佳夕拿上英语书,冲他们俩挥挥手。

最近有一件祝佳夕没有想到的事,那就是上次祁煦给她买了生日蛋糕以后,他们俩的相处意外地变得自然了,像是很好的朋友一样,虽然他还是会经常逗她。

这出乎纪咏恩的意料,也出乎她自己的。

纪咏恩确定祁煦喜欢她,还以为他会对她表白,但是祁煦并没有。

不过当咏恩提到"表白"这样的字眼时,祝佳夕才意识到一件事,那就是她并不确定,假如祁煦真的喜欢她,那他的表白是她所期待的事吗?

她承认自己和祁煦相处的时候是很开心,他比班里的其他男生都能影响到她的心情,但是她没办法不去想妈妈。尽管妈妈在电话里从来不跟她说起自己的辛苦,但是祝佳夕知道,把自己送来北城上学从来不是一件容易的事。今年过年的时候,偶尔还会有一两个学生来家里补课,当时妈妈说是她闲不下来,但是祝佳夕总是忍不住想,妈妈有没有可能只是想多赚些钱呢?

在成绩还没有好到一定程度的情况下,她好像做不到心安理得地去做别的事呢。

对一个人有好感只是她一个人的事,这样很简单,偶尔还会因为他的特殊对待而感到雀跃,但是再复杂,祝佳夕就不知道该怎么办了。

还有一个问题,其实祝佳夕还不知道自己对祁煦的好感到什么程度,能持续多久,他们现在,还是太小了,不知道再走近一步,会不会以后反而做不成朋友了呢……或许等再成熟一点?

祝佳夕不知道祁煦是不是也和她一个想法。

祝佳夕走到亭子附近,看到眼前的大树已经开始焕发生机,心情豁然开朗。

头顶藤蔓环绕,祝佳夕坐下后,捧着英语书,戴上了耳机。

虽然光线变得昏暗,但是风吹得她好惬意,她甚至闻到了淡淡的花香。祝佳夕跟着耳机里的女声小声跟读,没过几分钟,有一道身影站在了她面前。

祝佳夕以为是咏恩,没想到一抬头见到的是祁煦。

"你怎么过来了?"她被耳机里抑扬顿挫的听力逗笑,笑着问他。

不过她戴着耳机,只看到祁煦嘴巴在动,她什么也没听见,只好摘下了右耳的耳机。

祁煦顺势坐到她身边,拿过她的一只耳机:"真在学习?"

"当然了!学习还有假吗?"

祁煦左手握着她的耳机,低着头没说话。祝佳夕本来还想问他,是要来买饮料吗?不过,她又觉得祁煦好像有什么话要对她说。

"怎么了?"她又问他。

现在是傍晚休息的时间,不远处偶尔经过几个来小卖部觅食的人,夕阳透过头顶的藤蔓照进来,祝佳夕可以看到天空中大片的雁群在往北飞,风吹着校园内的百年大树,树叶摇动,发出窸窣的声响。

祁煦看了她一眼,倏地问:"你渴不渴?"

祝佳夕摇头:"我妈妈说下午六点以后,要少喝水。"

祁煦笑了笑:"OK!"

祝佳夕看到又有一个不认识的学生往他们这里瞟了一眼,还带着笑,突然觉得有些不妙。

今天好像是什么白色情人节,如果这时候有什么老师或者主任经过,很可能会误会他们……

祝佳夕正想说,不然回班级吧,天也黑了,路灯都亮了。

一阵风适时地刮过,树上幼嫩的叶子还有白色的花瓣被吹得落了他们满身。

"已经春天了,有风还是会冷哎。"

祝佳夕说着话,起身低下头掸掉衣服上的花瓣,结果祁煦不知道又从哪里抓了一把往她身上撒。

"No!"祝佳夕制止道。

祁煦笑了一下,也跟着起身,再看向她时的神情透着一股认真:"喂,祝佳夕。"

"哎。"

祝佳夕因为他叫自己的名字,条件反射地抬起头,结果一眼就看到年级主任好像往小卖部走过来了。

一阵阵脚步声传过来,还不止一个人,只是年级主任身后的那个人被面前的树挡住了，祝佳夕看不清。

祝佳夕全神贯注地注意着那里，想提醒祁煦先别说话，不然把主任招过来就惨了。

小卖部门口的路灯亮得十分不稳定，像是接触不良，忽明忽暗。祝佳夕看到主任进了小卖部以后，终于松了口气，她正想收回视线，主任身后那个被树影挡住的人骤然出现在她的视野里。

她手掌倏地松开，掌心里刚刚捡起的花瓣顺着她的衣服落到了地上。

祁煦没有看她，依旧握着她的耳机说："很多人说我喜欢你。"

而祝佳夕的眼睛一眨不眨地落在不远处那个男生身上。已经三月了，她看到他校服里面还穿着黑色高领毛衣，目光始终淡淡地直视着前方，路过亭子的时候，他像是漫不经心地往这边看了一眼。

就这一眼，祝佳夕瞬间被钉在了原地，再也无法动弹。

只是，对方冷淡的眼神在祝佳夕身上落下几秒后，就如常地收回目光，一步一步走出了祝佳夕的视线。

祝佳夕呆呆地坐着，只能看到他进小卖部的背影。

祁煦说完那句话后，一直没等到祝佳夕的回应，等到他表情不好看地向她看过来，才发现祝佳夕的眼神像是已经飘远了。

"你怎么了？"他抿着嘴唇问。

祝佳夕听到他的声音才如梦初醒一般。

"没事，认错人了。"背后琴房的音乐生终于弹完《梦中的婚礼》，祝佳夕也回到了现实。

他是去年12月底见到的那个人吧，这一次隔着不算远的距离再见，祝佳夕的心跳告诉她，他确实太像了。

只是，那眼神实在是太过漠然，祝佳夕和他目光交汇的瞬间，只觉得他冷得就像北方才走不远的冬天。

她双手紧紧攥着MP4，只觉得心里好乱，自己好没出息。不远处那盏忽明忽暗的路灯让她更加烦躁了。

祝佳夕强颜欢笑地说："你说，我们要不要和门卫说一声，这个路灯好像——"

她的这句话还没说完，小卖部前的那盏灯像是听懂了她的话一般瞬间转

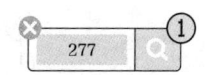

亮,她只好闭上了嘴巴。

祁煦也跟着笑:"怎么办?路灯又好了。"

她怏怏地准备收回目光。下一秒,那道本来已经消失在她视野中的颀长身影却突然再一次退了回来。

祝佳夕忽然有一种说不清楚的笃定……

她眼睫轻颤,试探地望过去,就看到那个人隔着不到十米的距离,正用一种难以言喻的目光盯着她。

左耳的耳机不知道什么时候掉了下来,情感充沛的英文女声被早春的风吹散,琴房的音乐声也消失不见。祝佳夕再次对上他的目光,只听到耳朵里传来"嗡"声,接着,周遭一切的声音像是被按上了休止符。

祝佳夕不知道,人的一生有许多瞬间是猝不及防的。正如她临近十岁时,突然多了一个弟弟。六年级那年,一些人的离开。早春三月,花瓣因为风的吹拂落在了肩头。还有此时此刻,祝佳夕很早就已经不再妄想的重逢。

横亘着一条并不算宽的小道,祝佳夕望着眼前重度出现的故人,路灯透着泛黄老旧报纸的颜色,就这样照在他的脸上,祝佳夕就这样地看着他。不知道为什么,祝佳夕只觉得自己好像再度被拉回2007年8月30日的那个无助的早晨……

两人始终这样对望着,没有人往前走一步,也没有人开口打破这份寂静。

祁煦这一整个下午的心也并不平静,他本来一直在看祝佳夕,这时候也莫名地顺着她的视线望过去。

"嗯?"天色渐黑,祁煦眯着眼睛,看向不远处站着的人,不确定地问,"周砚池?"

被叫到的周砚池始终站在原地,像是根本没有听见其他任何人的声音,从开始就动也不动地凝视着祝佳夕,他眼里的情绪被这个傍晚尽数掩去。

许久,周砚池牵了牵嘴角,祝佳夕听到了久违到她已辨认不出的低沉男声。

"祝佳夕。"

-上册完-

番外 圣诞礼物

佳夕的古筝被安置在她不算大的卧室里,和周砚池的房间一墙之隔。

时间久了,周砚池听习惯到已经可以把佳夕的琴音当成做作业的背景音乐,一段时间以后,佳夕弹错了一个音,他都能分辨出来,当然,会有人比他更快做出反应。

"刚刚那里明明是哆音,你弹的什么?糊弄的话就再弹五遍。"祝妈妈的声音。

"哦……"

那声小而轻的"哦"被深秋的风带着传进了周砚池的耳朵里。

秋天弹古筝还不是一件痛苦的事,等到树上的叶子枯黄落地,天气变得寒冷后,这项课余活动对佳夕来说几乎算得上一种折磨了。

没有几个月,她的几根手指已经因为每天裹胶布磨出了茧。

二年级上半学期的期末考试刚考完,佳夕回老家和羊跟猪玩了几天才回来。

她在房间弹了半个小时后,身体还是凉的,就跑到祝玲房间装惨卖乖。

"妈妈,我的手都弹疼了。"

祝玲在看《知音》,见女儿来了,她把佳夕有些冰凉的手放到手心里捂了捂，又哄着吹了吹。

"你看前两天让你回老家玩了，今天不能贪玩了，现在休息十分钟再练练，马上就要考级了，再坚持一下。"

佳夕应声，心里却想着这个"一下"真是好漫长。

听到隔壁传来的咳嗽声，佳夕说："我去看看哥哥在做什么。"

"你哥哥这两天有点感冒，别耽误他休息，几分钟就回来啊。"

"知道！"佳夕指甲都没摘，祝玲说话的工夫她就已经跑了。

佳夕在窗口看到哥哥躺在书桌后的床上看书。

于是她静悄悄地绕回他的房间，在他听到一些动静的时候，对着他竖起了戴着义甲的右手。

"嗷！"

"幼稚。"周砚池抬了一下眼皮，望向她。

佳夕身体一歪就坐到了周砚池床边的凳子上。

"哥哥，这两天我没有在家陪你，你孤不孤单？"

"谁陪谁？咳咳。"周砚池轻咳了几声，想到了什么后，又从床头柜里拿出了一个口罩戴上。

"你感冒快好了吗？"佳夕离开座椅凑近他，想学妈妈平常的动作，伸手去摸哥哥的脸烫不烫。

周砚池见她那戴着指甲的手就这样伸了过来，及时握住了她的手，才发现她手凉得可怕。

他将那只手又拉近了些，这才发现佳夕手面红到发白，像是被冻僵了。

他眉头皱着："怎么这么凉？"

佳夕还以为他在和她玩，用义甲去戳他手心。

"哥哥，你也想要这个指甲吗？我那里还有剩下的，送你一个！"

周砚池没有搭她的话，往里躺了躺，将被子掀开一点，示意她把手放进来。

"里面暖和，捂一捂。"

佳夕闻言听话地蹲在床边，将手放进被窝里，好温暖。

"哥哥，你开电热毯了。"

佳夕本来没有觉得很冷，但是将手贴在电热毯的瞬间，手心暖洋洋的，她

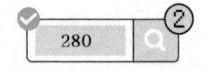

舒服地将脸也贴在被子上。

"嗯。"周砚池说着话，把空调又打开，因为房间有些干燥，他这几天并没有开。

"真是不想走了呢。"佳夕说。

她只不过热风才刚开始运作，就听到隔壁传来祝妈妈的声音。

"佳夕，休息差不多了，回来继续练琴。"

佳夕扁了扁嘴，依依不舍地离开了温暖的被窝。

"哥哥，拜拜。"她冲他挥手。

周砚池"嗯"了一声，视线始终落在她的手上。

拿完成绩报告单和寒假作业后，佳夕拿着热水袋在房间里做寒假作业。

"妈妈，马上就要过年了，你之前答应要给我买的圣诞礼物我都还没收到……"

祝玲发觉自己记性越来越差，答应了女儿的事情总是记不住，一时有些哑口无言。

"我明天就去给你买，不过妈妈答应你的事是忘了，你答应妈妈这次语文要及格做到了吗？"

佳夕闻言闭上了嘴巴，呜呜，被反客为主了。

她很早之前就说要一双半截手套，妈妈答应她会买，但几次都给忘记了。

"可是每天手都很冷呢……"佳夕有些委屈。

祝玲心里自责，但又不想在孩子面前表现出来。

"你们这一代娇气呢，我小的时候，大冬天也是直接到田里插秧，那时候哪有什么手套戴啊，不也这么过来了？"

…………

不过祝玲话是这样说，但还是擦掉手上的水，在自己的记事本上加上了一条：给宝贝买手套，她非要白色的。

佳夕自从听到妈妈和自己比惨的话语，就一直安安静静地写自己的作业。没过一会儿，她似乎听到门外妈妈在和谁说话的声音。

佳夕竖起耳朵在那里听，好像是哥哥。但是她什么也没有听清，可能许妈妈又买了什么东西，让哥哥递过来。

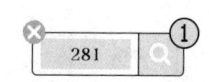

很快,佳夕听到妈妈的脚步声离自己越来越近。

放假第一天,佳夕静不下心学习,余光一直留意着外面的动静,直到一个红色的盒子被妈妈放到她的眼前。

佳夕瞬间放掉手上的笔,抬眼看妈妈:

"这是什么?"

佳夕摸了摸,怎么还鼓鼓的?

祝玲说:"你哥买的手套,人家给他拿了小号的,根本戴不了,没办法退了,就给你了,你试试看行不行。"

佳夕闻言眼睛"唰"一下亮了,动作极快地去拆包装纸。打开以后,佳夕才明白这个盒子为什么这样鼓,因为里面有两副手套。

一副露指,一副全包裹,都是白色的。

佳夕开心得不行,将两副手套抱在怀里:"呜呜,太好了,这副弹古筝的时候戴,这副出门玩的时候戴。"

佳夕将露指的这套戴上手,大小竟然正好。

祝玲有那么一秒都要怀疑这手套是专门给佳夕买的了,但是怎么可能呢?

她笑:"真让你捡着便宜了。白的不耐脏,你戴的时候别蹭到灰啊。"

她看着精致的包装,总觉得这两副手套不会便宜,刚刚想把钱给人家孩子的,但周砚池说不贵不用了。不过她怎么也不能真去占人家小孩子的便宜,心想着明天去商场给女儿买过年的新衣服的时候,顺便给周砚池也买件毛衣,就是这个身高不知道买什么尺码合适。

祝玲有时候对着周砚池,经常觉得他像是个小大人了,但现在还是忍不住心生感慨:小男孩看着是聪明,不过到底还是个孩子,买东西还是容易被人糊弄啊。

佳夕阴错阳差地得到了自己心心念念许久的手套,像珍藏宝贝一样放进自己的书包里:"明天我就要戴!"

她说完话像是想起什么一般冲出房间,正准备往窗台跑,就发现周砚池正站在院子里收挂在外面的衣服。

佳夕几步就跑到周砚池面前站定,小动物似的将脸在他胳膊上蹭了蹭,然

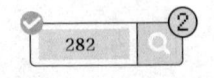

后就黏在上面了。

"哥哥,你是我的圣诞老人吗?"

"你这样我不好收衣服了。"周砚池没有制止她,只是说,"圣诞节都要过去一个月了。"

"他要给那么多人送圣诞礼物,就算迟一点送给我也没有关系。"

佳夕看起来很快乐,很积极地说:"我帮你收衣服哦,哥哥。"

周砚池空着的左手瞬间握住佳夕的两个手腕。

"你别添乱就好。"

他将一件校服外套放在她头上,彻底挡住了她的视线:"帮我把这件拿进房间。"

"好!"佳夕顶着他的校服外套往前走,周砚池捏着她的后颈将她往自己家的方向带。

"这边。"

一直到离开周砚池房间,佳夕靠在门框上忍不住问他:"哥哥,你有什么想要的吗?"

说完,她不好意思地皱了皱鼻子:"太贵的话,你要等我攒攒钱才可以呢。"

虽然,得到两副手套只是卖手套的店主造成的一个意外,但佳夕还是很愿意做周砚池的圣诞老人。

周砚池垂眸看着她,摇了摇头。

"我没有想要的。"他什么都不缺,而且他就没见过她能存下来零花钱。

"怎么会这样呢?"佳夕很是惊讶,怎么会没有人想要礼物?

又开始了,周砚池知道她又要刨根究底了。

"你是十万个为什么吗?"他掐了掐她鼓起来的脸颊肉。佳夕的嘴巴瞬间变成了鸭子嘴,就像在她床上躺着的花栗鼠。

"等我想到,再和你说。"周砚池说。

佳夕笑着对他伸出了小指,等待他的拉钩钩:"那你不要忘记哦,我会等你的。"

周砚池松开她的脸颊,最后无可奈何地用拇指敷衍地在她的小指上按了一下。

"好了,天很冷,回去吧。"

佳夕没有纠结哥哥拉钩钩的方式和别人不同,她满心想的都是她终于得到了圣诞老人的礼物。

以及,她等待着未来的某一天也可以成为别人的圣诞老人。

彩蛋 兄妹性向二十问

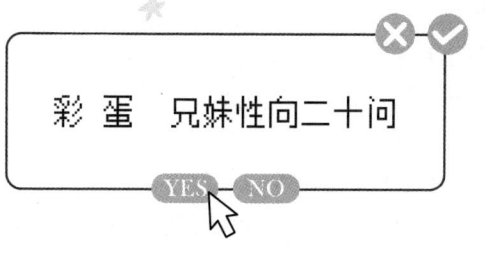

1.请问你叫什么？

祝佳夕：祝佳夕。

周砚池：周砚池。

2.请问你的性格是怎么样的？

祝佳夕：嗯，我很开朗外向吧，当然前提是在熟人面前。

周砚池：安静。

祝佳夕：哥哥，我也没有说很多吧。

周砚池：……我是说我很安静。

3.对方的性格怎么样？

祝佳夕：在他面前说他坏话，他会生气的。

周砚池：很黏人，话很多，三分钟热度。

祝佳夕：我在你眼里都没有优点的吗？

周砚池：我没有说前两样是缺点吧。

4.喜欢对方哪一点？

祝佳夕：对我很好，很照顾我，几乎是百依百顺。

周砚池：黏我，对着我话很多。

5.讨厌对方哪一点？

祝佳夕：有时候话不直接说，总是要我猜，这一点最不喜欢！猜错了还会不高兴，会冷战！

周砚池：喊别人哥哥，黏别人，对着别人话多。

祝佳夕：一点，你为什么说了三点？

6.你感觉你与对方相性好吗？

祝佳夕：怎么说呢？还可以吧，主要是我很配合哥哥，我比较包容。

周砚池：好。

祝佳夕：哥哥，你展开说说。

周砚池：好吧，你话很多，我可以听，你比较黏人，我不嫌烦，还有，你所有愿望我都可以达成。

祝佳夕：包括答应我不会离开去北京的事吗？

7.你怎么称呼对方？

祝佳夕：哥哥啊。

周砚池：心情好的时候叫佳夕，心情不好的时候叫全名。

祝佳夕：看来你心情不好的时候很多！

8.喜欢对方怎么称呼你？

祝佳夕：那就佳夕吧。

周砚池：哥哥。

祝佳夕：非常不公平的是，他一次也没有叫过我妹妹！

周砚池：妹妹。

9.如果送礼物，会选择送什么礼物给对方？

祝佳夕：哥哥说他什么都有，不要我送礼物，只要我好好待着。

周砚池：我想送她的东西，她不喜欢，她只喜欢她看的那些偶像剧的周边。

10.希望收到对方送的什么礼物？

祝佳夕：好像已经收到很多了，暂时真的想不到了，但是不想收书和练习册了。

周砚池：承诺。

11.如果用动物形容对方，你觉得对方是什么动物？

祝佳夕：很难讲呢。应该是那种很挑剔看起来不那么亲人，但又相当可靠可以看家还可以做家务却看起来脾气不太好的动物。

周砚池：小狗狗。

祝佳夕：哥哥你喜欢狗吗？

周砚池：我喜欢小狗狗，也喜欢小猪。

12.对方做什么会让你不快？

祝佳夕：这一题好像还是在问缺点哦。好吧，当他不理我的时候，嫌我烦的时候。

周砚池：你十岁生日以后，我没有那样过了吧。

祝佳夕：是的，但是你有时候会阴阳怪气。

周砚池：嗯，因为那些时候我不快。

13.对方说什么会让你没辙？

祝佳夕：虽然大多数的时候哥哥看起来都非常强硬，但是极少数的时候对我露出那种好像很需要我的样子，我会觉得我应该对他更好一点，俗称他装可怜的时候。

周砚池：看着我的时候。

14.两个人在一起的时候，什么时刻让你觉得幸福？

祝佳夕：哥哥带我买好吃的时候，偷偷给我开电视看的时候，允许我上网玩的时候。

周砚池：待在我身边的时候。

15.曾经吵过架吗？

祝佳夕：有过。

周砚池：没有。

祝佳夕：我帮丹丹姐姐给他送礼物的那次，冷战了！

周砚池：没有冷战，我只是在冷静。

16.冷战以后谁会主动和好？

祝佳夕：虽然我很想和好，但是我不要主动，因为他冷脸很吓人。

周砚池：我。

17.怎么和好？

祝佳夕：他会状似不经意地给我买吃的，当作什么事也没有发生一样，但是会比之前温柔。

周砚池：买她喜欢的东西哄她。

18.有向对方隐瞒的事情吗？

祝佳夕：我没有秘密哦！

周砚池：有。

19.为什么不告诉对方呢？

祝佳夕：没有没有哦！

周砚池：怕失去。

20.那你现在幸福吗？

祝佳夕：超级幸福。

周砚池：嗯。